Telenio

Romano atribuita al

Oscar Wilde

AVERTO: La romano *Telenio* estas erotika mondliteraturo. Ĝi entenas eksplicitajn priskribojn de seksaj agoj inter personoj de la samaj kaj de la diferencaj seksoj.

Telenio

Romano atribuita al

Oscar Wilde

El la angla tradukis Detlef Karthaus

Mondial
Nov-Jorko

Telenio

Romano atribuita al la verkisto Oscar Wilde.

Tradukita al Esperanto
de Detlef Karthaus

© Detlef Karthaus kaj Mondial, 2014

Kovrilo: Mondial
La foto en la centro estas modifita versio
de portreto ("Faŭno") kreita de la
fotisto Wilhelm von Gloeden.

ISBN 9781595692788

"Ne ekzistas morala libro aŭ malmorala libro. Libroj estas aŭ bone verkitaj aŭ malbone verkitaj. Tio estas ĉio."

Oscar Wilde, *La portreto de Dorian Grey*.

Antaŭparolo de la tradukinto

Ĉi tiu libro en la originalo estis verkita por kleraj homoj en la Anglujo de la 19a jarcento. Oni antaŭsupozis, ke la leganto bone konu la grekan mitologion, la Sanktan Biblion kaj kelkajn fremdajn lingvojn: nepre la francan, aldone aŭ la germanan aŭ la italan. La verkisto(j) ankaŭ ofte citas el angla beletro, sen indiki la fonton, fidante ke la legantaro konis tiujn verkojn. Por la traduko mi devis esplori tiujn referencojn, kiuj eĉ inter anglalingvanoj ne plu estas parto de la ĝenerala klereco, kaj tiel rezultis multaj piednotoj.

Beletraj citaĵoj:

Kiam beletra citaĵo venis el verko, kiu jam havas Esperantan tradukon, mi citis tiun tradukon, se la kunteksto permesis. Se neniu tradukisto estas menciita, mi mem tradukis ĝin. Bibliaj citaĵoj venas el *La Sankta Biblio*, Londono, Brita kaj Alilanda Biblia Societo, Edinburgo kaj Glasgovo, Nacia Biblia Societo de Skotlando, 1966.

Fremdlingvaj esprimoj:

La alta klaso scipovis la francan kaj ofte uzis ĝin diverskiale: por ke la servistoj ne subaŭskultu; pro pudoro, ĉar la nedireblan oni rajtis diri france; pro snobismo, por montri sian klasapartenecon aŭ sian klerecon; por profiti de vortludo. Pro tio ke tia lingvo-ŝanĝo estas studobjekto de lingvistoj, mi indikis la fontlingvon, eĉ en tiuj kazoj kiam la fremda esprimo estis adekvate tradukita en Esperanton.

Pri la vorto *ĝentlemano*:

En la angla, la vorto *gentleman* estas plursignifa. La moderna signifo egalas al tiu en PIV: "ĝentlemano, homo, edukita laŭ la burĝaj sociaj reguloj kaj kondutanta laŭ ili." Tamen, en antaŭaj jarcentoj kaj en ĉi tiu verko, la vorto havas sian originan signifon. *Gentleman* estas viro kun alta socia rango, sufiĉe monhava aŭ posedanta bienon, tiel ke li vivas de siaj enspezoj sen la neceso labori. Viro kiu praktikis profesion, krom advokato aŭ kuracisto, riskis perdi sian altrangan nivelon. Fakte en vizitkartoj la vorto "Gentleman" anstataŭis la profesion. Se oni komprenas tion, oni komprenos la surprizon de tiu, kiu demandis al la rakontinto "Kio! do vi komercis tiam, ĉu?", aŭ la reagon kiam Briancourt diris malestime, "Li ĉiam estis kanajlo, *metiisto*, fiera parvenuo!" Mi uzis la vorton *ĝentlemano* kiam necesis substreki la altan socian klason de iu sinjoro.

Geografiaj nomoj:

Loknomoj kiuj ne troviĝas en PIV aŭ Vikipedio restas ne-esperantigitaj. Pro tio ke oni mencias lokojn malmulte konatajn, kaj pro tio ke la mondmapo ŝanĝiĝis post 1892, rezultis kelkaj klarigaj piednotoj. Urbonomo adjektive uzita retenas la majusklon; tiel la leganto, vidante *Pafosa*, tuj komprenos ke ne temas pri pafado, sed pri la urbo Pafos (antikva urbo en Kipro).

Personaj nomoj:

Se oni ne konas la kutimojn de la angla socio rilate al personaj nomoj, oni povas facile konfuziĝi. Parolante pri samklasanoj aŭ kolegoj, eĉ amikoj, oni foje uzas la antaŭnomon kaj foje la familian nomon sen titolo.

En ĉi tiu romano, la persono kiu donis sian nomon al la libro nomiĝas Reneo Telenio, kaj plej ofte oni mencias lin per la familia nomo Telenio, sed foje per Reneo.

La esperantigo de propraj nomoj estas ankoraŭ nesolvita problemo. Bibliaj nomoj sekvas la Zamenhofan tradukon. Dum PIV skribas "Davido" kaj "Saulo" Zamenhof skribis David-Davidon, Saul-Saulon.

Por historiaj nomoj mi simple sekvis je PIV aŭ Vikipedio, sed restis la problemo kion fari pri fikciaj nomoj. En ĉi tiu romano, kelkaj anglalingvanoj havas francdevenan nomon. Ĉu oni lasu sin gvidi de la angla aŭ de la franca prononco? Foje la esperantigo de franclingva nomo havas la rezulton ke franclingvano ne plu rekonas sian propran nomon. Tamen, en fikcia verko mi preferas ke almenaŭ la ĉefroluloj havu facile akuzativigeblan nomon. Aliflanke, se la sama fikcia nomo aperas en diversaj beletraĵoj, oni riskas perdi la kontinuecon se ĉiu tradukisto esperantigas la nomon laŭ sia propra bontrovo. Tial "Camille Des Grieux" fariĝas *Kamilo Des Grieux*; la antaŭnomon oni povas akuzativigi kaj ĝi restas ankoraŭ rekonebla por homoj kiuj konas tiun nomon nacilingve, kaj la familia nomo, malfacile esperantigebla, jam aperis tiel en alia Esperanta traduko. Se iu vidos en tiu rimedo nekonsekvencecon, mi povas nur bedaŭri kaj citi Oscar Wilde mem, kiu diris: "Konsekvenceco estas la lasta rifuĝo de senimagemulo."

* * *

La tradukisto volas danki al Yves Bellefeuille, Curtis Ingalls kaj Trefflé Mercier kiuj legis la manuskripton kaj faris multajn valorajn sugestojn. Dankon ankaŭ al la partoprenantoj de la Lingva Konsultejo en Facebook kaj al la membroj de la Yahoo-grupo "Tradukado". Pro la kunordiga laboro kaj konsiloj mi kore dankas al Ulrich Becker.

Detlef Karthaus

Prologo

Malmultajn tagojn post mia alveno al Nico, dum la pasinta vintro, mi plurfoje renkontis en la Promenejo junan viron malhelhaŭtan, sveltan, iomete klinkorpan, pal-koloran, kun okuloj – belaj okuloj bluaj – ĉirkaŭitaj de nigraj cirkloj, kun fajnaj vizaĝtrajtoj, sed maljuniĝintan kaj magran pro grava malsano, kiu ŝajnis havi kaj fizikan kaj moralan karakteron. Li promenis penade kaj lia tuta vizaĝo rivelis la senkompatan ruinigon kaŭzatan de tuberkulozo, tiu terura malsano, pro kiu tiom da homoj vane vojaĝas por kuraci sin en la varma suno de Riviero. Li troviĝis tute sola en Nico kaj estis kaptita de profunda melankolio.

Estis malfacile al mi rekoni en tiu soleca promenanto, en tiu antaŭtempe maljuniĝinta viro, mian junan amikon D—, kiun mi ne revidis post la lasta festo, antaŭ du jaroj, en la Fraŭla Klubo[1] de Londono. Tiam mi renkontis lin akompanatan de juna hungara artisto bone konata, nomita T—, kun kiu li ŝajnis esti ligita per proksima familiareco.

Ni rapide rekonatiĝis, kaj iom post iom, malgraŭ la malsamo de niaj aĝoj, kaj sendube danke al la simileco de niaj opinioj pri multaj specifaj temoj, ni fine intimiĝis. Kiam li estis tro febla por sole fari sian ĉiutagan promenon, ni eliris kune, kaj kiam li estis devigita resti en sia ĉambro, mi vizitis lin tie; ni ambaŭ loĝis en la sama hotelo, kie ni estis preskaŭ solaj, ĉar la sezono venis al sia fino.

Kiel preskaŭ ĉiuj, mi eksciis en tiu momento pri la tragika morto de T—, kiu sinmortigis, sen ke iu sciis la veran kialon por tio, kaj pri kio la plej skandalaj onidiroj cirku-

---

1   Fraŭla Klubo – (angle: *Bachelors' Club*) Londona klubo por ĝentlemanoj en la 19a kaj frua 20a jarcentoj kie, laŭ onidiroj, multaj membroj estis samseksemuloj. VIKI

lis. Kompreneble, baldaŭ la nomo de la muzikisto aperis en niaj konversacioj, kaj iom post iom mi akiris de mia kompatinda juna amiko kompletan raporton pri ilia interrilato. Tiel mi eksciis kaj transskribis, preterlasante nenion, kion li iom post iom rakontis al mi pri la historio de ilia stranga amo. Mi ankaŭ notis, pro ilia unikeco, kelkajn pensojn, kuriozaĵojn, aforismojn filozofiajn aŭ kontraŭreligiajn, per kiuj tiu junulo substrekis sian malestimon por la principoj ĝenerale akceptitaj de la socio.

La raporto kiu sekvas ne estas, do, romano. Ĝi estas vera historio, la dramecaj aventuroj de du junaj kaj belaj homoj, nervozegaj, kun rafinitaj temperamentoj, kies mallonga ekzisto estis falĉita de la morto post pasio, kiu sendube ne estos komprenita de la plimulto da ordinaraj homoj.

En ĉi tiu rakonto, kiu foje havas la formon de dialogo, mi kompreneble detenas min de ĉiu maldiskretaĵo kiu povus riveli la identecon de la ĉefaj personoj, kaj mi do petas vin, bonvolan leganton, akcepti sen pliaj precizaĵoj, ke en tiu rakonto vi trovos, pseŭdonime, la rakonton de la amo de Kamilo Des Grieux kaj Reneo Telenio.

Mi devas aldoni, kiel ian epilogon, ke la malĝojiga morto de la rakontanto okazis mallonge post la fino de la lasta ĉapitro de liaj konfidencoj. D— mortis trankvile dum bela tago en majo, kaj mi estis la ununura partoprenanto ĉe la mallonga vespera funebrado, kiun oni kutime faras en Nico honore al malsanaj fremduloj venintaj tien por morti. Laŭ liaj instrukcioj, mi eĉ ne informis lian patrinon pri lia forpaso; mi nur informis lian notarion, kiu gvidis liajn komercajn aferojn en Londono, kaj mi plenumis la necesajn aranĝojn por la transporto de lia kadavro al tiu urbo. Li nun ripozas en la tombejo de Brompton, sub blanka marmora tomboŝtono, sen ajna epigrafo, komisiita dum li vivis, kaj kie estis ricevitaj jam antaŭe la mortaj restaĵoj de Telenio.

Julio 1892

Ĉapitro Unu

– Rakontu al mi vian historion ekde la komenco, Des Grieux, li diris, interrompante min, kaj kiel vi ekkonis lin.

– Estis ĉe bonfara koncerto ĉe Reĝina Halo,[2] kie li ludis; kvankam amatoraj spektakloj estas unu el la multaj plagoj de moderna civilizacio, tamen, ĉar mia patrino estis unu el la patroninoj, mi sentis min devigita ĉeesti.

– Sed li ne estis amatoro, ĉu?

– Ho ne! Tamen, li tiam nur komencis fariĝi konata.

– Nu, daŭrigu.

– Li jam sidiĝis ĉe la piano kiam mi atingis mian parteran seĝon. La unua peco kiun li ludis estis gavoto[3] tre ŝatata de mi – unu el tiuj leĝeraj, graciaj kaj facilaj melodioj, kiuj ŝajnas aromi je *lavande ambrée*,[4] kaj en iu maniero pensigas onin pri Lulli kaj Watteau,[5] pri pudritaj sinjorinoj vestitaj en flavaj satenaj roboj, kiuj flirtigas siajn ventumilojn.

– Kaj poste?

– Kiam li atingis la finon de la muzikaĵo, li ĵetis plurajn oblikvajn rigardojn al – mi pensis – la patronino. Kiam li ekstaris, mia patrino – kiu sidis malantaŭ mi – frapetis mian ŝultron per sia ventumilo, kaj nur faris unu el tiuj nekonvenaj rimarkoj per kiuj virinoj ĉiam ĝenas onin, kaj sekve, kiam mi turnis min por aplaŭdi, li jam estis malaperinta.

---

2   Reĝina Halo – (angle: *Queen's Hall*) estis koncerthalo por klasika muziko en centra Londono malfermita en 1893 kaj detruita de bombo en 1941. VIKI

3   Gavoto – Eksmoda ceremonia franca danco k melodio. PIV

4   France: *ambra lavendo*. Tiel nomiĝis tualetakvo fabrikita en suda Francujo.

5   Jean-Baptiste Lully, denaske Giovanni Battista Lulli, 1632-1687, italdevena franca komponisto. Jean-Antoine Watteau, 1684-1721, estis franca pentristo.

– Kaj kio okazis poste?

– Momenton – mi kredas, ke estis iom da kantado.

– Sed ĉu li ne plu ludis?

– Ho jes! Li revenis sur la scenejon ĉirkaŭ la mezo de la koncerto. Dum li kliniĝis, antaŭ ol sidiĝi ĉe la piano, liaj okuloj ŝajnis serĉi iun en la partero. Estis tiam – kiel mi pensis – kiam ni ekrigardis nin reciproke la unuan fojon.

– Kia viro li estis?

– Li estis sufiĉe alta kaj svelta junulo de dudek kvar jaroj. Lia hararo, mallonga kaj buklita – laŭ la maniero kiun Bressan, la aktoro, furorigis – havis aparte cindrokoloran nuancon; sed tio – kiel mi eksciis poste – rezultis de ĉiama neperceptebla pudrado. Ĉiuokaze, la heleco de lia hararo kontrastis kun liaj malhelaj brovoj kaj lia mallonga liphararo. Lia vizaĝkoloro havis tiun helan sanan palecon, kiun, miaopinie, artistoj ofte havas dum la juneco. Liaj okuloj – kiujn oni ĝenerale kredis esti nigraj – havis profundan bluan koloron, kaj kvankam ili ĉiam aspektis tiel trankvilaj kaj serenaj, tamen, atentema observanto povus, jen kaj jen, vidi en ili timon kaj sopiron, kvazaŭ li fiksrigardus teruran malklaran kaj foran vizion. Esprimo de la plej profunda malĝojo ĉiam sekvis tiun dolorigan iluzion.

– Kaj kial li malĝojis?

– Komence, kiam ajn mi demandis lin, li ĉiam ŝultrolevis, kaj respondis, ridante, "Ĉu vi neniam vidas fantomojn?" Poste, kiam ni interrilatis pli intime, lia ĉiufoja respondo estis: "Mia fatalo; tiu terura, terura fatalo mia!" Sed tiam, ridetante kaj levante la brovojn, li ĉiam zumis, *non ci pensiam.*[6]

– Li ne emis al morna cerbumado, ĉu?

– Ne, tute ne; li estis nur tre superstiĉa.

– Kiel ĉiuj artistoj, mi kredas.

---

6 Itale – "Ni ne pensu pri tio", el kanto de Schubert, *Il modo di prender moglie (Or sù! non ci pensiamo).*

– Aŭ pli ĝuste, ĉiuj personoj kiel – nu, kiel ni; ĉar nenio igas homojn tiel superstiĉaj kiel malmoraleco –

– Aŭ malklereco.

– Ho! tio estas tute alispeca superstiĉo.

– Ĉu estis ia nekutima esprimforto en liaj okuloj?

– Miaopinie certe; tamen oni ne povus diri, ke li havis hipnotigajn okulojn; liaj ekrigardoj estis pli sonĝemaj ol penetraj aŭ fiksrigardaj; kaj tamen ili havis tiom da penetro-povo, ke ekde la unua fojo kiam mi vidis lin, mi sentis ke li povus plonĝi profunde en mian koron; kaj kvankam lia esprimo estis neniel sensama, tamen, ĉiufoje kiam li rigardis min, mi ĉiam sentis la tutan sangon en miaj vejnoj ekardi.

– Oni ofte diris al mi, ke li estis bela; ĉu veras? Mi vidis lin nur unufoje.

– Jes, li estis rimarkinde belaspekta, tamen lia beleco estis pli strange unika ol okulfrapa. Krome liaj vestaĵoj, kvankam neniam misaj, estis iomete nekutimaj. Tiun vesperon, ekzemple, li portis en la butontruo bukedeton da blankaj heliotropoj, kvankam kamelioj kaj gardenioj estis tiam laŭmodaj. Lia sintenado estis tre ĝentlemana, sed sur la scenejo – ankaŭ kun fremduloj – iomete aroganta.

– Nu, kaj kio okazis kiam viaj ekrigardoj kruciĝis?

– Li sidiĝis kaj komencis ludi. Mi rigardis la programon; la peco estis sovaĝa hungara rapsodio de nekonata komponisto kun neprononcebla nomo; ĝia efekto, tamen, estis tute rava. Fakte, en neniu muziko estas la sensa elemento tiom potenca, kiel en tiu de la ciganoj. Vi komprenas, de minora gamo –

– Ho! neniajn teknikajn terminojn, mi petas, ĉar mi apenaŭ povas distingi unu noton de la alia.

– Ĉiuokaze, se vi iam aŭdis ĉardaŝon, vi sendube sentis, ke kvankam la hungara muziko plenplenas je raraj ritmaj efektoj, ĝi tamen tiel malsamas de niaj preskribitaj reguloj de harmonio ke ĝi agacas la orelojn. Tiuj melodioj unue ŝokas nin, tiam iom post iom subjugas, ĝis finfine ili ravas nin. La belega ornamado, ekzemple, kiu abundas en ili, havas definitivan luksan arabecon, kaj –

– Nu, lasu la ornamadon de la hungara muziko, kaj daŭrigu vian rakonton.

– Tio estas precize la malfacilaĵo, ĉar oni ne povas malligi lin de la muziko de lia lando; fakte, por kompreni lin, vi devas unue senti la latentan sorĉinfluon kiu saturas ĉiun ciganan kanton. Ĉiu nervhava organismo, unufoje impresita de la ĉarmo de ĉardaŝo, daŭre reagas entuziasme al tiuj sorĉaj programeroj. Tiuj tonoj kutime komenciĝas kun mallaŭta kaj malalta andanto, kiel la plendema lamento de forlasita espero, tiam la ĉiam ŝanĝiĝanta ritmo – plirapidiĝante – fariĝas "sovaĝa kiel la akcentoj de amanta adiaŭo"[7] kaj sen perdi ion de sia dolĉeco, sed daŭre akirante novan viglecon kaj solenecon, la *prestissimo*[8] – sinkopita de suspiroj – atingas paroksismon de mistera pasio, foje fandiĝas en mornan mortokanton, kaj tiam eksplodas senhonte kiel fajra kaj militema himno.

Li, pro lia beleco kaj karaktero, ĝuste personigis tiun ravan muzikon.

Dum mi aŭskultis lian ludadon, mi estis sorĉita; tamen mi apenaŭ povis diri, ĉu pro la verko, ĉu pro la ludado, aŭ ĉu pro la ludanto mem. Samtempe la plej strangaj vizioj ekŝvebis antaŭ miaj okuloj. Unue mi vidis la Alhambron[9] en la tuta abunda beleco de sia maŭra masonaĵo – tiuj luksaj simfonioj de ŝtonoj kaj brikoj – tiom simila al la koloraturoj de tiuj kuriozaj ciganaj melodioj. Tiam bruletanta nekonata

<hr>

7 Citaĵo el *The Bride of Abydos* (La fianĉino de Abidoso) de Lord Byron, en kiu Salim deklaras sian amon al sia duonfratino Zuleika.

8 Itale: rapidege.

9 Alhambro – Maŭra palaco en Granado. PIV

fajro ekardis en mia brusto. Mi sopiris senti tiun grandegan amon kiu frenezigas al krimo, senti la frakasan volupton de viroj kiuj loĝas sub la arda suno, kaj sate trinki de iu satiriaziga[10] trinkaĵo.

La vizio ŝanĝiĝis; anstataŭ Hispanujon, mi vidis dezertan landon, la sun-lumigitajn sablojn de Egiptujo, malsekaj pro la malvigla fluo de la Nilo, kie Hadriano[11] staris ploregante, senespere, nekonsoleble, ĉar li estis por ĉiam perdinta la knabon kiun li tiom amis. Ŝorĉita de la dolĉa muziko, kiu akrigis ĉiun senson, mi nun komencis kompreni aferojn ĝis tiam tiom strangajn, la amon kiun sentis la potenca monarko por sia bela greka sklavo, Antinoo,[12] kiu – kiel Kristo – mortis por la bono de sia mastro. Pro tio mia sango tute rapidis de mia koro en la kapon kaj poste refluis malsupren, tra ĉiu vejno, kiel ondoj de fandita plumbo.

Sekve de tio la sceno ŝanĝiĝis kaj translokiĝis al la ravaj urboj Sodomo kaj Gomoro, strangaj, belegaj kaj grandiozaj; kaj ĝuste tiam la notoj de la pianisto ŝajnis murmuri en miajn orelojn kun la spirego de avida volupto, kun la sono de ekscitaj kisoj.

Ĉi-momente – en la mezo de mia vizio – la pianisto turnis sian kapon kaj direktis longan, restadan, revan rigardon al mi, kaj niaj ekrigardoj kruciĝis refoje. Sed ĉu li estis la pianisto, ĉu li estis Antinoo, aŭ pli verŝajne, ĉu li ne estis unu el tiuj anĝeloj kiun Dio sendis al Lot?[13] Ĉiuokaze, la nerezistebla ĉarmo de lia beleco estis tia, ke ĝi komplete venkis min; kaj ĝuste tiam la muziko ŝajnis flustri:

---

10 Satiriazo – nenormala intensa seksimpulso ĉe viro. PIV

11 Hadriano – Romia imperiestro, 76-138. PIV

12 Antinoo – Juna, tre bela sklavo, kiu iĝis la favorato de Hadriano. PIV

13 La Sankta Biblio: Genezo 19:29

Ĉu vi ne povus trinki lian rigardon kiel vinon,
kvankam ĝia brilo svenas
langvore en la silento,
kiel agordo en agordon?[14]

La ekscita dezirego kiun mi sentis intensiĝis pli kaj pli, la urĝo estis tiom nesatigebla, ke ĝi ŝanĝiĝis al doloro, la brulanta fajro nun estis blovita al flamego, kaj mia tuta korpo konvulsiis kaj tordiĝis pro freneza deziro. Miaj lipoj estis elsekigitaj, mi anhelis; miaj artikoj estis rigidaj, miaj vejnoj ŝvelitaj, tamen mi sidis senmove, kiel la tuta homamaso ĉirkaŭ mi; sed subite peza mano ŝajnis esti metita sur mian sinon, io estis ekprenita, stringita; mi svenis pro volupto. La mano estis movita supren kaj malsupren, malrapide unue, poste pli kaj pli rapide kun la ritmo de la melodio. Mi kapturniĝis kvazaŭ tra ĉiu vejno kursadus brulanta lafo, kaj tiam eĉ ekŝprucis kelkaj gutetoj – mi anhelis –

Subite la pianisto finis sian pecon kun bruego ĉirkaŭita de tondra aplaŭdado de la tuta teatro. Mi mem aŭdis nenion krom tondrobruo, mi vidis fajran hajlon, pluvon de rubenoj kaj smeraldoj, kiu konsumis la urbojn de la ebenaĵo,[15] kaj lin, la pianiston, kiu staris nuda en la blindiga lumo, malŝirmita antaŭ la fulmokrako de la ĉielo kaj la flamoj de infero. Dum li staris tie, mi – en mia frenezo – vidis lin tuj transformiĝi en Anubon, la egiptan dion kun ŝakala kapo, kaj tiam iom post iom en abomenindan kvarpiedulon. Timigite mi tremetis, sentis naŭzon, sed li rapide reprenis sian propran formon.

---

14 Poemo de Dante Gabriel Rossetti, 1828-1882, brita poeto kaj pentristo. El la poemo *The Card-Dealer* (La ludkart-disdonanto). La verkisto ŝanĝis "ŝian" al "lian".

15 Urboj de la ebenaĵo – referenco al Sodomo kaj Gomoro en la angla traduko de la Biblio (Genezo 19:29) La esperanta traduko diras "urboj de la ĉirkaŭaĵo." Ĝi ankaŭ aludas libron de 1881, *The Sins of the Cities of the Plain* (La pekoj de la urboj de la ebenaĵo), kiu supozeble estis aŭtobiografia rakonto de samseksemulo en la tiama Londono.

Mankis al mi la forto por aplaŭdi; mi sidis senvorte, senmove, sennerve, elĉerpite. Miaj okuloj fiksrigardis la artiston kiu staris kaj riverencis malenergie, malestime; dum liaj propraj rigardoj, plenaj de "avida kaj pasia tenereco,"[16] ŝajnis serĉi miajn, kaj nur miajn. Kia sento de triumfo vekiĝis en mi! Sed ĉu li povus ami min, kaj min sole? Dum momento la triumfo cedis al amara ĵaluzo. Ĉu mi freneziĝas, mi demandis min.

Dum mi rigardis lin, profunda melankolio ŝajnis superombri liajn trajtojn, kaj – terura vidaĵo – mi vidis malgrandan ponardon pikitan en lian bruston, kaj sangon, kiu rapide fluis el la vundo. Mi ne nur tremis, sed preskaŭ ŝrikis pro timo, la vizio estis tiel reala. Mi kapturniĝis, kaj kreskis en mi malforto kaj naŭzo. Elĉerpite, mi refalis en la seĝon kaj per la manoj kovris la okulojn.

– Kia stranga halucino. Mi scivolas kio okazigis ĝin.

– Ĝi estis fakte io pli ol halucino, kiel vi vidos poste. Kiam mi relevis mian kapon, la pianisto estis for. Tiam mi turniĝis, kaj mia patrino – vidinte kiel pala mi estis – demandis min, ĉu mi sentas min malsana. Mi murmuris ion pri la tre prema varmego. "Iru en la verdan salonon," ŝi diris, "kaj prenu glason da akvo."

"Ne, plibonas ke mi iru hejmen."

Mi sentis, fakte, ke mi ne povas aŭskulti pli da muziko tiun vesperon. Kun miaj tiel streĉitaj nervoj, sentimentalaĉa kanto nur indignigus min, dum plia ebriiga melodio kaŭzus la perdon de miaj sensoj.

Dum mi leviĝis, mi sentis min tiel laca, kvazaŭ mi promenus en tranco, tiel ke sen scii ekzakte kien mi paŝis, mi

---

16 Citaĵo el beletra jarlibro, *The Aethenaeum*, Volumo 1839, *"The lips and the moulding of the chin resembled the eager and impassioned tenderness of the shapes of Antinous"* (La lipoj kaj la modlita mentono similis al la avida kaj pasia tenereco de la formoj de Antinoo).

aŭtomate sekvis iujn personojn antaŭ mi, kaj post kelkaj momentoj mi neatendite troviĝis en la verda salono.

La trinkejo estis preskaŭ malplena. Ĉe la fora parto kelkaj dandoj grupiĝis ĉirkaŭ junulo en vespervestaĵo, kies dorso estis turnita al mi. Mi rekonis ke unu el ili estis Briancourt.

– Kio, ĉu la filo de la generalo?

– Precize.

– Mi memoras lin. Li ĉiam vestis sin en tia atentokapta maniero.

– Ekzakte. Tiun vesperon, ekzemple, kiam ĉiu sinjoro vestiĝis nigre, li kontraŭe portis blankan flanelan kompleton, kiel kutime, kun tre malferma Byron-stila[17] kolumo kaj ruĝa, larĝe bantigita kravato laŭ la stilo *lavaliera*.[18]

– Jes, ĉar li havis belegajn kolon kaj gorĝon.

– Li estis tre bela, kvankam mi persone ĉiam provis eviti lin. Li kutimis okulumi tiel, ke oni sentis sin tre malkomforte. Vi ridas, sed estas fakto. Ekzistas viroj kiuj, fiksrigardante virinon, dume ŝajnas malvesti ŝin. Briancourt tiel maldece rigardis ĉiujn. Mi svage sentis liajn okulojn ekzameni mian tutan korpon, kaj tio igis min timida.

– Sed vi konis lin, ĉu ne?

– Jes, ni kune iris al iu bazlernejo, sed ĉar mi estis tri jarojn pli juna ol li, mi ĉiam estis en pli malalta klaso. Ĉiuokaze, tiun vesperon, vidinte lin, mi estis forlasonta la ĉambron, kiam la sinjoro kun la frako turniĝis. Estis la pianisto. Dum niaj okuloj refoje renkontiĝis, mi sentis strangan tremon en mi, kaj lia aspekto fascinis tiom forte, ke mi apenaŭ povis moviĝi. Tiam, tiel altirite, anstataŭ forlasi la verdan salonon, mi iris malrapide, preskaŭ malvole, al la grupo. La muzi-

---

17 Lord Byron, 1788-1824, ambaŭseksema brita romantika poeto kiu forlasis Britujon pro akuzoj de incesto kaj sodomio. VIKI

18 France en la originalo: *lavallière*. Kreita de la dukino de La Vallière, amantino de Louis XIV. Tiu larĝa kravato estis portita de virinoj, artistoj, studentoj, kaj maldekstremaj intelektuloj. Hodiaŭ oni ankoraŭ vidas ĝin ĉe edziĝfestoj. VIKI

kisto, sen fiksrigardi min, tamen ne turnis sian rigardon for de mi. Mi tremis de la kapo ĝis la piedoj. Li ŝajnis iom post iom altiri min al si, kaj mi devas konfesi, ke la sento estis tiom plezura, ke mi tute cedis al ĝi.

Ĝuste tiam Briancourt, ne vidinte min, turnis sin, kaj rekonante min, kapinkline salutis en sia indiferenta maniero. Tiam la okuloj de la pianisto fariĝis pli brilaj, kaj li flustris ion al li, pro kio la filo de la generalo, sen respondi, turniĝis al mi, prenis mian manon, kaj diris:

"Kamilo, permesu ke mi prezentu al vi mian amikon Reneon. S-ro Reneo Telenio – S-ro Kamilo Des Grieux."

Mi riverencis ruĝiĝante. La pianisto etendis sian sengantigitan manon. Pro mia nervozeco mi estis forpreninta ambaŭ gantojn, tiel ke nun mi metis mian nudan manon en lian.

Li havis perfektan manon por viro, plie grandan ol malgrandan, fortan, tamen molan, kun longaj, pintiĝantaj fingroj, tiel ke lia manpremo estis fortika kaj firma.

Kiu jam ne spertis la multajn sentojn kiuj rezultas de tuŝo de mano? Multaj personoj ŝajnas havi propran temperaturon ĉirkaŭ si. Ili estas varmegaj kaj febraj meze de la vintro, dum aliaj estas fridaj kaj glaciaj dum la plej varmaj tagoj de la somero. Kelkaj manoj estas sekaj, eĉ elsekigitaj, aliaj daŭre malseketaj, humidaj kaj ŝlimaj. Ekzistas manoj karnodikaj, pulpaj kaj muskolecaj, aŭ maldikaj, skeletaj kaj ostaj. La manpremo de iuj estas kiel tiu de fera ŝraŭbtenilo, de aliaj, mola kvazaŭ peco de ĉifono. Ekzistas ankaŭ la artefarita produkto de nia moderna civilizacio, kriplaĵo kiel la piedo de ĉina sinjorino, ĉiam kaŝita per ganto dumtage, ofte kovrita per kataplasmo dumnokte, zorge manikurita; ili estas blankaj kiel neĝo, se ne ĉastaj kiel glacio. Tiu senutila maneto fortiriĝus de la tuŝo de la magra, kaleca, argilkolora, malpura, laborista mano, kiun la pena senĉesa laborado ŝanĝis al hufo. Kelkaj manoj estas timidaj, aliaj nedece palpas onin;

la premo de iuj estas hipokrita kaj ne tio kion ĝi ŝajnigas; ekzistas la velura, la lakea, la sacerdota mano, la mano de trompanto; la malferma manplato de la malŝparulo, la avara krifo de uzuristo. Ankaŭ ekzistas la magneta mano, kiu ŝajnas havi sekretan afinecon al via propra; ĝia simpla tuŝo ekscitas vian tutan nervan sistemon, kaj ravas vin.

Kiel mi povas esprimi ĉion, kion mi sentis pro la kontakto kun la mano de Telenio? Ĝi ekzaltis min; kaj, estas strange diri, ĝi samtempe trankviligis min. Kiom pli dolĉa, pli mola ĝi estis ol kiso de virino. La sento de lia premo malrapide kovris mian tutan korpon, karesis miajn lipojn, mian gorĝon, mian bruston; miaj nervoj de l' kapo ĝis la piedoj tremetis kun delico, tiam ĝi sinkis malsupren en la lumbon, kaj Priapo,[19] revekiĝinta, levis sian kapon. Mi vere sentis, ke li ekposedis min, kaj mi estis feliĉa aparteni al li.

Mi ŝatis diri al li kelkajn afablajn vortojn kiel dankesprimon pro la plezuro, kiun lia ludado donis al mi, tamen, kiu nebanala parolturno povus esprimi la tutan admiron, kiun mi sentis por li?

"Sed, sinjoroj," li diris, "mi timas, ke mi detenas vin de la muziko."

"Mi fakte ĵus volis foriri," mi diris.

"Do la koncerto enuigas vin, ĉu? "

"Ne, kontraŭe; sed aŭdinte vin ludi, mi ne povas aŭskulti pli da muziko ĉi-vespere."

Li ridetis kaj aspektis kontenta.

"Fakte, Reneo, vi superis vin mem ĉi-vespere," diris Briancourt. "Mi neniam aŭdis vin ludi tiel antaŭe."

"Ĉu vi scias kial?"

"Ne, krom se pro tio ke vi havis tiom plenan teatron."

"Ho ne! estas simple ĉar, dum mi ludis la gavoton, mi sentis ke iu aŭskultas min."

---

19 Priapo – Helena dio de la ĝardenoj kaj fekundeco, ĝenerale prezentita kun grandega peniso. Ĉi tie la peniso mem.

"Ho! iu!" eĥis la junaj viroj, ridante.

"Ĉe angla publiko, precipe tiu de karitataj koncertoj, ĉu vi honeste pensas, ke multaj personoj vere aŭskultas? Mi volas diri, kiuj aŭskultas atente kun la tutaj koro kaj animo? La junaj viroj komplezas la virinojn, dum ĉi tiuj ekzamene rigardas la tualeton unu de la aliaj; la patroj, kiuj enuas, pensas aŭ pri la altiĝo kaj malaltiĝo de siaj akcioj, aŭ nombras la gaslumojn, kaj kalkulas kiom kostas la lumigado."

"Tamen, en tia homamaso certe devas esti pli ol unu atentema aŭskultanto," diris unu el la junuloj.

"Ho jes! Tute certe, ekzemple la fraŭlino kiu zumadas la pecon kiun vi ĵus ludis, sed estas apenaŭ pli ol unu – kiel mi diru tion? – nu, pli ol unu simpatia aŭskultanto."

"Kion vi celas per 'simpatia aŭskultanto'?" demandis iu alia.

"Persono kun kiu kurento ŝajnas establiĝi; iu kiu, aŭskultante, sentas ekzakte tion kion mi sentas dum mi ludas, iu kiu eble vidas la samajn viziojn kiel mi – "

"Kio! Vi havas viziojn kiam vi ludas?" demandis, surprizite, unu el la ĉirkaŭstarantoj.

"Ne kutime, sed ĉiam kiam mi havas simpatian aŭskultanton."

"Kaj ĉu vi ofte havas tian aŭskultanton?" mi diris, kun akra ekdoloro de ĵaluzo.

"Ofte? Ho ne! malofte, tre malofte, preskaŭ neniam fakte, kaj aliflanke – "

"Aliflanke kio?"

"Neniam kiel ĉi tiun vesperon."

"Kaj kio okazas kiam vi havas neniun aŭskultanton?"

"Tiam mi ludas mekanike, en enuiga, teda maniero."

"Ĉu vi povas diveni, kiu estis via aŭskultanto ĉi-vespere?" aldonis Briancourt ridetante cinike, kaj poste kun okulumo al mi.

"Certe unu el la multaj belulinoj," diris iu alia. "Vi estas bonŝanculo."

"Jes," diris tria persono, "ne mankas al vi konkeritinoj. Bone konata estas la potenco de muziko super la bela sekso. Mi dezirus esti via najbaro ĉe tiu manĝofesto, tiel ke vi povus transdoni al mi tiun frandaĵon servinte vin mem."

"Ĉu estis iu bela knabino?" demandis Briancourt. Telenio rigardis profunde en miajn okulojn, kun apenaŭ perceptebla rideto, kaj respondis:

"Eble."

"Ĉu vi pensas, ke vi iam konos vian aŭskultanton?" scivolis Briancourt.

La okuloj de Telenio refoje fiksrigardis miajn, kaj li aldonis mallaŭte:

"Eble."

"Sed kian indicon vi havas por malkovri tion?"

"Liaj vizioj devas kongrui kun miaj."

"Mi scias, kia estus mia vizio se mi havus iun," diris iu alia.

"Kia ĝi estus?" demandis Telenio.

"Du liliblankaj mamoj kun cicoj, kiel du rozkoloraj rozburĝonoj, kaj pli malsupre, du malsekaj lipoj, kiel tiuj rozaj konkoj kiuj, malfermiĝante kun ekvolupto, malkaŝas luksan pulpan mondon, sed profunde koralkoloran, kaj aldone tiuj du ŝvelantaj lipoj devas esti ĉirkaŭataj de iom da ora aŭ nigra lanugo – "

"Sufiĉas, sufiĉas, mia amiko, mi jam salivas pro via vizio, kaj mia lango sopiras sperti la guston de tiuj lipoj," diris unu el la junaj viroj, kun okuloj brilantaj kiel tiuj de satiruso,[20] kaj evidente en stato de afrodizio.

"Ĉu tiu ne estas via vizio, Telenio?"

La pianisto ridetis enigme:

---

20 Satiruso – helena/romana homforma dio kun ĉevalaj aŭ kapraj oreloj kaj vosto, uzata kiel simbolo de homo cinike voluptama.

"Eble."

"Laŭ mi," diris unu el la junaj viroj kiuj ankoraŭ ne estis parolintaj, "vizio elvokita de hungara rapsodio devus konsisti aŭ el vastaj ebenaĵoj kun aro da ciganoj, aŭ el viroj kun rondaj ĉapeloj, larĝaj pantalonoj kaj mallongaj jakoj, rajdantaj sur pasiaj ĉevaloj."

"Aŭ el soldatoj kun laĉitaj botoj dancantaj kun nigrokulaj knabinoj," diris iu alia.

Mi ridetis pensante pri kiel malsama mia vizio estis de tiuj. Telenio, kiu observis min, notis la movadon de miaj lipoj.

"Sinjoroj," diris la muzikisto, "la unua vizio estis elvokita ne de mia ludado, sed de bela knabino, kiun li okulumis; kaj en via kazo, temas simple pri rememoroj de iuj bildoj aŭ baletoj."

"Kio, do, estis via vizio?" demandis Briancourt.

"Mi ĵus volis starigi la saman demandon," akre reĵetis la pianisto.

"Mia vizio estis tre malsama," li respondis.

"Tiukaze ĝi devis esti *le revers de la médaille*[21] – la postaĵo," diris alia ridante; "tio estas, du beletaj neĝkovritaj montetoj, kaj profunda valo malsupre kun puto, eta truo, kun malhela rando aŭ pli ĝuste kun ĉirkaŭa bruna aŭreolo."

"Nu, rakontu al ni vian vizion nun," insistis Briancourt.

"Miaj vizioj estas tiel svagaj kaj malklaraj, ili foriĝas tiel rapide, ke mi apenaŭ povas memori ilin," li respondis eviteme.

"Sed ili estas belaj, ĉu ne?"

"Tamen ankaŭ teruraj," li diris.

"Kiel la dieca kadavro de Antinoo, vidita per la arĝenta lumo de la opala luno, flosanta sur la akrebrila akvo de la Nilo," mi diris.

---

21 France: la dorsflanko de la medalo. (Tio respegulas la originalajn titolojn de la verko, *Teleny, or The Reverse of the Medal*. Anglaj romanoj tiutempe kutime havis du titolojn.)

Ĉiuj junaj viroj rigardis min ege surprizite. Briancourt ridis akrasone.

"Vi estas bona poeto aŭ pentristo," diris Telenio, rigardante min atente kun duonfermitaj okuloj. Tiam, post paŭzo: "Ĉiuokaze vi pravas pridemandante min, sed vi ne devas ofendiĝi pro miaj viziaj paroladoj, ĉar ĉiu artisto enhavas en si tiom da frenezulaj trajtoj." Tiam, ĵetante rigardon de liaj malgajaj okuloj en miajn, "Kiam vi pli bone konos min, vi scios, ke la frenezulo en mi tiom superas la artiston."

Tuj poste li elprenis forte parfumitan delikatan batistan[22] poŝtukon kaj forviŝis la ŝviton de sia frunto.

"Kaj nun," li aldonis, "mi ne devas deteni vin plu per mia sencela babilado, alie la patroninoj koleros, kaj mi vere ne povas permesi al mi malkontentigi la sinjorinojn"; kaj kun kaŝrigardo al Briancourt, li aldonis, "ĉu ne?"

"Certe ne, tio estus krimo kontraŭ la bela sekso," respondis iu.

"Krome, la aliaj muzikistoj dirus, ke mi faris tion por spiti ilin; ĉar neniu havas tiajn fortajn sentojn de ĵaluzo kiel amatoroj, ĉu temas pri aktoroj, kantistoj aŭ muzikistoj, do *au revoir*."[23]

Tiam kun pli profunda riverenco ol tiu, kiun li koncedis al la publiko, li celis forlasi la ĉambron, kiam li refoje haltis: "Sed vi, S-ro Des Grieux, vi diris, ke vi ne restos; ĉu mi rajtas peti la plezuron akompani vin?"

"Plej volonte," mi diris avide.

Briancourt refoje ridetis ironie – pro kio, mi ne komprenis. Tiam li zumis eron el *Madame Angot*,[24] la opereto kiu

---

22 Batisto – Plej delikata tolo el lino. PIV

23 France: ĝis revido

24 Madame Angot, en francaj teatraĵoj, estas arketipa rolo, kiu reprezentas parvenuon. Ĉi tie temas pri opereto de Charles Lecocque, 1832-1918, *La fille de Madame Angot* (La filino de Sinjorino Angot).

tiam furoris; la solaj vortoj kiujn mi kaptis, estis: *"Il est, dit-on, le favori,"*[25] kaj tiujn vortojn li akcentis intence.

Telenio, kiu aŭdis ilin same kiel mi, ŝultrolevis, kaj murmuris ion tra la dentoj.

"Kaleŝo atendas min ĉe la malantaŭa pordo," li diris, glitigante sian brakon sub mian.

"Tamen se vi preferas promeni – "

"Jes fakte, ĉar la varmeco en la teatro estis tiel sufoka."

"Jes, sufoka varmeco," li diris, ripetante miajn vortojn, kaj evidente pensante pri io alia. Kaj subite, kvazaŭ frapite de ekpenso, li diris "Ĉu vi estas superstiĉa?"

"Superstiĉa?" La nekutimeco de lia demando imponis min. "Nu – jes, pli-malpli, mi supozas."

"Mi estas tre superstiĉa. Mi supozas, ke tio estas en mia naturo, ĉar vi devas kompreni, ke la cigana elemento en mi estas tre forta. Oni diras, ke kleraj homoj ne estas superstiĉaj. Nu, unue mi havis aĉan edukadon; kaj due mi opinias, ke se ni vere scius pri la misteroj de la naturo, ni povus klarigi ĉiujn tiujn strangajn koincidojn, kiuj ĉiam okazas." Tiam, ekhaltante: "Ĉu vi kredas je la transdono de pensoj, de emocioj, de sentoj?"

"Nu, mi vere ne scias – mi – "

"Vi devas kredi," li aldonis aŭtoritate, "ĉar ni spertis la saman vizion samtempe. Unue vi vidis la Alhambron, fajrebrilan pro la suno, ĉu ne?"

"Jes," mi diris, mirigite.

"Kaj vi pensis, ke vi ŝatus senti tiun potencan konsuman amon kiu frakasas kaj korpon kaj animon, ĉu ne? Vi ne respondas. Kaj poste venis Egiptujo, Antinoo kaj Hadriano. Vi estis la imperiestro, mi estis la sklavo."

Tiam, cerbumante, li aldonis, preskaŭ al si mem: "Kiu scias, eble mi iam mortos por vi!" Kaj liaj trajtoj alprenis tiun

---

25 France: Li estas, onidire, la favorato.

dolĉan rezignacian aspekton, kiun oni povas vidi sur la statuoj de la duondio.

Mi konfuzite rigardis lin.

"Ho! vi pensas, ke mi frenezas, sed ne, mi nur asertas faktojn. Vi ne sentis, ke vi estas Hadriano, simple ĉar vi jam ne alkutimiĝis al tiaj vizioj; sendube ĉio ĉi estos iam pli klara al vi; sed en mia kazo, vi sciu, azia sango fluas en miaj vejnoj, kaj – "

Sed li ne finis la frazon, kaj ni silente pluiris, kaj li diris:

"Ĉu vi ne vidis min turni min dum la gavoto kaj serĉi vin? Mi eksentis vin, ĝuste tiam, sed mi ne povis trovi vin; vi memoras, ĉu ne?"

"Jes, mi vidis, ke vi rigardis miaflanken, kaj – "

"Kaj vi estis ĵaluza!"

"Jes," mi diris, preskaŭ neaŭdeble.

Kiel respondo, li forte premis mian brakon kontraŭ sia korpo, kaj post paŭzo, li rapide kaj flustre aldonis:

"Vi devas scii, ke mi havas nenian korinklinon al eĉ unu knabino en ĉi tiu mondo, kaj neniam tion havis. Mi neniam povus ami virinon."

Mia koro forte batis; mi havis sufokan senton kvazaŭ io premus mian gorĝon.

Kial li diras tion al mi, mi demandis min.

"Ĉu vi ĝuste tiam ne flaris parfumon?"

"Parfumon – kiam?"

"Dum mi ludis la gavoton; vi jam forgesis eble."

"Nu, momenton, jes vi pravas, kia parfumo ĝi estis?"

"Ambra lavendo."

"Ekzakte."

"Kiun vi ne aparte ŝatas, kaj kiun mi malŝatas; diru, kiu estas via preferata parfumo?"

"*Héliotrope blanc.*"[26]

26 France: Blanka heliotropo (Nomo de parfumo lanĉita en 1850 de la plej malnova franca fabrikanto de parfumo, L.T. Piver 1774).

Sen respondi al mi, li eltiris poŝtukon kaj donis ĝin al mi por flari.

"Ĉiuj niaj gustoj estas ekzakte samaj, ĉu ne?" Kaj dirante tion, li rigardis min kun tiom pasia kaj volupta sopiro, ke la karna dezirego videbla en liaj okuloj preskaŭ svenigis min.

"Vi vidas, ke mi ĉiam portas bukedeton da blankaj heliotropoj; permesu ke mi donu ĉi tiun al vi, ke ĝia odoro memorigu vin pri mi ĉi-vespere, kaj eble ĝi sonĝigos vin pri mi."

Kaj prenante la florojn el sia butontruo, li metis ilin en mian per unu mano, dum li glitigis la maldekstran brakon ĉirkaŭ mia talio kaj premis min forte kontraŭ sia tuta korpo dum kelkaj sekundoj. Tiu mallongdaŭra tempo ŝajnis al mi eterna.

Mi povis senti lian varman, anhelan spiron kontraŭ miaj lipoj. Malsupre, niaj genuoj tuŝiĝis, kaj mi sentis ion malmolan premi kontraŭ mia femuro.

Miaj emocioj tiam estis tiaj, ke mi apenaŭ povis stari; dum momento mi pensis, ke li kisos min – kaj fakte, liaj malmolaj lipharoj iomete tiklis miajn lipojn, tiel ke mi spertis la plej delican senton. Tamen, li nur rigardis profunde en miajn okulojn kun demona fascino.

Mi sentis lian ardan rigardon profunde penetri mian bruston, kaj multe malsupren. Mia sango ekbolis kiel brulanta likvo, tiel ke mi sentis mian ... (kion la italoj nomas "birdeton," kaj kion ili montris kiel kerubon kun flugilo) lukti en sia malliberejo, levi sian kapon, malfermi siajn etajn lipojn kaj denove elŝpruci unu aŭ du gutetojn de tiu krema vivdona likvo.

Sed tiuj malmultaj larmoj – tute ne estante trankviliga balzamo – ŝajnis kiel gutetoj de kaŭstikaĵo brulvundanta min, kaj kaŭzanta fortan, neelteneblan iriton.

Mi estis torturita. Mia menso estis infero. Mia korpo ekbrulis.

Ĉu li suferas tiom kiel mi, mi demandis min.

Ĝuste tiam li forprenis sian brakon de mia talio, kaj ĝi falis inerta pro sia propra pezo, kiel tiu de dormanta homo.

Li retropaŝis, kaj tremetis kvazaŭ ricevinta fortan elektran ŝokon. Li ŝajnis preskaŭ sveni, tiam li viŝis sian humidan frunton kaj laŭte suspiris. Ĉiu koloro fuĝis de lia vizaĝo, kaj li fariĝis mortpala.

"Ĉu vi taksas min freneza?" li diris. Tiam, sen atendi respondon: "Sed kiu estas mense sana kaj kiu mensmalsana? Kiu estas virta kaj kiu malmorala en ĉi tiu nia mondo? Ĉu vi scias? Mi ne scias."

Mi ekpensis pri mia patro, kaj mi demandis min, tremetante, ĉu ankaŭ mi estas freneziĝanta.

Estis paŭzo. Nek li, nek mi parolis dum kelka tempo. Li interplektis siajn fingrojn kun miaj, kaj ni pluiris silente dum iom da tempo.

Ĉiuj sangovaskuloj de mia membro estis ankoraŭ forte dilatitaj kaj la nervoj streĉitaj, la spermoduktoj troplenaj; tial la erektiĝo daŭris kaj samtempe mi sentis malakran doloron disvastiĝi sur kaj apud ĉiuj generaj organoj, dum la resto de mia korpo estis en stato de elĉerpiteco, tamen – malgraŭ la doloro kaj langvoro – estis ege plezura sento iri kune, kun niaj manoj interpremitaj, lia kapo preskaŭ kuŝanta sur mia ŝultro.

"Kiam vi unue sentis miajn okulojn observi viajn?" li duonvoĉe demandis post kelka tempo.

"Kiam vi sursceniĝis la duan fojon."

"Ekzakte; tiam niaj ekrigardoj renkontiĝis, kaj tiam estis kurento inter ni, kiel sparko de elektro kiu kuras laŭ drato, ĉu ne?"

"Jes, kurento neinterrompita."

"Sed vi vere sentis min ĵus antaŭ ol mi eliris, ĉu ne?"

Kiel respondo mi nur premis forte liajn fingrojn.

"Mi neniam konis viron kies sentoj koincidis tiel bone kun miaj. Diru, ĉu vi opinias, ke virino povus senti ion tiel intense?"

Mia kapo sinkis; mi ne povis respondi al li.

"Ni certe amikiĝos, ĉu ne?" li diris, prenante ambaŭ miajn manojn.

"Jes," mi diris timide.

"Jes, sed grandaj amikoj, aŭ *sinoamikoj*[27] kiel diras la angloj."

"Jes."

Sekve li premis min refoje kontraŭ sia brusto kaj murmuris en mian orelon kelkajn vortojn en nekonata lingvo, tiel mallaŭte kaj muzike, ke ili preskaŭ ŝajnis kiel sorĉvortoj.

"Ĉu vi scias, kion signifas tio?" li diris.

"Ne."

"Ho, mia amiko! mia koro sopiras je vi."

---

27 Sinoamikoj – angle: *bosom friends*

Ĉapitro Du

– Dum la tuta nokto mi estis ekscitita kaj febra, mi turnadis min en la lito sen povi trovi ripozon; kaj eĉ kiam finfine mi endormiĝis, daŭris mia turmento per la plej lascivaj kaj erotikaj sonĝoj.

En unu sonĝo, ekzemple, ŝajnis al mi, ke Telenio ne estis viro, sed virino; pli precize mia propra fratino.

– Sed vi neniam havis fratinon, ĉu ne?

– Certe ne. Iam mi rakontos al vi kial mi estas solinfano. En tiu halucino, mi – ĝuste kiel Amnon,[28] filo de David – trovis min enamiĝinta al mia propra fratino, kaj mi suferis multe kaj preskaŭ malsaniĝis, ĉar al mi ŝajnis ne nur malfacile, sed eĉ abomeninde, fari ion al ŝi. Mi do kontraŭbatalis tiun amon per ĉiuj miaj fortoj, ĝis unu nokton, konsumiĝinta pro volupto kaj la nekapablo rezisti plu, mi cedis al ĝi kaj ŝteleniris ŝian ĉambron.

Mi vidis ŝin, sub la rozkolora lumo de ŝia noktolampo, kuŝantan, aŭ pli ĝuste, etenditan sur sia lito. Mi tremetis pro amoremo je la vido de ŝia perloblanka karno. Mi volis esti rabobesto por alsalti kaj vori ŝin.

Ŝiaj nepinglitaj kaj taŭzitaj oraj bukloj etendiĝis sur la kuseno. Ŝia batista ĉemizo, kiu apenaŭ kovris parton de ŝia nudeco, pliigis la ĉarmon de tio kio videblis. La bantoj, kiuj tenis la ĉemizon je la ŝultroj, estis malnoditaj, tiel ke videblis ŝia dekstra mamo, kiun miaj avidaj okuloj amoreme rigardadis. Tiu mamo elstaris firme kaj ronde, ĉar ŝi estis tre

---

28 La Sankta Biblio: II Samuel 13; Amnon perfortis sian fratinon Tamar.

juna virgulino, kaj ĝia delikata formo ne estis pli granda ol ĉampanglaso, kaj kiel diras la poeto Symonds:[29]

Ŝiaj mamoj brilis kiel diantoj ĉirkaŭitaj de lilioj.

Ŝian kapon apogis ŝia dekstra brako, kies kurbiĝo rivelis la kaŝtankolorajn kaj densajn hartufojn de ŝia akselo.

Ŝi kuŝis en la alloga pozicio de Danae,[30] precize kiam ŝi estis deflorita de Zeŭso alpreninta la formon de orpluvo; tio estas, kun la genuoj levitaj, la femuroj tre apartigitaj. Kaj kvankam ŝi profunde dormis, kaj ŝia brusto apenaŭ moviĝis kiam ŝi spiris, ŝia karno ŝajnis malkaŝi avidan amoran deziron, dum ŝiaj lipoj, duonapartaj, estis pretaj por kiso.

Piedpinte mi senbrue alproksimiĝis al ŝia lito, kiel kato saltonta sur muson, kaj malrapide rampis inter ŝiajn krurojn. Mia koro batis kvazaŭ krevigonta mian bruston, kaj mi sopiris ekvidi tion, kion mi tiom volis rigardi. Dum mi alproksimiĝis rampante per brakoj kaj kruroj, kun la kapo antaŭe, forta odoro de blanka heliotropo eniris mian kapon kaj ebriigis min.

Tremante pro ekscito, tenante la okulojn en streĉo kaj larĝe malfermitaj, mia rigardo plonĝis inter ŝiajn femurojn. Komence mi nenion vidis krom amaso da kaŝtankoloraj haroj, malmolaj kaj frizitaj en bukletoj, kiuj kvazaŭ kreskis tie por kaŝi la enirejon al la puto de plezuro. Delikate mi levis la ĉemizon, zorge dividis la hartufojn, kaj apartigis la du belajn lipojn, kiuj de si mem malfermiĝis je la tuŝo de miaj fingroj, kvazaŭ por faciligi al mi la eniron.

---

29 John Addington Symonds, 1840-1893, estis angla poeto kaj beletra kritikisto. Li estis inter la unuaj defendantoj de samseksemo, kiun li nomis *"l'amour de l'impossible"* (la amo de la neeblo).

30 Danae – amantino de Zeŭso, kiu ŝin gravedigis, alpreninte la formon de orpluvo. PIV

Farinte tion, mi nutris miajn avidajn okulojn per tiu deli-kata, rozkolora karno, kiu aspektis kiel la matura rondŝvela pulpo de ia apetitveka frukto, kaj meze de tiuj du ruĝaj lipoj burĝonetis vivanta floreto de karno kaj sango.

Evidente mi estis tiklinta ĝin per mia fingropinto, ĉar, dum mi rigardis ĝin, ĝi nun movetiĝis, kvazaŭ dotita de propra vivo, streĉe leviĝante al mi. Ŝajnis kvazaŭ invito, kaj ekposedis min deziro gustumi ĝin, karesi ĝin, kaj pro tio, ne povante rezisti, mi klinis min kaj premis mian langon sur ĝin, kaj super ĝi, kaj en ĝin, serĉante ĉiun faldon kaj angule-ton, penetrante en ŝiajn plej intimajn profundaĵojn, dum ŝi, ravita sen dubo de tiu ludo, helpis min en mia laboro, sku-ante la postaĵon kun tia ardeco, ke post malmultaj minutoj la floreto malfermis siajn petalojn kaj elverŝis sian ambrozian siropon, de kiu eĉ ne guton mia lango permesis malkapti.

Dumtempe ŝi anhelis kaj kriis, kaj ŝajnis sveni pro ĝojo. Malgraŭ mia eksciteco, mi apenaŭ donis al ŝi sufiĉe da tempo por rekonsciiĝi; sed lokante min super ŝi, kaj enma-niginte mian faluson[31] – kiu, kiel vi scias, bone grandas – mi enigis la glanon en ŝian enirejon.

La fendo estis tre mallarĝa, sed la lipoj estis humidaj, kaj mi puŝis per mia tuta forto. Iom post iom mi sentis la rompiĝon de ĉiuj flankaj histoj, ŝirante kaj enbatante ĉion kio obstaklis la vojon. Ŝi kuraĝe helpis min en mia detrua laboro, malfermante kiom eble pleje la femurojn, puŝante sin kontraŭ mi, kaj baraktante por gluti la tutan kacan kolo-non, kriante kaj pro plezuro kaj pro doloro. Mi plonĝis kaj replonĝis kun avida ekstazo, puŝante kaj penetrante pli kaj pli kun ĉiu nova bato, ĝis, venkinte finfine ĉiujn barilojn, mi sentis ĝin tuŝi la plej foran profundon de la utero, kie, ŝajnis

---

31 Faluso - (greke: φαλλός, latine: *phallus)* estas la emblemo de la virseksa erekta membro kaj estas simbolo de la genera kapablo. VIKI En ĉi tiu kunteksto ĝi estas la peniso mem.

al mi, sennombraj etaj lipoj sin dediĉis al tiklado kaj suĉado de la pinto de mia vergo.

Kian superfortan plezuron mi sentis! Mi ŝajnis ŝvebi inter ĉielo kaj tero, kaj mi kriis kaj muĝis pro delico.

Kvankam mia pikilo estis forte enkojnita, mi provis malrapide elpreni ĝin, kiam mi ekaŭdis bruon en la ĉambro. Mi vidis lumon pli fortan ol tiu de la noktolampo, tiam mano estis metita sur mian dorson. Mi aŭdis voki mian nomon.

Imagu mian honton, mian konfuzon, mian hororon. La voĉo estis de mia patrino, kaj mi troviĝis sur mia fratino!

"Kamilo, kio misas, ĉu vi malsanas?"

Mi vekiĝis konsternita, tremante pro timo, kaj demandis min kie mi estas, kaj ĉu vere mi defloris mian fratinon?

Ve! Estis nenegeble, la lastaj gutetoj de tiu ellasita fluido[32] ankoraŭ eliris de mi. Mia patrino vere staris apud mia lito. Do mi ne sonĝis!

Sed kie estis mia fratino, aŭ la knabino kiun mi ĝuis? Kaj tiu kaco baŭmanta, kiun mi tenis en la mano, ĉu estis mia aŭ tiu de Telenio?

Certe mi estis sola, kaj en mia lito. Kion volis do mia patrino? Kaj kiel tiu abomeninda pudelo, staranta tie sur siaj malantaŭaj kruroj, okulumante min, sukcesis eniri mian ĉambron?

Mi finfine konsciiĝis, kaj vidis ke la pudelo estis nur mia ĉemizo, kiun mi estis ĵetinta sur la seĝon, antaŭ ol enlitiĝi. Mi nun tute vekiĝis, kaj mia patrino klarigis al mi, ke aŭdinte min ĝemi kaj krii, ŝi venis por vidi ĉu mi estas malsana. Kompreneble mi tuj trankviligis ŝin pri mia perfekta sanstato, klarigante ke mi estis nur viktimo de terura koŝmaro. Ŝi tiam metis sian malvarmetan manon sur mian varmegan frunton. La trankviliga tuŝo de ŝia mola mano malardigis la brulantan fajron en mia cerbo kaj mildigis la febron, kiu furiozis en mia sango.

---

32 Fluido – subtila energio, kiun iuj opinias emaniĝanta el la vivantaj k pensantaj korpoj: *hipnotiza ~o*. PIV

Kiam mi estis trankviligita, ŝi igis min trinki glasegon da sukerakvo spicita per esenco de oranĝfloroj, kaj poste foriris. Mi refoje endormiĝis. Tamen mi vekiĝis plurfoje kaj ĉiam vidis la pianiston antaŭ mi.

Same la sekvantan matenon, kiam mi vekiĝis, lia nomo eĥiĝis en miaj oreloj, miaj lipoj murmuris ĝin, kaj miaj unuaj pensoj reiris al li. En mia menso mi vidis lin stari sur la scenejo, fari riverencojn antaŭ la spektantaro, de kie li fajre fiksrigardis min.

Mi kuŝis dum kelka tempo en mia lito kaj duondorme kontemplis tiun dolĉan vizion, tiel nebulan kaj nedifinitan, provante rememori liajn trajtojn, kiuj jam intermiksiĝis kun tiuj de pluraj statuoj de Antinoo, kiujn mi iam vidis.

Analizante miajn emociojn, mi nun konsciis pri nova sento, kiu ekprenis min – svaga sento de maltrankvilo kaj perturbo. Estis malpleneco en mi; tamen mi ne komprenis, ĉu tiu malpleneco estis en mia koro aŭ en mia kapo. Mi nenion perdis, tamen mi sentis min soleca, forlasita, preskaŭ senigita de ĉio. Mi provis kompreni mian afliktitan kondiĉon, kaj mi nur povis certigi, ke miaj sentoj proksimis al la sopiro al hejmo aŭ al patrino, kun tiu simpla distingo, ke la ekzilito konscias pri kio li sopiras, sed mi ne. Estis io nedifinita kiel la *Sehnsucht*,[33] kiun la germanoj ofte priparolas kaj vere malofte sentas.

La mensbildo de Telenio trudiĝis al mi, la nomo Reneo estis ĉiam sur miaj lipoj. Mi ripetadis ĝin ree kaj ree. Kia dolĉa nomo ĝi estis! Ĝia nura sono plirapidigis miajn korbatojn. Mia sango ŝajnis plivarmiĝinta kaj plidensiĝinta. Mi malrapide leviĝis. Mi malhastis dum mia vestado. Mi fiksrigardis min en la spegulo kaj vidis Telenion en ĝi anstataŭ min; kaj malantaŭ li leviĝis niaj kunfanditaj ombroj, kiel mi estis vidinta ilin sur la trotuaro dum la antaŭa vespero.

---

33 *Sehnsucht* – sopiro je iu aŭ io (Krause).

Tiumomente, la servisto frapis ĉe la pordo; tio revenigis min al memkonscio. Mi vidis min en la spegulo, kaj konsideris min hida, kaj la unuan fojon en mia vivo mi deziris esti belaspekta, aŭ eĉ fascine bela.

La servisto kiu pordofrapis informis min, ke mia patrino estas en la matenmanĝejo kaj scivolas ĉu mi estas malsana. La mencio de mia patrino elvokis al mi la sonĝon, kaj por la unua fojo mi preskaŭ preferis ne renkonti ŝin.

– Tamen, vi tiam bone rilatis kun via patrino, ĉu ne?

– Certe. Kiajn ajn mankojn ŝi havus, neniu povus esti pli amema; kaj kvankam oni taksis ŝin iomete frivola kaj plezurama, ŝi neniam neglektis min.

– Ŝi fakte impresis min kiel talenta persono, kiam mi konis ŝin.

– Precize; en aliaj cirkonstancoj ŝi eble montriĝus supera virino. Tre ordema kaj praktika en tuta sia mastrumado, ŝi ĉiam trovis sufiĉan tempon por ĉio. Se ŝia vivo ne sekvis kion ni kutime nomas "la principojn de la moralo" aŭ pli ĝuste kristanan hipokritecon, la kulpulo estis mia patro, ne ŝi, kiel mi eble rakontos al vi alian fojon.

Kiam mi eniris la matenmanĝejon, mia patrino estis frapita de la ŝanĝo en mia mieno kaj demandis min, ĉu mi sentas min malsana.

"Mi ŝajne febras iomete," mi respondis; "krome, la vetero estas tiel sufoka kaj prema."

"Prema?" ŝi diris, ridetante.

"Nu, ĉu ĝi ne estas?"

"Ne; kontraŭe, ĝi estas sufiĉe refreŝiga. Vidu, la barometro rimarkinde altiĝis."

"Nu, tiam devis esti via koncerto, kiu maltrankviligis miajn nervojn."

"Mia koncerto!" diris mia patrino, ridetante, dum ŝi donis al mi kafon.

Senutilis al mi gustumi ĝin, ĉar ĝia nura aspekto naŭzis min.

Mia patrino rigardis min sufiĉe zorgoplene.

"Estas nenio; estas nur ke de iom da tempo mi laciĝas pri kafo."

"Laciĝo pri kafo? Vi neniam menciis tion antaŭe."

"Ĉu mi ne menciis tion?" mi diris malatente.

"Ĉu vi prenos iom da kakao, aŭ teo?"

"Ĉu mi ne rajtas fasti unu fojon?"

"Jes, se vi estas malsana – aŭ se vi devas pentofari pro iu granda peko."

Mi rigardis ŝin kaj tremetis. Ĉu ŝi eble povas legi miajn pensojn pli bone ol mi mem?

"Peko?" mi diris, kun miregita mieno.

"Nu, vi scias, ke eĉ la virtuloj – "

"Kaj kio?" mi bruske interrompis; sed por kompensi mian arogantan parolmanieron, mi aldonis en pli ĝentila tono: "Mi ne malsatas; tamen, por komplezi al vi, mi prenos glason da ĉampano kaj biskviton."

"Ĉampanon, vi diris?"

"Jes."

"Tiel frumatene, kaj nemanĝinte?"

"Bone, do mi prenos nenion," mi respondis malbonhumore. "Mi vidas, ke vi timas ke mi fariĝos drinkemulo."

Mia patrino diris nenion, ŝi nur penseme rigardis min dum kelkaj minutoj; esprimo de profunda malĝojo vidiĝis en ŝia vizaĝo, tiam – sen diri alian vorton – ŝi tintigis la sonorilon kaj ordonis, ke oni alportu la vinon.

– Sed kial ŝi malĝojis?

– Mi komprenis poste, ke ŝi timis ke mi jam ekelturniĝis kiel mia patro.

– Kaj via patro...?

– Mi rakontos al vi lian historion alian fojon.

Glutinte glason aŭ du da ĉampano, mi sentis min revigligita de la stimuliga vino; nia konversacio turnis al la koncerto, kaj kvankam mi deziregis demandi mian patrinon, ĉu ŝi scias ion ajn pri Telenio, mi ne aŭdacis elparoli la nomon kiu estis pleje sur miaj lipoj, fakte mi devis eĉ bridi min por ne ripeti ĝin laŭte de tempo al tempo.

Finfine mia patrino mem ekparolis pri li, laŭdante unue lian ludadon kaj tiam lian belecon.

"Kio, ĉu vi do trovas, ke li estas belaspekta?" mi demandis abrupte.

"Certe jes," ŝi respondis, levante la brovojn en mirigita maniero, "ĉu estas iu, kiu ne konsentas? Ĉiu virino trovas en li Adonison;[34] sed aliflanke vi viroj tiel malsamas de ni en via admiro al via propra sekso, ke kelkfoje vi trovas seninteresaj tiujn de kiuj ni estas ĉarmitaj. Ĉiuokaze, certas ke li sukcesos kiel artisto, ĉar ĉiuj sinjorinoj enamiĝos je li."

Mi provis ne grimaci aŭdinte la lastajn vortojn, sed eĉ kun granda peno estis neeble teni miajn trajtojn senmovaj.

Vidinte min kuntiri miajn brovojn, mia patrino aldonis ridetante:

"Nu, Kamilo, ĉu vi fariĝos tiel vana kiel agnoskita belulino, kiu malŝatas atenton direktitan al alia virino, pensante ke laŭdo donita al aliulo malpliigas laŭdon ŝuldatan al ŝi?"

"Ĉiuj virinoj rajtas enamiĝi je li laŭplaĉe," mi respondis iritite, "vi jam bone scias, ke mi neniam vantiĝis pri mia bona aspekto, nek pri miaj venkoj."

"Ne, estas vere, tamen hodiaŭ vi estas kiel la hundo en la stalo de bovo,[35] ĉar kial interesas vin ĉu virinoj okupiĝas pri li aŭ ne, aparte se tio multe helpas lin en lia kariero?"

---

34 Adoniso – 1. Dio de la vegetaĵaro ĉe la fenicoj, helenoj k Romanoj; bela junulo, amata de Iŝtar, mortigita de apro, li malsupreniris en Ŝeolon, releviĝis k supreniris en la ĉielon. 2. (figurasence) Bela junulo. PIV

35 Referenco al Ezopa fabelo, kie hundo, ne dezirante manĝi, ne permesis la ceterajn manĝi.

"Sed ĉu artisto ne povas atingi eminentecon per sia nura talento?"

"Foje," ŝi aldonis kun skeptika rideto, "kvankam malofte, kaj nur kun tiu superhoma persistemo, kiu al dotitaj personoj ofte mankas, kaj Telenio..."

Mia patrino ne finis la frazon per vortoj, sed la esprimo sur ŝia vizaĝo, kaj aparte en la anguloj de ŝia buŝo, rivelis ŝiajn pensojn.

"Kaj ĉu vi opinias, ke tiu junulo estas tiel morale degenerinta, ke li permesos al si esti vivtenata de virino, kvazaŭ – "

"Nu, ne ekzakte 'esti vivtenata' – almenaŭ, li ne rigardus la aferon tiel. Li krome povus akcepti helpon en mil manieroj aliaj ol mono, sed lia pianoludado estus lia pano."

"Ekzakte kiel la scenejo estas por la plimulto de baletistinoj; tiukaze mi ne volus esti artisto."

"Ho! ili ne estas la ununuraj viroj, kiuj ŝuldas sian sukceson al amantino aŭ edzino. Legu *Bel Ami*,[36] kaj vi vidos, ke nemalmultaj sukcesaj viroj, kaj eĉ pli ol unu famkonata persono, ŝuldas sian elstarecon al..."

"Virino?"

"Ekzakte; ĉiam laŭ la diraĵo: *Cherchez la femme*."[37]

"Tiukaze ĉi tiu mondo estas naŭza."

"Devigitaj loĝi en ĝi, ni devas aranĝi nin kiel ni povas, kaj ne interpreti la aferojn tiel tragike kiel vi faras."

"Ĉiuokaze, li ludas bone. Fakte, mi neniam aŭdis iun ajn ludi kiel li ludis hieraŭ vespere."

"Jes, mi agnoskas, ke hieraŭ vespere li brile ludis, aŭ ĉu mi diru sensacie; sed oni devas ankaŭ agnoski, ke vi mal-

---

36 *Bel Ami* (Bela Amiko), eldonita en 1885, estas la dua romano de Guy de Maupassant. VIKI

37 France "Serĉu la virinon". Franca esprimo unue uzita de Alexandre Dumas (patro) en la romano *Les Mohicans de Paris* (La mohikanoj de Parizo), 1854. Ĝi implicas ke kiam viro agas strange aŭ eksterordinare, li aŭ volas kaŝi aventuron kun virino aŭ provas imponi al ŝi por sukcese konkeri ŝin. VIKI-fr

bonfartis korpe kaj mense, tiel ke la muziko devis havi neku-
timan efikon sur viaj nervoj."

"Ho! vi pensas ke estis malbona spirito en mi, kiu tur-
mentas min, kaj ke nur homo kiu povoscias ludi – kiel la
Biblio diras[38] – povas trankviligi miajn nervojn."

Mia patrino ridetis.

"Nu, nuntempe, ni estas ĉiuj pli-malpli kiel Saul; tio sig-
nifas, ke foje ni ĉiuj estas turmentitaj de malbona spirito."

Tiam ŝia frunto malheliĝis, kaj ŝi interrompis sin, ĉar evi-
dente la memoro de mia forpasinta patro venis al ŝia menso;
tiam ŝi aldonis kontemple –

"Kaj Saul vere estis kompatinda."

Mi ne respondis. Mi nur pensis pri tio kial David plaĉis al
Saul. Ĉu ĉar "li estis ruĝa kun belaj okuloj kaj bonaspekta"?[39]
Ĉu estis ankaŭ pro tio ke tuj kiam Jonatan estis vidinta lin,
"la animo de Jonatan alligiĝis al la animo de David, kaj Jona-
tan ekamis lin kiel sian animon"?[40]

Ĉu la animo de Telenio estis alligita al mia? Ĉu estis mia
destino ami kaj malami lin, kiel Saul amis kaj malamis Davi-
don? Ĉiuokaze, mi malestimis min kaj mian malsaĝon. Mi
sentis malbonvolon kontraŭ la muzikisto kiu estis ensorĉinta
min; pleje mi abomenis la tutan virinaron, la malbenon de la
mondo.

Subite mia patrino forigis min de miaj mornaj pensoj.

"Vi ne iros al la oficejo hodiaŭ, se vi ne sentas vin bone,"
ŝi diris, post iom da tempo.

– Kio! do vi komercis tiam, ĉu?

– Jes, de mia patro mi heredis profitdonan negocon kaj
tre fidindan kaj bonegan estron, kiu dum jaroj estis la animo
de tiu entrepreno. Mi havis tiam dudek du jarojn, kaj mia
rolo en tiu negoco estis enpoŝigi la plej grandan parton de

38 La Sankta Biblio: I Samuel 16:15-16.
39 La Sankta Biblio: 1 Samuel 16:12.
40 La Sankta Biblio: 1 Samuel 18:1.

la profito. Tamen mi devas diri, ke mi neniam estis pigra, sed kontraŭe estis serioza viro konsiderante mian aĝon, kaj pli grave, miajn cirkonstancojn. Mi havis nur unu hobion – senofendan. Mi tre ŝatis malnovan majolikon,[41] malnovajn ventumilojn kaj malnovan punton, de kiuj mi nun havas belegan kolekton.

– La plej belan, kiun mi iam vidis.

– Nu, mi iris al la oficejo kiel kutime, sed malgraŭ miaj klopodoj, estis neeble al mi dediĉi min al ia laboro.

La vizio pri Telenio sin intermiksis kun tio kion mi faris, kaj konfuzis ĉion. Aldone, la vortoj de mia patrino ankoraŭ estis en mia menso. Ĉiuj virinoj amas lin, kaj ilia amo necesas al li. Sekve mi klopodis forigi lin de miaj pensoj. "Kion oni volas, tion oni povas," mi diris al mi mem, "do baldaŭ mi forigos de mi tiun malsaĝan, sentimentalaĉan enamiĝon."

– Sed vi ne sukcesis, ĉu ne?

– Ne! Ju pli mi provis ne pensi pri li, des pli mi ja pensis pri li. Fakte, ĉu vi iam aŭdis erojn de duon-memorita melodio tintanta en viaj oreloj? Kien ajn vi iras, kion ajn vi aŭskultas, tiu melodio tantaligas vin. Vi povas nek memori la tuton, nek forgesi ĝin. Se vi enlitiĝas, ĝi malhelpas vin endormiĝi; vi dormas kaj vi aŭdas ĝin en viaj sonĝoj; vi vekiĝas, kaj ĝi estas ja la unua aĵo kiun vi aŭdas. Tiel estis kun Telenio; li fakte hantis min, lia voĉo – tiel dolĉa kaj mallaŭta – ripetadis en tiuj misteraj akĉentoj: Ho, mia amiko! mia koro sopiras por vi.

Kaj nun lia bela bildo neniam estis for de miaj okuloj, la tuŝo de lia mola mano estis ankoraŭ sur mia, mi eĉ sentis lian parfumitan spiron sur miaj lipoj; do en tiu arda deziro mi streĉis, de tempo al tempo, miajn brakojn por ekkapti lin kaj premi lin kontraŭ mia brusto, kaj la halucino estis tiel forta en mi, ke mi tuj imagis ke mi sentis lian korpon

---

41 Majoliko – itala stane glazurita ceramikaĵo de la Renesanco, ornamita per brilaj koloroj, kaj kiu ofte montras historiajn kaj legendajn scenojn. VIKI

kontraŭ mi. Pro tio, forta erektiĝo okazis, kiu rigidigis ĉiun nervon kaj preskaŭ frenezigis min; sed kvankam mi suferis, la doloro kiun mi sentis estis dolĉa.

– Pardonu mian interrompon, sed ĉu vi neniam estis enamiĝinta, antaŭ ol vi renkontis Telenion?

– Neniam.

– Strange.

– Kial?

– Je la aĝo de dudek du?

– Nu la afero staras tiel: mi estis destinita por ami virojn kaj ne virinojn, kaj ne sciinte tion, mi ĉiam luktis kontraŭ tiu inklino de mia naturo. Vere, mi plurfoje pensis ke mi jam estis enamiĝinta, tamen nur renkontinte Telenion mi komprenis kion signifas vera amo. Kiel ĉiuj knaboj, mi iam kredis min devigita senti sentimentalan amon, kaj mi faris ĉion por persvadi min mem, ke mi estis profunde enamiĝinta. Iam mi hazarde renkontis junan knabinon kun ridantaj okuloj, Parizan ĉapelistinon, dungiton de ŝika butiko en Bond Street;[42] mi konkludis ke ŝi ekzakte reprezentas la idealan Dulcineon;[43] mi do sekvis ŝin ĉien, ĉiam kiam mi renkontis ŝin, kaj foje eĉ provis pensi pri ŝi je hazardaj momentoj, kiam nenio alia estis farenda.

– Kaj kiel finiĝis la afero?

– En plej ridinda maniero. La afero okazis, mi kredas, plimalpli unu jaron aŭ du antaŭ ol mi forlasis la mezlernejon; jes, mi memoras, estis dum la somermezaj ferioj, kaj estis la unua fojo ke mi vojaĝis sole, irante al Eastbourne ree al mia patrino.

Pro mia timida naturo, mi estis iomete agitita kaj nervoza pro la devo kubutumi tra la homamaso, hasti kaj puŝi por

---

42 Bond Street – grava butikumstrato en la okcidenta parto de Londono, tre populara ekde la 18a jarcento, kaj konata pro siaj laŭmodaj kaj altkostaj butikoj.

43 Dulcineo – kruda vilaĝanino, amata de Donkiĥoto, kvazaŭ ŝi estus princidino. (Figurasence) Idealigita amatino. PIV

havigi al mi la bileton, kaj zorgi ne eniri trajnon kiu vojaĝus en malĝusta direkto.

La rezulto de ĉio ĉi estis, ke antaŭ ol vere konscii pri tio, mi trovis min sidanta antaŭ la knabino kiun mi kredis ami, kaj kiu kune kun sia patrino vojaĝis al la sama loko, kaj plue en vagono rezervita por la bela sekso. Profitante de tiu renkonto, mi aŭdacis diri kelkajn vortojn al ŝi en la franca, ŝia denaska lingvo.

Bedaŭrinde, en la sama vagono troviĝis kreitaĵo, kiu certe ne estis en tiu rubriko; ĉar, kvankam mi ne povas certi pri ŝia sekso, mi povas ĵuri, ke ŝi ne estis bela. Fakte, kiel mi memoras ŝin, ŝi estis vera specimeno de angla, vaganta, olda fraŭlino,⁴⁴ vestita en lana, vira pluvmantelo. Ŝi estis unu el tiuj alispecaj kreitaĵoj kiujn oni daŭre renkontas en la kontinento,⁴⁵ kaj eble ĉie krom en Anglujo, ĉar mi devis konkludi, ke Britujo fabrikas ilin specife por eksportado. Ĉiuokaze, mi apenaŭ sidiĝis, kiam –

"*Monseer*," ŝi diris, en minaca, boja maniero, "*cette compartiment il était reserved for dames soules.*"⁴⁶

Mi supozas ke ŝi celis "*seules*," sed en tiu momento, konfuzita kiel mi estis, mi komprenis ŝin laŭvorte.

"*Dames soûles!* – ebriaj virinoj!" mi diris, terurigite, ĉirkaŭrigardante al ĉiuj sinjorinoj.

Miaj najbarinoj komencis subridi.

"La sinjorino diris, ke ĉi tiu kupeo estas rezervita por sinjorinoj," klarigis la patrino de mia knabino, "komprenebele juna viro ne estas – nu, oni atendas ke li ne fumu ĉi tie, sed..."

---

44 Olda fraŭlino – La angla "old maid" estas malrespekta esprimo por fraŭlino, kiun oni taksas tro maljuna por edziniĝi, kaj ĝi krome signifas "rigida" kaj "kverelema".

45 Kontinento – t.e. la eŭropa kontinento.

46 Ŝi intermiksas la francan kun la angla kaj volas diri: "Sinjoro, tiu ĉi kupeo estas rezervita nur por virinoj." Pro malbona prononco ŝi diras "soûles" (ebriaj) anstataŭ "seules" (nur por).

"Ho! Se tio estas la ununura kontraŭstaro mi certe ne fumos."

"Ne, ne!" diris la olda fraŭlino, evidente tre ŝokita, *"vous exit, sortez, ou moi crier!"*[47]

"Gardisto," ŝi kriis tra la fenestro – ĉi-foje en perfekta angla – "forigu ĉi tiun sinjoron!"

La gardisto aperis ĉe la pordo, kaj ne nur ordonis min, sed malhonore elĵetis min de tiu kupeo, kvazaŭ mi estus alia Kolonelo Baker.[48]

Mi do translokiĝis al la apuda kupeo, sed mi tiel hontis, mi estis tiel humiligita, ke mia stomako – kiu ĉiam estis delikata – malordiĝis pro la ŝoko kiun mi spertis; tial, tuj kiam la trajno ekmoviĝis, mi komencis senti malkomforton, poste grumblan doloron, kaj finfine urĝan neceson, je tia grado ke mi apenaŭ povis sidi en mia seĝo, kiom ajn mi provis kunpremi, kaj mi ne aŭdacis moviĝi pro timo de la sekvoj.

Post iom da tempo la trajno haltis dum kelkaj minutoj. Neniu gardisto venis por malfermi la kupean pordon. Mi sukcesis ekstari, neniu gardisto videblis, nenie estis loko por plenumi miajn necesojn. Mi hezitis pri kion fari kiam la trajno ekmoviĝis.

La sola okupanto de la kupeo estis maljuna sinjoro, kiu – dirinte al mi ke mi komfortiĝu, aŭ pli ĝuste malstreĉiĝu – tuj ekdormis kaj ronkis kiel turbo; mi estis kvazaŭ sola.

Mi formis plurajn planojn por malŝarĝi mian stomakon, kiu fariĝis pli kaj pli senbrida je ĉiu momento, sed nur unu aŭ du ŝajnis taŭgaj; tamen mi ne povis efektivigi ilin, ĉar mia knabino, nur kelkajn kupeojn for, regule rigardis tra la fenestro, do ne taŭgus se, anstataŭ mian vizaĝon, ŝi subite estus vidinta – mian lunan pugon. Pro la sama kaŭzo, mi ne povis

---

47 "Vi eliri, aŭ mi krii."

48 La tiamaj gazetoj furoris kun la novaĵo de Kolonelo Baker, kiu estis kulpigita de seksperforto al juna fraŭlino en trajno, kvankam ne estis atestantoj nek pruvoj.

uzi mian ĉapelon kiel tio, kion la italoj nomas *comodina*, precipe ĉar la vento forte blovis al ŝia direkto.

La trajno haltis denove, sed nur dum tri minutoj. Kion oni povus fari ene de tri minutoj, aparte kun stomakdoloro kiel mia? Alia halto; du minutojn. Preminte min, mi nun sentis ke mi povus atendi iomete plu. La trajno moviĝis kaj denove haltis. Ses minutojn. Mia ŝanco estis nun aŭ neniam. Mi elsaltis.

Estis ia kampara stacidomo, ŝajne relforkejo, kaj ĉiuj eltrajniĝis.

La gardisto kriaĉis: "Vojaĝantoj por Eastbourne – en la vagonon!"

"Kie estas la necesejo?" mi demandis al li.

Li volis puŝi min en la trajnon. Mi liberigis min, kaj starigis la saman demandon al alia funkciulo.

"Tie," li diris, indikante la necesejon, "sed rapidu."

Mi kuris al ĝi, kuris sen rigardi kien mi iris. Mi perforte puŝmalfermis la pordon.

Mi aŭdis unue ĝemon de malstreĉo kaj komforto, sekvata de plaŭdo kaj akvofalo, poste kriĉo, kaj mi vidis mian anglan fraŭlinon, ne sidantan, sed starantan sur la fekseĝo.

La lokomotivo fajfis, la sonorilo sonoris, la gardisto blovis sian kornon, la trajno ekmoviĝis.

Mi rekuris tiel rapide kiel mi povis, senkonsidere de la sekvoj, tenante mian falantan pantalonon en la manoj, kaj sekvata de kolera, kriĉanta, angla, olda fraŭlino, tre simile al kokideto kiu forkuras de maljuna kokino.

– Kaj...?

– Ĉiuj rigardis tra la kupeaj fenestroj, ridante pro mia misokazo.

Kelkajn tagojn poste mi estis kun miaj gepatroj ĉe la pensiono, kiam, malsuprenirante al la fikspreza tagmanĝo, mi retrovis kun surprizo la junulinon pri kiu ni parolas, sidantan kun sia patrino preskaŭ vidalvide al la loko kutime okupita de miaj gepatroj. Vidinte ŝin, mi kompreneble ruĝiĝis, mi sidiĝis, kaj ŝi kaj la maljuniĝinta sinjorino interŝanĝis ekrigardojn kaj ridetojn. Mi tordiĝis sur mia seĝo en la plej malkomforta maniero, kaj mi lasis fali la kuleron kiun mi estis preninta.

"Kio okazas al vi, Kamilo?" demandis mia patrino, kiam ŝi vidis min ruĝiĝi kaj paliĝi.

"Ho, nenio! Nur mi – mi – tio estas, mia – mia stomako malsanetas," mi flustre diris, tiel spontanee ne trovante pli bonan pretekston.

"Ĉu via stomako refoje?" diris mia patrino, subvoĉe.

"Kio, Kamilo! ĉu vi havas stomakdoloron?" diris mia patro en sia senzorga maniero, kaj kun Stentora[49] voĉo.

Mi tiel hontis kaj estis tiel konsternita, ke mia malsata stomako eligis la plej terurajn murmurojn.

Ĉirkaŭ la tablo, mi kredas, ĉiuj subridis, kiam subite mi aŭdis bone konatan, minacan, bojante kriĉan voĉon diri –

"Kelnero, petu tiun sinjoron ne elbuŝigi maldecaĵojn ĉe la tablo."

Mi ĵetis rigardon al la flanko de kie venis la voĉo, kaj mia supozo estis konfirmita, ĉar tie estis tiu terura, vaganta, angla, olda fraŭlino.

Mi min sentis kvazaŭ sinkantan sub la tablon pro honto, ĉar ĉiuj rigardis min. Ĉiuokaze, mi devis elteni tion, kaj finfine la longa manĝo finiĝis. Mi supreniris al mia ĉambro, kaj dum la cetero de la tago ne plu vidis miajn konatojn.

La postan tagon, mi renkontis la knabinon kun ŝia patrino. Kiam ŝi vidis min, ŝiaj ridantaj okuloj glimis pli ĝoje ol iam ajn. Mi ne aŭdacis rigardi ŝin, kaj eĉ malpli sekvadi ŝin kiel mi emadis fari.

Estis pluraj aliaj knabinoj ĉe la pensiono, kaj ŝi baldaŭ

49 Stentoro – Heroo en la Troja milito, rimarkinda pro sia fortega voĉo. PIV

rilatis amikece kun ili, ĉar ŝi estis fakte ŝatata de ĉiuj. Mi, kontraŭe, tenis min for de ĉiuj, ĉar mi certis, ke mia misokazo estis ne nur konata, sed fariĝis ĝenerala temo de la konversacioj.

Unu posttagmezon, kelkajn tagojn poste, mi estis en la vasta ĝardeno de la pensiono, kaŝita malantaŭ kelkaj ileksarbustoj, malĝoja pro mia malbona ŝanco, kiam subite mi vidis Ritan – ŝia nomo estis Marguérite[50] – promenantan en la apuda aleo, kune kun pluraj aliaj knabinoj.

Tuj kiam mi vidis ŝin, ŝi petis siajn amikinojn pluiri, dum ŝi komencis resti malantaŭe.

Ŝi haltis, turnis la dorson al siaj kamaradinoj, levis sian robon alte super la genuo, kaj montris tre belan kvankam maldikan kruron kovritan de strikta, nigra silka ŝtrumpo. La ŝnureto, kiu ligis la ŝtrumpon al ŝiaj subvestoj, malligiĝis, kaj ŝi komencis religi ĝin.

Se mi kurbiĝus malalten, mi povus neobservate ekrigardi inter ŝiaj kruroj, kaj vidi kian vidindaĵon la fendeto en ŝia subvesta pantalono prezentus, sed tio ne venis en mian kapon. Fakte mi neniam havis korinklinon al ŝi, nek al ajna alia virino. Mi nur pensis, ke nun estas la tempo trovi ŝin sola kaj riverenci al ŝi, sen suferi la embarasan subridadon de la aliaj knabinoj. Do mi senbrue eliris mian kaŝejon, kaj antaŭeniris al la sekva aleo.

Kiam mi ĉirkaŭiris la angulon, kian spektaklon mi vidis! Jen la objekto de mia sentimentala admiro, kaŭranta sur la tero, ŝiaj kruroj larĝe apartigitaj, ŝiaj jupoj zorge enfalditaj.

– Do finfine vi vidis –

– Eta ekvido de rozkolora karno, kaj de fluo de flava likvo elŝutata kaj fluanta sur la gruzo, ŝaŭmante, kun la sono de rapidaj akvoj, dum, kvazaŭ por saluti mian aperon, muĝa bruo kiel tiu de impona kanonado venis de malantaŭe.

---

50 *Rita* estas mallongigo de *Marguérite*.

– Kaj kion vi faris? –

– Ĉu vi ne scias, ke ni ĉiam faras tion kio estas nefarenda, kaj preterlasas tion kion ni devus fari, kiel laŭ mia memoro la Libro de Preĝoj[51] diras? Do, anstataŭ ŝtelforiri nevidite, kaj kaŝi min malantaŭ arbusto por provi ekvidi la buŝon el kiu tiu rojeto eskapis, mi malsaĝe restis senmove – senparole, konsternite. Nur kiam ŝi levis siajn okulojn mi repovis uzi mian langon.

"Ho, fraŭlino! pardonu min!" mi diris; "sed mi vere ne sciis, ke vi estas ĉi tie – mi volas diri ke..."

"Sot – stupide – imbécile – bête – animal!"[52] ŝi diris en la franca kun tia parolfluega maniero, ekstarante kaj iĝante ruĝa kiel peonio. Tiam ŝi turnis sian dorson al mi, kun la rezulto ke ŝi devis alfronti la vagantan oldan fraŭlinon, kiu aperis je la alia ekstremo de la aleo, kaj kiu salutis ŝin kun longigita "Ho!" kiu sonis kiel blovego de nebulkorno.

– Kaj –

– Kaj tiel finiĝis la sola amo kiun mi iam havis por virino.

---

51 Temas pri *The Book of Common Prayer* de la Eklezio de Anglujo.
52 France: malsaĝulo, stultulo, idioto, besto!

Ĉapitro Tri

– Do vi neniam amis, antaŭ ol vi renkontis Telenion, ĉu?

– Neniam; tial dum longa tempo mi ne tute komprenis kion mi sentis. Pripensante tion, tamen, mi poste konkludis ke mi sentis la unuan stimulon de amo jam longe antaŭe, sed ĉar tio estis ĉiam kun mia propra sekso, mi ne konsciis ke tio estas amo.

– Ĉu estis por iu knabo de via aĝo?

– Ne, ĉiam por plenkreskaj viroj, por muskolhavaj fortikulaj ekzemploj de vireco. Ekde mia infanaĝo mi sopiris al viroj de la boksista tipo, kun grandaj membroj, ondantaj muskoloj, potenca sinteno; al besta forteco fakte.

Mia unua papilia amo estis al juna Herkula[53] buĉisto, kiu venis por amindumi nian servistinon – belan knabinon, laŭ mia memoro. Li estis atleta fortikulo kun tendenecaj brakoj, kiu aspektis kvazaŭ per unu pugnofrapo li povus faligi okson.

Mi ofte sidis kaj kaŝe rigardis lin, observante ĉiun esprimon de lia vizaĝo dum li amindumis, preskaŭ sentante la volupton kiun li mem sentis.

Ho, kiom mi deziris ke li parolu al mi anstataŭ ŝerci kun mia stulta servistino! Mi ĵaluzis kontraŭ ŝi, kvankam mi tre ŝatis ŝin. Foje li prenis min en siajn brakojn kaj karesis min, sed tio okazis malofte; unu tagon, tamen, post kiam li multe provis kisi ŝin kaj ne sukcesis, li – verŝajne ekscitita – prenis min kaj avide premis siajn lipojn kontraŭ miaj, kvazaŭ li sekiĝis pro soifo.

---

53 Herkulo – romia versio de la nomo de Heraklo – helena duondio, simbolo de bonfara fortego. (Laŭ PIV)

Kvankam mi estis tre juna infano, mi tamen pensas, ke tiu ago kaŭzis erektiĝon, ĉar mi memoras ke mia pulso saltis. Mi ankoraŭ memoras la plezuron kiun mi sentis kiam – kiel kato – mi povis froti min kontraŭ liaj kruroj, kaj nestiĝi inter liaj femuroj, kaj flari lin kiel hundo, aŭ karesi kaj frapeti lin; sed, ho ve!, li malofte atentis min.

Mia plej granda delico dum mia knabaĝo estis rigardi virojn bani sin. Mi apenaŭ povis deteni min alkuri al ili; mi ŝatus tuŝi kaj kisi ilin ĉie. Mi fariĝis tute malklarmensa kiam mi vidis unu el ili nudan.

Faluso efikis sur min, kiel – mi supozas – sur tre amoreman virinon; mia buŝo fakte salivumis je tiu vido, aparte se ĝi estis de bona grandeco, plensanga, kun senkapuĉa, dika, karna glano.

Tamen mi neniam komprenis, ke mi amas virojn kaj ne virinojn. Kion mi sentis estis tiu konvulsio de la cerbo kiu ekbriligas la okulojn per fajro plena de frenezo, iu avida, besta delico, furioza, sensama deziro. Amo, mi pensis, estas silenta, senvalora, salona flirtado, io mola, sentimentalaĉa kaj estetika, tre malsama al tiu pasio plena de kolero kaj malamo kiu brulis en mi. Resume, pli kiel sedativo ol afrodiziigaĵo.

– Do mi supozas ke vi neniam posedis virinon, ĉu?

– Ho jes! plurajn; kvankam pli pro hazardo ol elekto. Tamen, por iu de mia aĝo, mi komencis la vivon iom malfrue. Mia patrino – kvankam konsiderata malĉasta persono, tre ema al plezuro – zorgis pli pri mia edukado ol multaj seriozaj, tedaj kaj pedantaj virinoj estus farintaj; ĉar ŝi ĉiam posedis multan takton kaj observkapablon. Tial oni neniam metis min en ajnan lernejon kiel internulon, ĉar ŝi sciis ke tiaj edukejoj ĝenerale estas nur kovejoj por malvirto. Kiu internulo de ajna sekso ne komencis sian vivon per lesbismo, onanismo, aŭ sodomio?

Krome, mia patrino timis ke mi eble heredis la sensame-
mon de mia patro, kaj tial ŝi klopodis laŭeble bari al mi ĉiujn
fruajn tentojn, kaj fakte ŝi vere sukcesis deteni min de mis-
konduto.

Tial je la aĝo de dek kvin kaj dek ses mi estis multe pli
naiva kaj ĉasta ol miaj samlernejanoj, tamen mi sukcesis kaŝi
mian tutan nescion ŝajnigante esti pli malĉasta, kaj indife-
renta pro trosatiĝo.

Kiam ajn ili parolis pri virinoj – kaj ili faris tion ĉiutage –
mi ridetis kun scioplena mieno, tiel ke ili baldaŭ konkludis
ke "akvo trankvila estas akvo danĝera."[54]

– Kaj vi sciis absolute nenion?

– Mi sciis nur ke temis iel pri enmeti ĝin kaj eltiri ĝin.

Unu tagon, je la aĝo de dek kvin, mi estis en nia ĝardeno,
malvigle promenante en la herbejo apud la vojo malantaŭ
la domo.

Mi promenis sur la muska gazono, mola kiel velura
tapiŝo, tiel ke oni ne povis aŭdi miajn paŝojn. Subite mi haltis
ĉe malnova neuzita hundejo, kiu ofte servis min kiel seĝo.

Kiam mi atingis ĝin mi aŭdis voĉon en ĝi. Mi klinis mian
orelon kaj senmove aŭskultis. Tiam mi aŭdis junan knabi-
nan voĉon diri –

"Enmetu ĝin kaj eltiru ĝin; tiam enmetu ĝin refoje, kaj
eltiru ĝin; kaj tiel plu dum kelka tempo."

"Sed mi ne povas enmeti ĝin," estis la respondo.

"Nun," diris la unua. "Mi malfermas mian truon larĝe
per ambaŭ manoj. Puŝu ĝin enen; enmetu ĝin – pli – pli pli –
tiel profunde kiel vi povas."

"Nu – sed forprenu viajn fingrojn."

"Jen – ĝi estas ekstere denove; provu puŝi ĝin enen."

"Sed mi ne povas. Via truo estas fermita," murmuris la
knaba voĉo.

<hr />

54 La traduko estas Zamenhofa proverbo #11; angle "Still waters
     run deep".

"Puŝu malsupren."

"Sed kial mi devas meti ĝin enen?"

"Nu, mia fratino havas intiman amikon kiu estas soldato; kaj ili ĉiam faras tiel kiam ili estas kune kaj solaj. Ĉu vi neniam vidis la kokojn salti sur la kokinojn kaj beki ilin? Nu, ili faras same, nur ke mia fratino kaj la soldato kisas kaj kisas; tiel ke ili bezonas multan tempon por fari ĝin."

"Kaj ĉu li ĉiam enmetas ĝin kaj eltiras ĝin?"

"Certe; estas nur ke je la fino mia fratino ĉiam diras al li zorgi ke li ne finu ene de ŝi, por ne fari bebon al ŝi. Do, se vi volas esti mia intima amiko – kaj vi diris ke vi volas – puŝu ĝin enen – kun viaj fingroj, se vi ne povas alimaniere; sed zorgu ke vi ne finos en mi, ĉar vi povus fari al mi bebon."

Tiam mi ŝtelrigardis enen, kaj vidis la plej junan filinon de nia ĝardenisto – knabino de dek aŭ dek du jaroj – etendita sur la dorso, dum eta vagabondo, sepjaraĝa pli-malpli, estis etendita sur ŝi, pene provante plenumi ŝiajn instrukciojn.

Tio estis mia unua leciono, kaj tiel mi havis svagan ideeton pri kion faras viroj kaj virinoj kiam ili estas amantoj.

– Kaj ĉu vi ne estis pli scivolema pri la afero?

– Ho jes! Multfoje mi preskaŭ cedis al la tento akompani miajn amikojn kiam ili vizitis iujn amoristinojn – kies ĉarmojn ili ĉiam laŭdis en stranga, malalta, naza, kapra voĉo, kaj kun neklarigebla tremeto de la tuta korpo – sed mi retenis min ĉar mi timis esti primokita de ili kaj de la virinoj mem; ĉar mi ankoraŭ estis same sensperta rilate al virinoj kiel Dafno[55] mem, antaŭ ol Licenio[56] glitis sub lin, kaj tiel inicis lin en la misterojn de amoro; tamen necesas apenaŭ pli da inico ol bezonas novnaskita bebo por trovi la mamon.

---

55 Dafno – Sicilia paŝtisto en helena kaj romia mitologioj al kiu oni atribuas la kreon de la bukolika poezio.VIKI

56 Licenio – (greke: Λυκαίνιον) Virino kiu amoris kun Dafno sub preteksto instrui al li la arton de amo.

– Sed kiam okazis via unua vizito al bordelo?

– Je la foriro de la kolegio, kiam la mistikaj laŭroj girlandis niajn brovojn. Laŭ tradicio ni devis partopreni adiaŭan vespermanĝon por kune festi, antaŭ ol disiĝi por sekvi niajn apartajn vivovojojn.

– Jes, mi memoras tiujn gajajn studentajn vespermanĝojn.

– Kiam finiĝis la vespermanĝo...

– Kaj ĉiu estis pli-malpli ebrieta...

– Precize; oni konsentis ke ni devus pasigi la vesperon vizitante kelkajn domojn de nokta distro. Mi estis tre gaja kaj kutime partoprenis en ajna ŝerco, tamen, mi sentis min iomete timida, kaj volonte mi preferus kaŝforiri de miaj amikoj, anstataŭ riski ilian mokadon kaj la hororojn de sifiliso; sed malgraŭ miaj provoj, mi ne povis malembarasi min de ili.

Ili nomis min sekretemulo, ili imagis, ke mi volas pasigi la vesperon kun iu amantino, aŭ kun iu *grisette*,[57] aŭ kun iu *cocotte*,[58] ĉar la vorto *horizontale*[59] ankoraŭ ne estis uzata. Iu alia aludis ke mi estus ankoraŭ sub la gvido de mia guvernistino, aŭ ke paĉjo ne permesis al mi preni la pordoŝlosilon. Tria persono diris ke mi volas *menarmi la rilla*,[60] kiel Aretino[61] krude esprimis sin.

Vidinte ke eskapo ne eblis, mi, kavazaŭ volonte, konsentis akompani ilin.

Certa Valtero, juna laŭ jaroj, tamen jam spertulo – kiel maljuniĝanta virkato – jam je la aĝo de dek ses perdis okulon

---

57 France: beleta francino el la popola klaso.

58 France: moda putino.

59 France: horizontalulino.

60 Masturbi sin; tio ne plu estas komunuza esprimo en la itala.

61 Pietro Aretino, 1492-1556, itala satiristo, verkis sonetojn por akompani gravuraĵojn de Giuliano Romano, nomitajn *Dek ses seksumaj pozicioj*. Li ankaŭ verkis mok-testamenton por la elefanto de Papo Leono X, en kiu ĝiaj seksorganoj estus heredotaj de iu tre amorema kardinalo.

en ambatalo (pro tio ke sifilisa viruso eniris ĝin), kaj li proponis montri al ni vivon en la nekonataj partoj de malnova Londono.

"Unue," li diris, "mi kondukos vin al loko kie ni elspezos malmulte kaj amuzos nin iomege; tio stimulos nin kaj de tie ni iros al alia domo, por ekpafi niajn pistolojn, aŭ ĉu mi diru revolveron, ĉar mia ŝarĝilo havas sep kuglojn."

Lia ununura okulo briletis pro plezuro, kaj en lia pantalono okazis ekmovo dum li diris tion. Ni ĉiuj konsentis kun tiu propono, mi aparte sentis min tre feliĉa ke mi povus komence nur spekti. Tamen mi demandis min, kia estus tiu spektaklo.

Niaj fiakroj veturigis nin tra la plej sordidaj partoj de Tottenham Court Road,[62] tra senfinaj mallarĝaj nerektaj stratoj, stratetoj kaj flankvojoj, kie troŝminkitaj virinoj aperis en belegaj roboj ĉe la malpuraj fenestroj de kelkaj aĉaj domoj.

Ĉar jam malfruis, ĉiuj butikoj estis nun fermitaj, krom la nutraĵvendisto, kiuj vendis frititan fiŝaĵon, mitulojn kaj terpomojn. De tiuj eliĝis naŭza haladzo de malpuraĵo, graso kaj hejtita oleo, kiu miksis sin kun la fetoro el la strata defluilo kaj kun la kloako en la stratmezo.

En la ombro de la malbone lumigitaj trafikvojoj, pli ol unu biertrinkejo videblis, kun ruĝa lumo kiu flagris en la gaslanternoj, kaj kiam ni preterpasis ilin ni sentis bloveton de varma, humida aero kiu odoraĉis je alkoholo, tabako kaj acida biero.

Sur ĉiuj tiuj stratoj troviĝis bunta homamaso: ebrietaj viroj kun grimacaj, malbelaj vizaĝoj, malflegitaj megeroj, kaj palaj, frumature velkintaj infanoj en ŝiritaj ĉifonaj vestoj, kantantaj obscenajn kantojn.

Finfine ni alvenis al ia mizerkvartalo, kie la kaleŝoj haltis antaŭ malalta domo, kies morna aspekto pensigis pri hirtaj

---

62 Tottenham Court Road – strato en centra Londono, hodiaŭ proksime al Brita Muzeo.

brovoj, aŭ pri infano kiu suferas de hidrocefalo. Ĝi aspektis bizare; kaj pro tio ke ĝi estis pentrita flav-ruĝe, ĝiaj multaj ekskoriaĵoj aspektis kvazaŭ abomeninda, fava haŭtmalsano. Tiu fifama vizitejo ŝajnis averti la vizitantojn pri la malsanoj kiuj epidemiis inter ĝiaj muroj.

Ni eniris pordeton, supreniris grasan, glitan, helikan ŝtuparon, lumigitan de astmema, flagra gaslampo. Kvankam mi hezitis tuŝi la balustradon, mi vole-nevole devis, por supreniri tiun kotplenan ŝtuparon.

Je la unua ŝtupara placeto salutis nin griza, maljuna malbelulino kun pufa, tamen sensanga, vizaĝo. Mi vere ne scias kial ŝi ŝajnis tiel malloga al mi – eble pro ŝiaj ulceraj okuloj sen okulharoj, ŝia malafabla esprimo aŭ ŝia metio – sed estas fakto, ke neniam en mia vivo mi vidis tian vampirecan kreaĵon. Ŝia buŝo, kun sendentaj gingivoj kaj pendantaj lipoj, ŝajnis kiel rando de ia polipo; ĝi estis tiel abomena kaj ŝlima.

Ŝi bonvenigis nin kun multaj malaltaj riverencoj kaj flataj karesvortoj, kaj enkondukis nin en bas-plafonan ornamaĉan ĉambron kie flagranta petrollampo disĵetis sian krudan brilon ĉien.

Malpuraj kurtenoj ĉe la fenestroj, kelkaj malnovaj brakseĝoj, kaj longa, kaduka kaj ege makulita divano kompletigis la meblaron de la ĉambro, kiu odoraĉis je kombino de mosko kaj cepoj; sed, pro tio ke mi havis tre fortan imagopovon, mi foje flaris – aŭ pensis flari – odoron de fenolo kaj de jodo, kvankam la abomeninda odoro de mosko superfortis ĉiujn aliajn odorojn.

En tiu kavernaĉo, pluraj – kiel mi nomu ilin? – sirenoj?[63] ne, harpioj![64] kaŭris aŭ kuŝis ĉirkaŭe.

---

63 Sireno – 1. Fabela virinkorpa monstro, kies krurojn anstataŭis fiŝa vosto k kiu allogis per sia kanto la ŝipveturantojn, por pereigi ilin sur rifoj. 2. Alloga senkora koketulino. PIV

64 Harpio – 1. Fabela monstro, simbolanta ventegon, k prezentata kiel virinkapa birdo aŭ kiel flugilhava virino kun ungegoj. 2. Tre malica k malpacema virino. PIV

Kvankam mi provis alproprigi al mi indiferentan mienon, tamen mia vizaĝo devis esprimi la hororon kiun mi sentis. Ĉu tio do, mi diris al mi mem, estas unu el tiuj ĝojigaj plezurdomoj, pri kiuj mi aŭdis tiom da ravaj rakontoj?

Tiuj troŝminkitaj Izebeloj,[65] kadavraj aŭ ŝvelintaj, estas la Pafosaj[66] fraŭlinoj, la elegantaj pastrinoj de Venuso,[67] pro kies magiaj sorĉoj oni pulsas pro plezuro, la hurioj[68] sur kies mamoj oni forsvenas kaj estas forkaptita en paradizon?

Miaj amikoj, vidante mian kompletan konfuzon, komencis priridi min. Mi tiam sidiĝis kaj provis stulte rideti.

Tri el tiuj kreitaĵoj tuj alvenis al mi; unu el ili, metante siajn brakojn ĉirkaŭ mia kolo, kisis min kaj volis ŝoveti sian malpuran langon en mian buŝon; la aliaj komencis tuŝi min plej maldece. Ju pli mi rezistis, des pli ili rezolutis fari Laokoonon[69] de mi.

– Sed kial oni specife elektis vin kiel sian viktimon?

– Mi vere ne scias, sed verŝajne ĉar mi aspektis tiel naive timigita, aŭ ĉar miaj amikoj ĉiuj ridis pri mia hororigita vizaĝo.

Unu el tiuj kompatindulinoj – alta, malhelhaŭta knabino, itala, mi kredas – evidente troviĝis en la lasta stadio de ftizo. Fakte ŝi estis nura skeleto, tamen – se ne estus masko de kreto kaj ruĝo kiu kovris ŝian vizaĝon – oni povus vidi post-

---

65 Izebel – Fenica reĝidino, kaj edzino de Aĥab, reĝo de Norda Israelo pri kiu rakontas La Sankta Biblio, I Reĝo 16:29-34. Ŝi enkondukis la religion de Baal kaj mortigis multajn profetojn. Ŝi estas rigardata kiel senhonta, malmorala virino.

66 Pafoso – Antikva urbo en Kipro, fama pro sia templo de Afrodito. PIV

67 Venuso – Romana diino de la beleco k amo. Sin. Venero. PIV

68 Hurio – (arabe: حورية) 1. Nigrokula junulino, destinita al la plezuro de la savitoj en Paradizo. 2. (figurasence) Volupte bela virino. PIV

69 Laokoono – (greke: Λαοκόων) Mita Troja pastro, sufokita, kun siaj du filoj, de du monstraj serpentoj. PIV

signojn de antaŭa beleco; rigardante ŝin nun, iu kiu ne estas hardita kontraŭ tia vidaĵo ne povas eviti senton de la plej profunda kompato.

La dua estis ruĝhara, magra, plena de variolmarkoj, kun elstarantaj okuloj, kaj malloga.

La tria estis maljuna, malalta, stumpa kaj graskorpa; vera veziko de graso. Oni nomis ŝin la *cantinière*.[70]

La unua portis vestojn herboverdajn, aŭ poreokolorajn; la ruĝhara putino portis robon kiu iam devis esti blua; la maljuna virinaĉo vestiĝis flave.

Ĉiuj tiuj roboj, tamen, estis makulitaj kaj tre eluzitaj. Krome ia ŝlima viskoza likvo, kiu lasis grandajn makulojn ĉie, ŝajnigis ke ĉiuj helikoj de Burgonjo[71] estis rampintaj sur ili.

Mi sukcesis forigi de mi la du pli junajn, sed mi ne tiel sukcesis kun la gastejestrino.

Vidinte ke ŝiaj ĉarmoj kaj amindumaj vortetoj ne efikis sur mi, ŝi provis vigligi miajn torporajn sensojn per pli drastaj rimedoj.

Kiel mi diris antaŭe, mi sidis sur malalta divano; ŝi tiam staris antaŭ mi kaj tiris sian robon supren ĝis la talio, tiel videbligante ĉiujn siajn ĝis nun kaŝitajn ĉarmojn. Tio estis la unua fojo, kiam mi vidis nudan virinon, kaj tiu ĉi estis absolute abomeninda. Tamen, pripensante ĝin nun, oni povus kompari ŝian belecon kun tiu de Ŝulamit,[72] ĉar ŝia kolo estis

---

70 France: gastejestrino. *Cantinière* estis virino kiu akompanis armeon kaj laboris en kantino aŭ vendis kroman nutraĵon al la soldatoj. En anglaj rondoj oni ofte supozis, ke tiuj virinoj estis ĉiesulinoj, sed ne ekzistas pruvo.

71 Burgonjo – Francia regiono, okupanta parton de la iama Burgundio. PIV Tio estas referenco al la viteja heliko (*Helix pomatia*) kies komunuza nomo en la angla estas *"Burgundy snail"* kaj en la franca *"L'escargot de Bourgogne"*. Ne indiĝena al Britujo, tiu heliko estis enkondukita de la romianoj kaj tial ankaŭ nomiĝas *"Roman snail"* en la angla.

72 La Sankta Biblio: Alta kanto 6:1-13

kiel la turo de David,[73] ŝia umbiliko similis rondan pokalon, ŝia ventro ŝiman amason da tritiko. Ŝia hararo, komence de la talio kaj falanta ĝis la genuoj, ne estis ekzakte kiel aro da kaprinoj – kiel la haroj de la fianĉino de Salomono[74] – sed laŭ kvanto ĝi certe estis kiel tiu de sufiĉe granda nigra ŝafofelo.

Ŝiaj kruroj – simile al tiuj priskribitaj en la biblia kanto – estis du masivaj kolonoj rektaj laŭ la tuta longeco, sen signo de suro aŭ maleolo. Ŝia tuta korpo, fakte, konsistis el unu vasta amaso da tremetanta graso. Ŝia odoro ne atingis la bonodoron de Lebanon[75] sed certe estis de mosko, paĉulo, malfreŝa fiŝo kaj ŝvito; sed kiam mia nazo estis pli proksime al la felo, la odoro de malfreŝa fiŝo pli fortis.

Ŝi staris dum minuto antaŭ mi; poste alproksimiĝante je paŝo aŭ du, ŝi metis unu piedon sur la divanon, kaj malfermante siajn krurojn samtempe, ŝi prenis mian kapon inter siaj fridŝvitaj manoj.

"Venu, karulo, kaj estu katido al via kateto."

Dum ŝi diris tion, mi vidis la nigran amason da haroj partiĝi; du grandegaj malhelaj lipoj unue aperis kaj poste malfermiĝis, kaj ene de tiuj ŝvelitaj lipoj – kies interno havis la koloron kaj aspekton de malfreŝa viando – mi vidis ion kiel la pinton de hunda peniso en stato de erektiĝo kiu alŝoviĝis al miaj lipoj.

Ĉiuj miaj lernejaj kamaradoj ekridis – kial, mi ne ekzakte komprenis; ĉar mi havis nenian ideon pri kion signifas "kateto," aŭ kion la maljuna putino volis de mi; kaj mi ankaŭ ne komprenis, ke io tiel abomeninda povus esti ŝercotemo.

– Nu, kaj kiel tiu amuza vespero finiĝis?

– Trinkaĵoj estis menditaj – biero, brando, kaj kelkaj boteloj de ŝaŭmaĵo, malhumile nomita ĉampano, kiu certe ne

73 La Sankta Biblio: Alta kanto 4:4

74 La Sankta Biblio: Alta kanto 4:1

75 La Sankta Biblio: Alta kanto 4:11; nuntempe Libano (*Lubnan*, لبنان)

estis la produkto de la sunaj latitudoj de Francujo, sed de kiu la virinoj ensuĉis multe.

Ili ne volis, ke ni forlasu la domon, antaŭ ol ili distris nin iel aŭ alie por liberigi kelkajn pliajn ŝilingojn el niaj poŝoj, do ili proponis montri al ni kelkajn lertaĵojn, kiujn ili povis fari inter si.

Estis ŝajne malofta vidaĵo, kaj precize pro tio ni estis venintaj al tiu ĉi domo. Miaj amikoj unuanime konsentis. Tiam la maljuna veziko de graso malvestiĝis ĝis kompleta nudeco, kaj skuis sian pugon en ia malbona imitado de la orienta danco de la vespo.[76] La kompatinda ftizulinaĉo sekvis ŝian ekzemplon, kaj glitis el sia robo per simpla skuo de sia korpo.

Je la vido de tiu grandega amaso da molaĉa porka lardo kiu ekbatis ambaŭflanke de ŝia pugo, la maldika ĉiesulino levis sian manon kaj donis al sia amikino nemalfortan manfrapon sur la sidvangojn, sed la mano ensinkis kvazaŭ en amason da butero.

"Ho," diris la gastejestrino, "ĉi tiu estas la ludeto kiu plaĉas al vi, ĉu?"

Kaj ŝi responde frapis pli forte la postaĵon de sia amikino.

Tiam la ftizulino komencis kuri ĉirkaŭ la ĉambron kaj la gastejestrino paŝetis post ŝi en la plej provoka sinteno, ĉiu provante frapi la alian.

Kiam la maljuna putino pasis Valteron, li donis al ŝi laŭtan frapon per la manplato, kaj tuj poste, la plimulto de la aliaj studentoj imite sekvis, evidente tre ekscititaj pro tiu ludeto de punbatado, ĝis la sidvangoj de la du virinoj estis karmezine ruĝaj.

---

76 Danco kiu originis en la tempo de la faraonoj, en kiu nuda virino kovrita nur de tre leĝera ŝtofo havas vespon sub la ŝtofo kaj devas tordiĝeti, tiel ke la vespo daŭre flugas kaj ne ripozas sur ŝia korpo. Fonto: *The Telegraph* en artikolo de Ismene Brown, nomita "Don't call it bellydancing", Februaro 2003.

La gastejestrino, sukcesinte ekpreni sian amikinon, sidiĝis kaj kuŝigis ŝin sur siajn genuojn dirante, "Nun, mia amikino, vi ricevos tiom kiom vi volas."

Kaj akompanante la agadon kun la vortoj, ŝi bone draŝis ŝin, tio estas, frapis ŝin tiel forte kiel ŝiaj dikaj manetoj permesis.

La juna virino finfine sukcesis ekstari, kaj tiam ambaŭ virinoj komencis kisi kaj karesi unu la alian. Tiam kun femuroj kontraŭ femuroj, kaj mamoj kontraŭ mamoj, ili staris dum momento en tiu pozicio; kaj poste ili flankenbrosis la hartufojn kiuj kovris la malsupran parton de iliaj tiel nomataj Venusmontoj,[77] kaj malfermante siajn dikajn, brunajn, elstarajn lipojn, ili metis unu klitoron en kontakto kun la alia, kaj tiuj, tuŝante unu la alian, svingiĝis pro delico; tiam, ĉirkaŭbrakumante sin reciproke, kun siaj buŝoj tre proksime, ambaŭ spiris la fetoran spiron de la alia, unu el ili alterne suĉis la langon de la alia, kaj ili komencis kunan frotegadon. Ili tordiĝis kaj tremis metante sin en ĉiaj pozicioj dum kelka tempo, sed ili apenaŭ povis resti starantaj pro la intensa ekstazo kiun ili sentis.

Fine, la ftizulino, prenante enmane la pugon de la alia, kaj tiel malfermante la pulpan pugegon, ekkriis:

"Rozfolio."

Kompreneble mi scivolis kion tio povas signifi, kaj mi demandis min kie ŝi povus trovi rozfolion, ĉar nenia floro videblis en la domo; kaj tiam mi demandis min – ricevinte unu, kion ŝi faros per ĝi?

Mi ne devis longe cerbumi, ĉar la gastejestrino faris por sia amikino, kion ĉi tiu estis farinta por ŝi. Tiam du aliaj putinoj venis kaj surgenuiĝis antaŭ la pugoj, kiuj estis tiel tenataj malfermaj por ili, metis siajn langojn en la nigrajn truetojn de la anusoj, kaj komencis leki ilin, tiel provizante plezuron kaj al la aktiva kaj al la pasiva putino, kaj al ĉiuj spektantoj.

---

77 Meza elstaraĵo antaŭ la vulvo k inter la ingvenaj faldoj. Sin. puba monto (*mons pubis*). PIV

Krome la surgenuaj virinoj, puŝante siajn montrofingrojn inter la kruroj de la starantaj putinoj kaj sur la malsupra ekstremaĵo de la lipoj, komencis viglan frotadon.

La ftizulino, estante tiel masturbita, kisita, frotita kaj lekita, komencis furioze tordiĝi, anheli, sopirĝemi kaj krii pro ĝojo, delico kaj preskaŭ doloro, ĝis duonsveno.

"Hoo, haa, sufiĉe, mi orgasmis." Sekvis krioj kaj kriaĉoj unusilabaj, kaj vortoj de fervora delico kaj neeltenebla plezuro.

"Nun estas mia vico," diris la gastejestrino, kaj etendiĝante sur la malalta divano, ŝi apartigis siajn krurojn larĝe, tiel ke la du dikaj lipoj larĝe faŭkis kaj montris la klitoron, kiu en la erekta stato estis tiel granda, ke pro mia nescio mi konkludis ke tiu virino estas hermafrodito.

Ŝia amiko, la alia *gougnotte*[78] – estis la unua fojo ke mi aŭdis tiun esprimon – kvankam apenaŭ regajninta siajn fortojn, ja metis sian kapon inter la krurojn de la gastejestrino, lipojn kontraŭ lipoj, kaj sian langon sur la rigidan, ruĝan, humidan kaj svingantan klitoron; ŝi ankaŭ estis en tia pozicio, ke ŝiaj centraj partoj estis atingeblaj de la buŝo de la alia putino.

Ili tordetiĝis kaj moviĝis, ili frotis kaj kunpuŝis unu la alian, kaj iliaj taŭzitaj haroj etendiĝis ne nur sur la divano sed ankaŭ sur la planko; ili ĉirkaŭprenis unu la alian, puŝis siajn fingrojn en la pugon de la alia, premis la mampintojn, kaj puŝis la ungojn en la karnajn partojn de siaj korpoj, ĉar en sia erota furiozeco ili estis kiel du sovaĝaj menadoj[79] kaj nur sufokis siajn ekkriojn en la furiozeco de siaj kisoj.

Kvankam ilia volupto ŝajnis kreski pli kaj pli forta, ĝi ne superfortis ilin, kaj la grasa kaj fortika maljuna fiulino, pro

---

78 France: frandzantino. Frandz/i (tr) Voluptocele leki klitoron aŭ vulvon. PIV

79 Menadoj – (μαινάδες) sekvantinoj, en greka mitologio, de Dionizo, dio de la printempa fekundeco. VIKI
Laŭ PIV – Freneziĝe ekscitita bakĥantino.

sia avido sperti ĝuon, nun malsuprenpremis la kapon de sia amatino per ambaŭ manoj, tiel forte kiel ŝi povis, kvazaŭ provante enigi ĝin en sian uteron.

Tiu spektaklo estis vere abomeninda, kaj mi flankenturnis mian kapon por ne vidi ĝin, sed la vidaĵo kiu prezentis sin al mi ĉirkaŭe estis eĉ pli naŭza.

La putinoj jam malbutonis la pantalonojn de la junuloj, iuj manipulis iliajn organojn, karesante iliajn testikojn aŭ lekante iliajn pugojn; unu genuis antaŭ juna studento kaj avide suĉis lian enorman karnecan faluson, alia knabino sidis rajde sur la genuoj de juna viro, saltante supren kaj malsupren kvazaŭ ŝi estus en bebosaltseĝo – evidente kurante Pafosan[80] vetkuradon, kaj (eble ne ĉeestis sufiĉe da putinoj, aŭ eble ili faris ĝin por amuzo) unu virino estis posedata de du viroj samtempe, unu antaŭe kaj la alia malantaŭe. Estis ankaŭ aliaj ekscesoj, sed mi ne havis tempon por vidi ĉion.

Cetere, multaj el la junaj viroj, kiuj jam estis ebrietaj kiam ili venis ĉi tien, nun drinkinte ĉampanon, absinton kaj bieron, komencis senti naŭzon, senti sin tre malsana, komencis hiki kaj finfine vomi.

Meze de tiu naŭza sceno, la ftiza putino fariĝis histeria, ploris kaj ĝemis samtempe, dum la grasulino, kiu nun estis tute ekscitita, ne permesis al ŝi levi sian kapon; kaj metinte la nazon tien, kie antaŭe estis la lango, ŝi frotis sin kontraŭ ĝi laŭeble plej forte, kriante:

"Lekadu, leku pli forte, ne forprenu vian langon nun kiam mi ekĝuas ĝin; jen, mi estas finanta, lekadu, suĉadu, mordu min."

Sed la kompatinda kadavra aĉulino, en la paroksismo de sia deliro, sukcesis deturni sian kapon.

"Vidu, kia kaverno!" diris Valtero, montrante al la amaso da tremetanta karno inter la nigra kaj ŝaŭmkovrita glua

---

80 Pafoso – La urbo estis loko de vetkurado en kiu Meilaniono (Μειλανιων) venkis Atlantan kaj gajnis ŝin kiel edzinon.

hararo. "Mi enmetos mian genuon, kaj frotos ŝin efike. Nun vi vidos!"

Li elpantaloniĝis kaj volis plenumi sian intencon, kiam oni aŭdis tuseton. Tuj sekvis ŝiranta krio; kaj antaŭ ol ni povis kompreni kio okazis, la korpo de la fortika maljuna fiulino estis banita en sango. La kadavra kompatindulaĉino, pro troa ekagado malĉasta, rompis sangotubon, kaj estis mortanta – mortanta – mortinta!

"Ha, la fiulino," diris la vampireca virino kun la sensanga vizaĝo. "Ŝi spiris sian lastan, la inaĉo, kaj ŝi ŝuldas al mi…"

Mi ne memoras la sumon kiun ŝi menciis. Intertempe, tamen, la gastejestrino plue tordiĝetis kun sensenca kaj neregebla furiozeco, kurbiĝis kaj fleksiĝis; sed finfine, sentante la varman sangon fluantan en sia utero kaj banantan ŝiajn inflamitajn partojn, ŝi komencis anheli, krii, salti pro delico, ĉar la ejakulo finfine okazis.

Tiel okazis, ke la mortstertoro de unu intermiksiĝis kun la spirego kaj gluglo de la alia.

En tiu tohuvabohuo mi kaŝiris for, por ĉiam imuna kontraŭ la tento reviziti tian domon de nokta distro.

Ĉapitro Kvar

– Ni revenu nun al nia rakonto.

– Kiam vi refoje renkontis Telenion?

– Ne ĝis iom da tempo poste. Fakto estas ke, kvankam mi plue sentis min nerezisteble logita al li, tirita kvazaŭ per pelanta potenco, kies forton mi foje apenaŭ povis kontraŭstari, tamen mi daŭrigis eviti lin.

Kiam ajn li publike ludis, mi iris por aŭskulti lin – aŭ pli ĝuste, por spekti lin; kaj mi nur vivis dum tiuj mallongaj momentoj kiam li estis sur la scenejo. Mia binoklo tiam fiksrigardis lin; miaj okuloj festenis je tiu ĉiela figuro, tiel plena de juneco, vivo kaj vireco.

La dezirego, kiun mi sentis premante mian buŝon sur lian belan buŝon kaj liajn apartigitajn lipojn, estis tiom intensa, ke ĝi ĉiam kaŭzis mian penison akvumi.

Foje la spaco inter ni ŝajnis malpliiĝi kaj ŝrumpi, tiel ke mi sentis kvazaŭ mi povus enspiri lian varman kaj parfumitan spiron – plie, ŝajnis al mi ke mi vere sentis la kontakton de lia korpo kontraŭ mia.

La eksento kiun mi havis, kiam mi simple pensis ke lia haŭto tuŝus min, ekscitis mian nervosistemon tiel, ke la forteco de tiu malfekunda plezuro unue kaŭzis plaĉan sensentecon tra mia tuta korpo, kiu, post iom, ŝanĝiĝis al malakra doloro.

Li, laŭŝajne, ĉiam sentis mian ĉeeston en la teatro, ĉar liaj okuloj senscepte serĉis min ĝis ili penetris la plej densan homamason por trovi min. Mi sciis, tamen, ke li ne vere povas vidi min en la angulo en kiu mi sidis kaŝite, aŭ en la partero, en la galerio, aŭ ĉe la fundo de ia loĝio. Tamen, kie ajn mi sidiĝis, liaj rigardoj ĉiam estis direktitaj al mi. Ha, tiuj okuloj! tiel nepenetreblaj kiel la malluma akvo de puto. Eĉ nun, kiam mi memoras ilin post tiom da jaroj, mia koro batas, kaj mi kapturniĝas pensante pri ili. Se vi estus vidinta tiujn okulojn, vi vere komprenus la brulantan sopiron pri kiuj poetoj ĉiam skribas.

Pri unu afero mi prave fieris. Ekde tiu fama vespero de la karitata koncerto, li ludis – se ne teorie pli ĝuste – multe pli brile kaj pli sensacie ol li iam faris antaŭe.

Lia tuta koro elverŝiĝis en tiujn voluptajn hungarajn melodiojn, kaj ĉiuj, kies sango ne glaciiĝis pro envio kaj maljunaĝo, estis sorĉitaj de tiu muziko.

Lia nomo, do, komencis allogi grandan spektantaron, kaj kvankam la muzikkritikistoj estis divididaj en siaj opinioj, la gazetoj ĉiam havis longajn artikolojn pri li.

– Kaj – enamiĝinta kun li – vi havis la fortecon suferi, tamen vi rezistis la tenton viziti lin.

– Mi estis juna kaj sensperta, tial morala; ĉar kio estas moralo krom antaŭjuĝo?

– Antaŭjuĝo?

– Nu, ĉu la naturo estas morala? Ĉu la hundo, kiu flaras kaj lekas kun nekaŝita entuziasmo la unuan hundinon kiun li renkontas, perturbas sian cerbon pro moralo? Ĉu la pudelo, kiu provas sodomii la etan hundaĉon kiu transiras la straton, zorgas pri kio eble dirus pri li ia hunda prudemulino?

Ne, malkiel al pudeloj, aŭ al stratinfanoj, oni trudinstruis al mi ĉiajn malĝustajn ideojn, do, kiam mi komprenis kiaj estis miaj naturaj sentoj por Telenio, mi estis ŝokita, mi eksentis hororon; kaj plene konsternita, mi decidis sufoki ilin.

Fakte, se mi tiutempe pli bone konus la homan naturon, mi tiam forlasus Anglujon kaj irus al la antipodoj,[81] por tiel meti Himalajon kiel barilon inter ni.

---

81 Antipodo – loko de la tero, kuŝanta sub niaj piedoj sur la alia hemisfero, k diametre kontraŭa al la loko, sur kiu ni staras: PIV. En la neformala angla, "*antipodes*" havas la kroman signifon de Aŭstralio kaj Nov-Zelando, tiam britaj kolonioj.

– Kaj tamen cedi al via natura inklino kun iu alia, aŭ kun li mem, se vi neatendite renkontus lin post multaj jaroj.

– Vi tute pravas; fiziologoj raportas, ke la homa korpo ŝanĝiĝas post sep jaroj; la pasioj de viro, tamen, ĉiam restas la samaj; kvankam ili subbrulas en latenta stato, ili estas en lia sino dum la tuta tempo; lia naturo certe ne estas pli bona pro tio ke li ne senbridigis ilin. Li ĉarlatanas kaj nur trompas sin mem kaj aliajn, pretendante esti tio kio li ne estas; mi scias ke mi naskiĝis sodomiano, kaj la kulpo estas de mia konstitucio, ne de mi mem.

Mi legis ĉion kion mi povis pri la amo de viro por alia, tiu abomeninda, kontraŭnatura krimo, instruita al ni ne nur de la dioj mem, sed de ĉiuj plej gravaj viroj de antikvaj tempoj, ĉar eĉ Minoo[82] mem ŝajne sodomiis Tezeon.[83] Mi mem, certe, rigardis tion kiel monstran, kiel pekon – kiel diras Origeno[84] – multe pli malbonan ol idolservado. Tamen mi devis agnoski ke la mondo – eĉ post la detruo de la urboj de la ĉirkaŭaĵo – sufiĉe bone prosperis malgraŭ tiu aberacio, ĉar Pafosaj knabinoj en la grandaj tagoj de Romo estis tro ofte flankenmetitaj favore al beletaj knabetoj.

Neeviteble, kristanismo venis kaj forbalais ĉiujn monstrajn malvirtojn de tiu ĉi mondo kun sia nova balailo. Katolikismo poste bruligis tiujn virojn kiuj semis en nefekunda kampo – simbole en figuraĵo.

La papoj havis siajn bugritetojn, la reĝoj havis siajn njoknabojn, kaj se la aroj da monaĥoj, pastroj kaj sacerdotoj estis pardonitaj, oni devas agnoski ke ili ne ĉiam bugris aŭ ĵetis

---

82 Minoo, laŭ la helena mitologio, estis reĝo de Kreto, filo de Zeŭso kaj Eŭropa. VIKI

83 Tezeo (Θησεύς) estas la greka heroo, filo de Egeo, kiu mortigis la Minotaŭron. Li ankaŭ estis laŭmite fondinto kaj reĝo de Ateno.

84 Origeno (latine: *Origenes Adamantius*), 185-254, kristana intelektulo kaj instruisto de Aleksandrio.

siajn semojn sur ŝtonan lokon, kvankam religio ne intencis ke ilia membro estu bebogenerilo.

Koncerne la Templanojn,[85] se ili estis ŝtiparumitaj, certe ne estis pro ilia pederastio, ĉar oni toleretis tion jam de longa tempo, sed ĉar la reĝo de Francujo volis konfiski iliajn trezorojn.

Kio amuzis min, tamen, estis la konstato, ke ĉiu verkisto akuzis siajn najbarojn pri cedo al tiu abomenindaĵo, kaj nur lia propra popolo estis libera de tiu ŝokinda malvirto.

La judoj akuzis la nehebreojn, kaj la nehebreoj la judojn, kaj – kiel sifiliso – ĉiuj nigraj ŝafoj kiuj havis tiun perversian preferon, ĉiam importis ĝin de eksterlando. Mi ankaŭ legis en moderna medicina libro, ke peniso de sodomiisto fariĝas maldika kaj pintita kiel tiu de hundo, kaj ke la homa buŝo tordiĝas kiam ĝi estas uzata por fiaj celoj, kaj mi tremetis pro hororo kaj naŭzo. Eĉ la ekvido de la libro paligis miajn vangojn.

Veras ke post tiam, la sperto instruis al mi tute alian lecionon, ĉar mi devas konfesi, ke mi ekkonis dekojn da putinoj, krom multaj aliaj virinoj, kiuj estis uzintaj siajn buŝojn ne nur por preĝi kaj kisi la ringon de sia konfesisto, kaj mi neniam rimarkis ke iliaj buŝoj estas malrektaj, ĉu vi?

Koncerne mian penison, aŭ vian, ĝia granda glano – sed vi ruĝiĝas pro la komplimento, do ni lasos tiun temon.

En tiu tempo mi torturis mian cerbon, timante ke mi abomene pekis, almenaŭ morale se ne fizike.

La Mosea religio, fariĝinte pli strikta per Talmuda[86] leĝo, inventis kapuĉmantelon uzatan en la ago de kopulado. Ĝi kovras la tutan korpon de la edzo, lasante meze de la mantelo nur etan truon – kiel tiu en knabeta pantalono – por pasigi

---

85 Ordeno de la Templo – Militista ordeno kristana, kreita por la protektado de la pilgrimantoj al Jerusalemo 1118-1312. PIV

86 Talmudo (hebree: תַּלְמוּד "instruo", "studo") estas unu el la sanktaj tekstoj de judismo. VIKI

la penison, kaj tiel ebligi lin ŝpruci sian spermon en la edzinajn ovariojn, fekundante ŝin tiel, sed malhelpante laŭeble plej multe ĉiun karnan plezuron. Ho jes! sed jam delonge viroj permese aŭ senpermese preterlasis la kapuĉmantelon kaj artifikas metante kapuĉon sur la kacokapon.

Jes, sed ĉu ni ne naskiĝas kun plumba kapuĉmantelo – nome tiu nia Mosea religio, plibonigita de la mistikaj instruoj de Kristo, kaj igita neebla, perfekta, de Protestantisma[87] hipokriteco; ĉar se viro adultas je virino ĉiufoje kiam li rigardas ŝin,[88] ĉu mi ne sodomiis kun Telenio ĉiufoje kiam mi vidis lin aŭ eĉ pensis pri li?

Estis momentoj tamen kiam, ĉar naturo estas pli forta ol antaŭjuĝo, mi tre volonte estus fordoninta mian animon al pereo – eĉ cedinta mian korpon al sufero en eterna inferoflamo – se dumtempe mi povus fuĝi ien sur la tero, sur ian izolitan insulon, kie perfekte nude mi povus vivi dum kelkaj jaroj en morta peko kun li, ĝuante lian fascinan belecon.

Tamen mi decidis apartigi min de li, fariĝi lia pelilo, lia gvidanta spirito, fari de li grandan, faman artiston. Koncerne la fajron de lasciva brulanta en mi – nu, se mi ne povis estingi ĝin, mi almenaŭ povis subigi ĝin.

Mi suferis. Miaj pensoj, nokte kaj tage, estis kun li. Mia cerbo ĉiam ardis; mia sango estis trovarmigita; mia korpo ĉiam tremetanta pro ekscito. Ĉiutage mi legis ĉiujn gazetojn por vidi kion ili diris pri li; kaj kiam ajn lia nomo renkontis miajn okulojn, la gazeto skuiĝis en miaj tremantaj manoj. Se mia patrino aŭ iu alia menciis lian nomon, mi ruĝiĝis kaj tiam paliĝis.

---

87 Protestantismo: Suma nomo de diversaj konfesioj estiĝintaj en la okcidenta kristanismo sekve de Reformacio. *Rim.:* Ĉi tie la etimologia radiko *protest* ne signifas "protesti": *protestari* en la latina lingvo signifas "publike atesti". ReVo

88 La Sankta Biblio: Mateo 5:28: "sed mi diras al vi, ke ĉiu, kiu rigardas virinon, por deziri ŝin, jam adultis je ŝi en sia koro."

Mi memoras kian ŝokon de plezuro mi sentis, ne sen iom da ĵaluzo, kiam je la unua fojo mi vidis lian bildon en montro-fenestro inter bildoj de aliaj famuloj. Mi eniris kaj tuj aĉetis ĝin, ne nur por ĝin gardi kiel trezoron kaj ĝui ĝin, sed ankaŭ por malhelpi ke aliaj homoj rigardu ĝin.

– Kio? vi estis tiom ĵaluza?

– Malsaĝe ĵaluza. Nevidite, kaj je certa distanco, mi kutimis sekvi lin post ĉiu koncerto kie li ludis.

Kutime li estis sola. Unufoje, tamen, mi vidis lin eniri fiakron ĉe la malantaŭa pordo de la teatro. Ŝajnis al mi ke iu alia estis en la veturilo – virino, se mi ne eraris. Mi vokis alian fiakron kaj sekvis ilin. Ilia fiakro haltis ĉe la domo de Telenio. Mi tuj petis mian Jehu[89] fari same.

Mi vidis Telenion eliri. Farante tion, li donis sian manon al sinjorino tute vualita, kiu leĝerpaŝe eliris el la kaleŝo kaj rapidis en la malferman pordokadron .Tuj la fiakro forveturis.

Mi petis mian kondukiston atendi. Estis varma somera nokto. En tiu Belgravia[90] strato flareblis la parfumita aero de la proksima parko, kio plenigis onin per sensa langvoro. Ni atendis parton de la nokto. Ĉirkaŭ la dua la fiakro de la antaŭa vespero venis kaj haltis. Mia kondukisto levis la kapon. Kelkajn minutojn poste la pordo refoje malfermiĝis. La sinjorino rapide eliris, kaj ŝia amanto helpis ŝin eniri la fiakron. Mi sekvis ŝin kaj haltis kie ŝi eliris.

Kelkajn tagojn poste mi eksciis kiu ŝi estis.

– Do, kiu estis ŝi?

– Ŝi estis sinjorino kun senmakula reputacio, grafino kun kiu Telenio iam ludis kelkajn duetojn.

---

89 Jehu – reĝo de Israel. Sankta Biblio II Reĝoj 9:20: "… la kondu-kado estas kiel kondukado de Jehu, filo de Nimŝi, ĉar li kondu-kas rapidege."

90 Belgravia (angle) – kvieta, ŝika, loĝa distrikto en okcidenta Londono kie troviĝas multaj ambasadejoj.

En la fiakro, tiunokte, mia menso tiel intense fokusiĝis je Telenio, ke mia interna mio ŝajnis apartigi sin de mia korpo kaj sekvi, kvazaŭ lia propra ombro, la viron kiun mi amis. Mi senkonscie ĵetis min en ian trancon kaj mi spertis la plej vivan halucinon, kiu, kvankam ŝajnas strange, koincidis kun ĉio kion mia amiko faris kaj sentis.

Ekzemple, tuj kiam la pordo estis fermita malantaŭ ili, la sinjorino kaptis Telenion en siajn brakojn kaj donis al li longan kison. Ilia eniro estus daŭrinta kelkajn sekundojn pli, se Telenio ne perdus sian spiron.

Vi ridetas; jes, mi supozas ke vi mem konscias pri tio, kiel facile homoj perdas sian spiron kisante, kiam la lipoj ne sentas tiun plej intensan feliĉegan ebriigan volupton. Ŝi pretis doni al li duan kison, sed Telenio flustris al ŝi: "Ni iru supren al mia ĉambro; tie ni estos multe pli sekuraj ol ĉi tie."

Baldaŭ ili estis en lia loĝejo.

Ŝi timeme ĉirkaŭrigardis kaj, konsciiĝinte ke ŝi estas sola en la ĉambro kun tiu juna viro, ruĝiĝis kaj ŝajnis profunde honti.

"Ho, Reneo," ŝi diris, "kion vi devas pensi pri mi?"

"Ke vi sincere amas min," diris li; "ĉu ne?"

"Jes, certe; ne saĝe, sed ekscese."

Tiam, formetante sian balmantelon, ŝi impete alpaŝis kaj ĉirkaŭbrakis sian amanton, kaj per varmaj kisoj kovris lian kapon, liajn okulojn, liajn vangojn kaj poste lian buŝon; tiun buŝon kiun mi tiel sopiris kisi!

Kun lipoj kunpremitaj ŝi enspiris dum kelka tempo lian spiron, kaj – preskaŭ timigita pro sia aŭdaco – ŝi tuŝis liajn lipojn per sia langopinto. Tiam, ĉerpinte kuraĝon, ŝi baldaŭ glitis ĝin en lian buŝon, kaj poste, ŝi puŝis ĝin enen kaj elen, kvazaŭ ŝi volus tiel logi lin provi la agon de naturo; volupto tiel konvulsiigis ŝin pro tiu kiso, ke ŝi devis ĉirkaŭpreni lin por ne fali, ĉar la sango fluegis en ŝian kapon, kaj ŝiaj genuoj preskaŭ ne plu subtenis ŝin. Fine, preninte lian dekstran manon, ŝi premis ĝin hezite dum momento, kaj tiam metis ĝin inter siajn mamojn, ebligante lin pinĉi la cicon, kaj dum li faris tion, la plezuro kiun ŝi sentis estis tiel granda, ke ŝi forsvenis pro ĝojo.

"Ho, Telenio!" ŝi diris; "Mi ne povas! Mi ne povas plu."

Kaj ŝi frotis sin laŭeble plej forte kontraŭ li, elŝovante siajn mezajn partojn kontraŭ liaj.

– Kaj Telenio?

– Nu, ĵaluza kiel mi estis, mi ne povis ne percepti, ke lia konduto estis nun tiel malsama de la ekstaza maniero en kiu li alkroĉiĝis al mi tiun vesperon, kiam li prenis bukedeton da heliotropoj de sia butontruo kaj metis ĝin en mian.

Li akceptis pli ol reciprokis ŝiajn karesojn, kaj li tiklis ŝiajn mamojn kun la sama sereneco, kiun li montris tondante siajn ungojn. Ĉiuokaze, ŝi ŝajnis kontenta, ĉar ŝi taksis lin timida.

Ŝi nun estis alkroĉita al li. Unu el ŝiaj brakoj ĉirkaŭprenis lian talion, la alia lian nukon. Ŝiaj delikataj, maldikaj, juvelitaj fingroj ludis kun liaj bukloj kaj frapetis lian kolon.

Li premis ŝiajn mamojn, kaj, kiel mi diris antaŭe, fingrumis ŝiajn cicojn.

Ŝi rigardis profunde en liajn okulojn kaj tiam suspiris.

"Vi ne amas min," ŝi diris finfine, "mi povas vidi tion en viaj okuloj. Vi ne pensas pri mi, sed pri iu alia."

Kaj tio estis la vero. En tiu momento, li pensis pri mi – tenere, sopire; kaj tiam li pli ekscitiĝis, kaj li kaptis ŝin en siaj brakoj, kaj ĉirkaŭbrakis kaj kisis ŝin multe pli avide ol li faris antaŭe – fakte, li komencis suĉi ŝian langon kvazaŭ ĝi estus mia, kaj tiam komencis puŝi sian propran langon en ŝian buŝon.

Post kelkaj momentoj de ekstazo, ŝi, ĉi-foje, haltis por spiri.

"Jes, mi malpravas. Vi ja amas min. Mi vidas tion nun. Vi ne malestimas min pro tio ke mi estas ĉi tie, ĉu? Ho! Se vi nur povus legi en mia koro, kaj vidi kiom freneze mi amas vin, karulo!"

Kaj ŝi rigardis lin kun sopiraj, pasiaj okuloj.

"Tamen, vi taksas min malĉasta, ĉu ne? Mi estas adultistino!"

Kaj tiam ŝi horortremis kaj kaŝis sian vizaĝon en siaj manoj.

Li kompate rigardis ŝin dummomente, tiam li delikate mallevis ŝiajn manojn kaj kisis ŝin.

"Vi ne scias kiom mi provis rezisti vin, sed mi ne povis. Mi brulegas. Mia sango ne plu estas sango, sed brulanta ameliksiro. Mi ne povas reteni min," ŝi diris, spite levante sian kapon kvazaŭ ŝi alfrontus la tutan mondon, "jen mi, faru kun mi kion vi volas, nur diru al mi ke vi amas min, ke vi amas neniun alian virinon krom mi, ĵuru."

"Mi ĵuras," li diris tedite, "ke mi amas neniun alian virinon."

Ŝi ne komprenis la signifon de liaj vortoj.

"Sed diru tion al mi refoje, diru ĝin ofte, estas tiom dolĉe aŭdi tion ripetita de la lipoj de tiuj, kiujn ni amas," ŝi diris kun pasia avideco.

"Mi certigas al vi, ke mi neniam ŝatis ajnan virinon kiom mi ŝatas vin."

"Ŝatas?" ŝi diris, seniluziigita.

"Amas, mi volis diri."

"Kaj ĉu vi pretas ĵuri tion?"

"Je la sankta kruco, se vi volas," li aldonis, ridetante.

"Kaj ĉu vi do ne taksas min malbona ĉar mi estas ĉi tie? Nu, vi estas la ununura, por kiu mi iam estis nefidela al mia edzo; kvankam nur Dio scias ĉu li fidelas al mi. Tamen mia amo ne kompensas mian pekon, ĉu?"

Telenio ne respondis dum momento, li rigardis ŝin kun sonĝemaj okuloj, tiam horortremis kvazaŭ vekiĝinte el tranco.

"Nur peko," li diris, "igas la vivon vivinda".

Ŝi rigardis lin iom mirigite, sed post tio ŝi kisadis lin ree kaj ree kaj respondis: "Nu, jes, vi eble pravas; estas tiel, ke la frukto de la malpermesita arbo plaĉis al la vido, al la gusto, kaj al la flaro."

Ili sidiĝis sur divano. Post kiam ili denove ĉirkaŭbrakis unu la alian, li glitis sian manon iomete timide kaj preskaŭ nevole sub ŝiajn jupojn.

Ŝi kaptis lian manon kaj haltigis ĝin.

"Ne, Reneo, mi petegas vin! Ĉu ni ne povus ami unu la alian platone? Ĉu tio ne sufiĉus?"

"Ĉu tio sufiĉos por vi?" li diris, preskaŭ malestime.

Ŝi premis siajn lipojn kontraŭ liaj, kaj preskaŭ malprenis lin. Lia mano ŝtele supreniris laŭlonge de la kruro, haltis dum momento ĉe la genuoj, karesante ilin; sed la kruroj proksime kunpremitaj malhelpis ke ĝi glitu inter ilin kaj tiel atingi pli altan etaĝon. Ĝi rampis supren, tamen, karesante la femurojn tra la fajna tola subvestaĵo, kaj tiel, per etaj ŝtelpaŝoj, atingis la celon. La mano tiam rapidis inter la apertaĵo de la kalsono kaj komencis senti la molan haŭton. Ŝi provis haltigi lin.

"Ne, ne!" ŝi diris; "bonvolu ne; vi tiklas min."

Li tiam kuraĝiĝis, kaj aŭdace metis siajn fingrojn en la buklojn krispajn kiel ŝaflano, kiuj kovris ĉiujn ŝiajn mezajn partojn.

Ŝi daŭre tenis siajn femurojn kunpremitaj, aparte kiam la nedecaj fingroj komencis tuŝi la randon de la humidaj lipoj. Je tiu tuŝeto, tamen, ŝia forto elĉerpiĝis; la nervoj malstreĉiĝis kaj permesis ke fingropinto vermboru sian vojon en la fendeton – aŭ pli ĝuste, la eta bero elstaris por bonvenigi ĝin.

Post kelkaj momentoj ŝi spiris pli forte. Ŝi metis la brakojn ĉirkaŭ lia brusto, kisis lin, kaj poste kaŝis la kapon sur lia ŝultro.

"Kian ekstazon mi sentas!" ŝi kriis. "Kian magnetan fluidon vi posedas kiu sentigas min tiel!"

Li ne respondis al ŝi; sed malbutonumis sian pantalonon, kaj prenis ŝian delikatan maneton. Li provis enirigi ĝin en la fendon. Ŝi provis rezisti, sed malforte, kvazaŭ petante permeson cedi. Ŝi baldaŭ kapitulacis kaj aŭdace kaptis lian kacon, nun rigidan kaj duran, voluptame moviĝantan per sia propra forto.

Post kelkaj momentoj de plezura fingrumado, iliaj lipoj kunpremiĝis; li leĝere, kaj preskaŭ sen ŝia scio, premis ŝin malsupren sur la divanon, levis ŝiajn krurojn, suprentiris ŝiajn jupojn sen forpreni dum eĉ momento sian langon el ŝia buŝo aŭ ĉesi sian tikladon de ŝia piketanta klitoro jam malseka kun propraj larmoj. Poste – subtenante sian pezon sur siaj kubutoj – li manovris ŝovante siajn krurojn inter ŝiajn femurojn. Ke ŝia eksciteco pliiĝis estis evidente, pro la tremo de ŝiaj lipoj, kiujn li ne bezonis apartigi dum li subenpremis ŝin, ĉar ili apartiĝis per si mem kaj donis aliron al la eta blinda Dio de Amo.

Per unu puŝo li eniris la antaŭpordon de la templo de Amo; per dua, la vergo troviĝis duonvoje tra la koridoro; per la tria puŝo ĝi atingis la profundon de la kaverno de plezuro; kvankam ŝi ne plu troviĝis en la unuaj tagoj de sia juneco, ŝi apenaŭ atingis sian burĝonaĝon, kaj ŝia karno estis ne nur firma, sed tiel strikta, ke li sentis sin ekkaptita de tiuj pulpaj lipoj; do, post kelkaj movadoj supren kaj malsupren, puŝante sin ĉiam pli profunden, li premegis ŝin malsupren per sia tuta pezo; ambaŭ manoj estis okupitaj – aŭ ĉe ŝiaj mamoj, aŭ, metinte ilin sub ŝin; tiam li malfermis ŝian pugon kaj poste, levante ŝin firme sur sin, li puŝis fingron en ŝian pugtruon, tiel kojnante ŝin ambaŭflanke, donante al ŝi pli intensan plezuron per tiu sodomio.

Post kelkaj sekundoj de tiu ludeto li komencis forte spiri – anheli. La lakta likvo, kiu akumuliĝis dum tagoj, nun elrapidis en dikaj ŝprucaĵoj, kurante supren ĝis la utero mem. Tiel inundita, ŝi esprimis sian histerian ĝuon per krioj, per larmoj, per suspiroj. Finfine, ĉiu forto elĉerpiĝis; brakoj kaj kruroj rigidiĝis; ŝi falis senviva sur la divanon, dum li restis etendita super ŝi je la risko doni al ŝia edzo, la grafo, heredanton kun cigana sango.

Li baldaŭ regajnis sian forton kaj leviĝis. Ŝi tiam rekonsciiĝis, sed tuj fandiĝis en inundon de larmoj.

Glaspleno da ĉampano, tamen, kondukis ilin ambaŭ al malpli morna vido de la vivo. Kelkaj perdrikaj sandviĉoj, kelkaj omaraj tortetoj, kaviara salato, kun kelkaj glasoj pli da ĉampano, kune kun multaj sukeritaj kaŝtanoj, kaj punĉo farita el maraskino, ananassuko kaj viskio, trinkitaj el la sama glaso, baldaŭ sukcesis forpeli ilian mornecon.

"Kial ni ne malstreĉiĝu, mia karulino?" li diris. "Mi donos la ekzemplon al vi, ĉu bone?"

"Certe."

Tiam Telenio demetis sian blankan kravaton, kaj tiun rigidan kaj malkomfortan, sentaŭgan akcesoraĵon – kiun la modo inventis nur por torturi la homaron – nomitan ĉemizkolumo, poste siajn jakon kaj veŝton, kaj restis nur kun sia ĉemizo kaj pantalono.

"Nun, karulino, permesu ke mi estu via servistino.[91]"

La bela virino unue rifuzis, sed cedis post kelkaj kisoj; kaj iom post iom, nenio restis de ŝiaj vestaĵoj krom preskaŭ travidebla subjupo de ĉina krepo, malhelaj ŝtalbluaj silkaj ŝtrumpoj, kaj satenaj pantofloj. Telenio kovris ŝiajn nudajn nukon kaj brakojn per kisoj, premis siajn vangojn kontraŭ la

---

91 Li uzis la inan formon en la angla: "maid".

densa, nigra hararo de ŝiaj akseloj kaj dumtempe tiklis ŝin. Ŝi sentis tiun tikletadon tra la tuta korpo, kaj la fendo inter ŝiaj femuroj malfermiĝis refoje, tiel ke la delikata eta klitoro, kiel ruĝa kratagobero, aperis kvazaŭ por ŝtelobservi la agadon. Li tenis ŝin dum momento forte premita kontraŭ sia brusto, kaj sian "merlon" – kiel diras la italoj – flugantan el sia kaĝo, li puŝis en la aperturon, kiu pretis ricevi ĝin.

Amoravide ŝi puŝis kontraŭ li, sed li devis subteni ŝin, ĉar ŝiaj kruroj preskaŭ ne plu kapablis plenumi tiun taskon, tiel granda estis la plezuro kiun ŝi sentis. Li do etendis ŝin malsupren sur la panteran tapiŝeton ĉe siaj piedoj sen ĉesi brakumi ŝin.

Ĉiu sento de timideco estis nun venkita. Li fortiris siajn vestaĵojn kaj premis ŝin malsupren per sia tuta forto. Ŝi – por ricevi lian ilon profunde en sian ingon – firmtenis lin per siaj kruroj tiel ke li povis apenaŭ movi. Do, li nur povis froti sin kontraŭ ŝi; sed tio pli ol sufiĉis, ĉar post kelkaj fortaj tremoj de iliaj pugoj, kruroj premitaj, brustoj kunpuŝitaj, la brulanta likvo, kiun li enŝprucis en ŝian korpon, donis al ŝi konvulsiigan plezuron, kaj ŝi falis sensense sur la panteran felon dum li rulis kaj restis senmova ĉe ŝia flanko.

Dum la tuta daŭro de tiu halucino, mi kuŝis elĉerpite, en duon-tranco, sternita sur la seĝo de la fiakro. Tiam revenis al mi la kapablo konsideri kaj rezoni. Ĝis tiam mi sentis ke mia figuro ĉiam ĉeestis antaŭ liaj okuloj, eĉ dum li ĝuadis tiun imponan virinon – tiel belan, ĉar ŝi apenaŭ atingis la burĝoniĝon de matura virineco; sed nun la plezuro kiun ŝi donis al li kaŭzis ke li tute forgesis min. Mi tial malamis lin. Dum momento mi volis esti sovaĝa besto – peli miajn ungojn en lian karnon, torturi lin kiel kato muson, kaj ŝiri lin en pecojn.

Kiun rajton li havis ami iun ajn krom mi? Ĉu mi amis eĉ ununuran estaĵon en la mondo kiel mi amis lin? Ĉu mi povus senti plezuron kun iu alia?

Ne, mia amo ne estis sentimentalaĉa, ĝi estis freneziga pasio, kiu superfortas la korpon kaj frakasas la cerbon!

Se li kapablas ami virinojn, kial do li amindumis min, devigante min ami lin, tiel ke mi malestimis min mem?

En konvulsio de eksciteco, mi tordetiĝis, mi mordis miajn lipojn ĝis ili sangis. Mi fosis la ungojn en mian karnon; mi ekkriis pro ĵaluzo kaj honto. Mi bezonus malgrandan impeton por salti el la fiakro kaj iri kaj sonorigi ĉe lia pordo.

Tiu stato daŭris dum kelkaj momentoj, kaj tiam mi komencis demandi min kion li faris, kaj refoje halucina atako superŝutis min. Mi vidis lin vekiĝi de la dormeto, en kiun li falis, post kiam la ĝuado superfortis lin.

Vekiĝante, li rigardis ŝin. Nun mi povis vidi ŝin klare, ĉar mi kredas ke ŝi videblis al mi nur tra li kiel perilo.

– Sed vi endormiĝis kaj sonĝis tion dum vi estis en la fiakro, ĉu ne?

– Ho ne! Ĉio okazis kiel mi diras al vi. Mi rakontis mian tutan vizion al li iom poste, kaj li agnoskis ke ĉio okazis ekzakte kiel mi vidis ĝin.

– Sed kiel tio eblas?

– Kiel mi diris antaŭe, ekzistis forta komuniko de pensoj inter ni. Tio neniel estas rimarkinda koincido. Vi ridetas kaj aspektas nekredema; nu, sekvu la esplorojn de la Psika Asocio,[92] kaj ĉi tiu vizio ne plu surprizos vin.

– Nu, ne gravas, daŭrigu.

– Kiam Telenio vekiĝis, li rigardis sian amantinon kuŝantan apud li sur la pantera felo.

Ŝi profunde dormis, kiel oni dormas post bankedo, ebriiĝinte per forta drinkaĵo; aŭ kiel bebo, kiu, suĉinte stomakoplenon, etendiĝas supersatigita ĉe la flanko de la patrina mamo. Estis la peza dormo de amorama vivo, ne la paca kvieteco de frida morto. La sango – kiel la suko de juna arbo

---

92 La *Society for Psychical Research (SPR)*, fondita en 1882 en Londono, esploras parapsikologiajn fenomenojn. VIKI-en

en printempo – leviĝis al ŝiaj apartigitaj pintigitaj lipoj tra kiuj varmeta parfumita spiro regule eskapis, eligante tiun etan zumadon, kiun infano aŭdas kiam ĝi aŭskultas sonon el konko – la sonon de dormetanta vivo.

La mamoj – kvazaŭ ŝvelitaj kun lakto – staris, kaj la erektaj cicoj ŝajnis peti tiujn karesojn kiuj tiom plaĉis al ŝi; tra ŝia tuta korpo estis tremetoj de nekontentigebla deziro.

Ŝiaj femuroj estis nudaj, kaj la densaj, gagate nigraj harbukloj, kiuj kovris ŝiajn centrajn partojn, estis aspergitaj de perloj de lakteca roso.

Tia vidaĵo sufiĉus por veki avidan, nesubpremeblan deziron en Jozefo mem, la ununura ĉasta Israelido pri kiu ni iam aŭdis; tamen Telenio, apogante sin sur la kubutoj, fiksrigardis ŝin kun ĉia abomeno kiun ni sentas kiam ni rigardas kuirejan tablon kovritan de vianda forĵetaĵo, de restantaj pecetoj, kaj de la feĉo de la vinoj kiuj provizis la bankedon kiu ĵus supersatigis nin.

Li rigardis ŝin kun tiu malestimo, kiun viro sentas al virino kiu ĵus provizis lian plezuron, kaj kiu malnobligis sin kaj lin. Krome, ĉar li sentis ke li estis maljusta al ŝi, li ŝin malamis, kaj ne sin mem.

Mi refoje sentis ke li amas ne ŝin, sed min, kvankam ŝi kaŭzis ke li forgesis min dum kelkaj momentoj.

Ŝi ŝajnis senti liajn fridajn rigardojn sur sin, ĉar ŝi frostotremis, kaj, pensante ke ŝi estas dormanta en lito, ŝi provis kovri sin; kaj ŝia mano, ĉirkaŭpalpante por la litotuko, tiris supren ŝian ĉemizon, kun la rezulto ke ŝi nur pli malkovris sin. Ŝi vekiĝis pro tio kaj kaptis la riproĉajn rigardojn de Telenio.

Ŝi timigite ĉirkaŭrigardis. Ŝi provis plejeble kovri sin; kaj poste, metante unu brakon ĉirkaŭ la kolo de la juna viro –

"Ne rigardu min tiel," ŝi diris. "Ĉu mi estas tiom abomena al vi? Ho! Mi komprenas. Vi malestimas min." Kaj ŝiaj okuloj pleniĝis de larmoj. "Vi pravas. Kial mi cedis? Kial mi ne rezistis la amon, kiu torturis min? Ho ve! ne estis vi, sed mi kiu serĉis vin, kiu amoris kun vi; kaj nun vi sentas por mi nenion krom naŭzo. Diru al mi, ĉu estas tiel? Vi amas alian virinon! Ne! – diru al mi ke ne!"

"Ne," diris Telenio serioze.

"Jes, sed ĵuru."

"Mi jam ĵuris antaŭe, aŭ almenaŭ konsentis ĵuri. Kiel utilas ĵuri se vi ne kredas min?"

Kvankam ĉia amoremo foriĝis, Telenio kore sentis kompaton al tiu bela, juna virino kiu, frenezigita pro amo al li, endanĝerigis sian tutan ekziston ĵetante sin en liajn brakojn.

Kia viro ne estus flatita de la amo, kiun li inspiras en nobela, riĉa, kaj bela juna virino, kiu forgesas pri sia edzineco por kelkaj momentoj de ĝuo en liaj brakoj? Sed, aliflanke, kial virinoj kutime amas virojn kiuj ofte tiel malmulte ŝatas ilin?

Telenio klopodis konsoli ŝin, kaj ripetadis ke li amas neniun virinon, kaj certigis al ŝi ke li estos eterne fidela al ŝi pro ŝia ofero; sed kompato ne estas amo, kaj bonvolo ne egalas la avidon de deziro.

La naturo estis pli ol kontenta; ŝia beleco perdis ĉian allogon; ili kisis kaj kisadis; li langvore pasigis siajn manojn sur ŝia tuta korpo, de la nuko ĝis la profunda fendo inter tiuj rondaj montetoj, kiuj ŝajnis kovritaj de freŝfalinta neĝo, kio provizis al ŝi ravan senton dum li tion faris; li karesis ŝiajn mamojn, suĉetis kaj mordetis la etajn elstarantajn cicojn, dum liaj fingroj multfoje puŝis profunde en la varman karnon kaŝitan sub la amaso da gagate nigraj haroj. Ŝi radiis, ŝi spiris, ŝi tremetis pro plezuro; sed Telenio, kvankam li plenumis sian taskon kun majstra kapablo, restis frida ĉe ŝia flanko.

"Ne, mi vidas ke vi ne amas min; ĉar estas neeble ke vi – juna viro –"

Ŝi ne finis. Telenio sentis la pikon de ŝiaj riproĉoj, sed restis pasiva; ja peniso ne rigidiĝas pro mokriproĉoj.

Ŝi prenis la senvivan objekton per siaj delikataj fingroj. Ŝi frotis kaj fingrumis ĝin. Ŝi eĉ rulis ĝin inter siaj du molaj manoj. Ĝi restis kiel peco da pasto. Ŝi ĉagrene suspiris kiel eble la amantino de Ovidio[93] faris en simila cirkonstanco. Ŝi faris kiel faris tiu virino kelkajn jarcentojn antaŭe. Ŝi kliniĝis; ŝi prenis la pinton de tiu senmova peco da karno inter siajn lipojn – la pulpan lipoparon, kiu aspektis kiel eta abrikoto – ronda, suka kaj plaĉa. Baldaŭ ĝi estis komplete en ŝia buŝo. Ŝi suĉis ĝin kun tiom da evidenta plezuro, kvazaŭ ŝi estus malsatega suĉinfano ĉe la mamo de sia nutristino. Dum ĝi iris enen kaj elen, ŝi tiklis la prepucion per sia sperta lango, tuŝis la lipetojn kontraŭ sian palaton. La peniso, kvankam iomete pli malmola, restis daŭre malrigida kaj malforta.

Vi scias ke niaj malkleraj prapatroj kredis al la kutimo nomita *nouer les aiguillettes*[94] – kio signifas igi la masklon nekapabla fari la plaĉan taskon, kiun la Naturo destinis por li. Ni, la pli klera generacio, jam flankenmetis tiajn krudajn superstiĉojn, tamen niaj nesciaj prapatroj foje pravis.

– Kio! certe vi ne volas diri ke vi kredas je tiaj arlekenaĵoj, ĉu?

– Ĝi povus estis arlekenaĵo, kiel vi diras; sed tamen estas fakto. Hipnotigu iun, kaj tiam vi vidos ĉu vi povas regi lin aŭ ne.

– Tamen, vi ne hipnotigis Telenion, ĉu?

– Ne, sed niaj naturoj ŝajnis ligitaj unu al la alia de sekreta simpatio.

En tiu momento mi sentis sekretan honton por Telenio. Ne komprenante la funkcion de lia cerbo, ŝi ŝajnis rigardi

---

93 Ovidio (latine: *Publius Ovidius Naso*), 43a.K.-17p.K., estis romia poeto, konata pro siaj erotikaj poemoj. VIKI

94 En la franca "*nouer l'aiguillette*" plej ofte signifas ensorĉi viron por igi lin impotenta. (Petit Robert)

lin kiel junan virkokon, kiu, kokerikinte tiel vigle unu aŭ du fojojn je la aŭroro, tiel trostreĉis sian kolon, ke li povas sonigi nur raŭkajn, feblajn, gluglajn sonojn post tio.

Krome, mi preskaŭ kompatis tiun virinon; kaj mi pensis, ke se mi estus en ŝia situacio, kian seniluziiĝon mi suferus. Kaj mi suspiris, kaj ripetis preskaŭ aŭdeble – "Se mi nur estus en ŝia pozicio."

La bildo kiu kreiĝis tiel vive en mia menso estis tuj respegulita en la cerbo de Reneo; kaj li fantaziis ke la buŝo de lia sinjorino kaj ŝiaj lipoj estas miaj; kaj lia peniso tuj rigidiĝis, vekiĝis en viglecon; la vaskuloj ŝvelis kun sango; okazis ne nur erektiĝo, sed preskaŭ spermelĵeto. La grafino – ĉar ŝi vere estis grafino – mem surpriziĝis je tiu subita ŝanĝo, kaj haltis, ĉar ŝi nun atingis kion ŝi volis; kaj ŝi sciis ke *"dépasser le but, c'est le manquer."*[95]

Telenio tamen ektimis ke, se li vidus la vizaĝon de sia amantino, la bildo de mi povus tute malaperi; kaj ke li ne povus – malgraŭ ŝia beleco – plenumi sian taskon ĝis la fino. Li do komencis kovri ŝin de kisoj, kaj tiam lerte turnis ŝin sur la ventron. Ŝi cedis sen kompreni kion oni atendis de ŝi. Li kurbigis ŝian flekseblan korpon kaj surgenuigis ĝin, tiel ke prezentiĝis ŝia plej bela aspekto al li.

Tiu plaĉega vidaĵo ravis lin tiel, ke pro nura rigardo lia ĝis nun lama ilo atingis sian plenan grandecon kaj rigidecon, kaj volupte vigle saltis tiel, ke ĝi frapis lian umbilikon.

Li estis eĉ tentita dum momento enirigi ĝin en la truon etan kiel punkto, kiu, kvankam ne ekzakte la kaverno de la vivo, certe estas kaverno de plezuro; sed li detenis sin. Li eĉ rezistis la tenton kisi ĝin, aŭ enirigi sian langon; anstataŭe li kurbiĝis super ŝi, kaj lokante sin inter ŝiaj kruroj, li provis enirigi la glanon en la fendon de ŝiaj du lipoj, nun dikaj kaj ŝvelitaj pro frotado.

---

95 France: preterpasi la celon signifas maltrafi ĝin.

Kvankam ŝiaj kruroj estis disetenditaj, li unue devis apartigi la lipojn per siaj fingroj pro la amaso da hartufoj, kiuj kreskis ĉie ĉirkaŭe, ĉar nun la bukletoj estis interplektitaj kiel ĉiroj, kvazaŭ por bari la enirejon; tial, kiam li estis flankenbrosinta la harojn, li puŝis sian ilon enen, sed la ŝvela seka karno haltigis lin. La klitoro, tiel premita, dancis pro ĝojo, kaj li prenis ĝin en sian manon, frotis kaj skuis ĝin milde kaj dolĉe kontraŭ la supra parto de ŝiaj lipoj.

Ŝi komencis tremi, froti sin kun delico, ŝi ĝemis, ŝi histerie plorĝemis; kaj kiam li sentis sin banita de plaĉaj larmoj, li puŝis sian ilon profunde en ŝian korpon, stringante ŝin ĉirkaŭ la kolo. Tiel, post kelkaj fortaj alpuŝoj, li sukcesis enirigi la tuton de sia vergo ĝis la radiko de la kolono, premante siajn pubharojn kontraŭ ŝiaj, ĝis la plej fora profundo de la utero, donante al ŝi plaĉan doloron kiam ĝi tuŝis la kolon de la vagino.

Dum ĉirkaŭ dek minutoj – kio ŝajnis al ŝi kiel eterneco – ŝi daŭre anhelis, pulsis, spasmospiris, ĝemis, ŝirkriis, muĝis, ridis kaj ploris pro la ardeco de sia delico.

"Ho! Ho! mi sentas ĝin refoje! Enen – enen – rapide – pli rapide! Jen! jen! – sufiĉe! – haltu!"

Sed li ne aŭskultis ŝin, kaj li puŝis kaj plonĝis ree kaj ree kun kreskanta vigleco. Vane petinte batalpaŭzon, ŝi rekomencis moviĝi kun renovigita vivo.

Pro tio ke ŝi troviĝis en hunda pozicio, lia penso koncentriĝis je mi; kaj la strikteco de la aperturo en kiu la peniso estis ingita, kaj aldone la eksciteco produktita de la lipoj de la utero, donis al li tian superfortan senton ke liaj fortoj duobliĝis, kaj li tiel forte puŝadis sian muskolan ilon, ke la delikata virino tremis sub la ripetitaj frapoj. Ŝiaj genuoj preskaŭ ne subtenis ŝin kontraŭ la besta potenco, kiun li evidentigis. Refoje kaj subite la kluzopordo de la sema dukto estis malfermita, kaj li ŝprucigis torenton de fandita likvo en la plej profundajn kavaĵojn de ŝia utero.

Momento de deliro sekvis; la kuntiriĝo de ĉiuj ŝiaj mus-
koloj tenis lin kaj ensuĉis lin sopire, avide; kaj post mallonga
spasma konvulsio ili ambaŭ falis senkonsciaj unu apud la
alia, ankoraŭ firme interplektitaj.

– Kaj tiel finiĝas la rakonto!

– Ne ekzakte, ĉar naŭ monatojn poste la grafino naskis
belan knabon –

– Kiu, sendube, aspektis kiel lia patro. Ĉu ne ĉiu infano
aspektas kiel ĝia patro?

– Tamen, ĉi tiu aspektis nek kiel la grafo nek kiel Telenio.

– Do, al kiu, diable, li similis?

– Al mi.

– Absurdaĵo!

– Kredu ĝin aŭ ne. Ĉiuokaze, la kaduka olda grafo tre
fieras pri sia filo, kaj malkovris ian similecon inter sia sola
heredonto kaj la portreto de unu el siaj prauloj. Li ĉiam aten-
tigas pri tiu atavismo al siaj vizitantoj; sed kiam ajn li fanfa-
ronas kaj komencas lekcii pri la afero, la grafino, laŭ onidiro,
ŝultrolevas kaj malestime kunpremas la lipojn, kvazaŭ ŝi ne
konvinkiĝis pri tiu fakto.

Ĉapitro Kvin

– Vi ankoraŭ ne diris al mi kiam vi renkontis Telenion, aŭ en kiuj cirkonstancoj.

– Paciencu iomete, kaj vi scios ĉion. Vi povas kompreni, ke post kiam mi vidis la grafinon forlasi lian domon je la aŭroro, kun vizaĝesprimo de la emocioj kiujn ŝi estis sentinta, mi tre volis liberigi min de mia krima amo.

Foje mi persvadis min mem, ke mi ne plu ŝatas Reneon. Sed kiam mi pensis ke mia tuta amo estis for, li nur devis rigardi min, kaj mi sentis ĝin reflui pli forte ol iam ajn, plenigante mian koron kaj forigante mian racion.

Mi ne trovis ripozon nokte aŭ tage.

Mi tiam decidis ne plu vidi Telenion, kaj ne plu ĉeesti liajn koncertojn; sed la decido de amanto estas tiel ŝanĝiĝema kiel aprilaj pluvetoj, kaj je la lasta minuto la plej eta preteksto sufiĉis por ke mi ŝanceliĝu kaj ŝanĝu la decidon.

Krome, mi malpaciencis scii ĉu la grafino aŭ iu alia refoje renkontos lin kaj pasos la nokton kun li.

– Nu, ĉu tiuj vizitoj do estis ripetitaj?

– Ne, la grafo revenis neatendite; kaj tiam li kaj la grafino ambaŭ ekveturis al Nico.

Sed mallonge poste, tamen, ĉar mi ĉiam atentis, mi vidis Telenion forlasi la teatron kun Briancourt.

Estis nenio stranga en tio. Ili iris brak' en brako, cele al la loĝejo de Telenio.

Mi malrapidis por sekvi ilin, paŝon post paŝo, je kelka distanco. Mi jam estis ĵaluza pri la grafino; mi estis dekfoje pli ĵaluza pri Briancourt.

"Se li pasigos ĉiun nokton kun nova kunlitulo," mi diris al mi mem, "kial li diris al mi, ke lia koro sopiras por mia?"

Tamen, en mia animo mi certis ke li amas min; ke ĉiuj tiuj aliaj amoj estas kapricoj; ke liaj sentoj por mi estas io pli ol plezuro de la sensoj; ke ĝi estas vera, elkora, aŭtentika amo.

Atinginte la pordon de la domo de Telenio, la junaj viroj ambaŭ haltis kaj komencis konversacii.

Tiu malĉefa strato estis malplena. Oni vidis nur, de tempo al tempo, kelkajn malfruiĝintajn hejmenirantojn peze kaj dormeme piediradi. Mi haltis ĉe la angulo de la strato kaj ŝajnigis legi anoncon, sed efektive mi volis sekvi la movojn de la du junaj viroj.

Subite, ili laŭŝajne estis disiĝontaj, ĉar mi vidis Briancourt etendi ambaŭ manojn kaj premi tiujn de Telenio. Mi tremetis pro ĝojo. Mi tamen maljustis kontraŭ Briancourt, mi pensis; ĉu ĉiu viro kaj virino devas enamiĝi kun la pianisto?

Sed mia ĝojo estis nelongdaŭra, ĉar Briancourt tiris Telenion al si, kaj iliaj lipoj renkontiĝis en longa kiso, kiso kiu por mi estis amara kiel galo kaj absinto; tiam, post kelkaj vortoj, malfermiĝis la pordo de la domo de Telenio kaj la du junaj viroj eniris.

Kiam mi vidis ilin malaperi, larmoj de kolerego, de angoro, de seniluziiĝo malsekigis miajn okulojn, mi grincigis la dentojn, mordis la lipojn ĝis sangado, mi stamfis, mi kuris kiel frenezulo, mi haltis dum momento antaŭ la fermita pordo kaj elverŝis mian koleron batante la sensentan lignon. Finfine, aŭdinte paŝojn, mi pluiris. Mi piediris tra la stratoj dum duona nokto, ĝis, mense kaj korpe elĉerpita, mi revenis hejmen je la frua mateniĝo.

– Kaj via patrino?

– Mia patrino estis tiam eksterurbe, ŝi estis ĉe —, kaj pri ŝiaj aventuroj mi rakontos alian fojon, ĉar vi povas certi ke ili estas aŭdindaj.

En la mateno, mi firme decidis ne plu iri al la koncertoj de Telenio, kaj ne plu sekvi lin ĉien, sed tute forgesi lin. Mi devintus forlasi la urbon, sed mi pensis ke mi trovis alian rimedon por liberigi min de tiu terura sensenca pasio.

Pro tio ke nia servistino lastatempe edziniĝis, mia patrino dungis – por kialoj kiujn nur ŝi scias – kamparan knabinon de ĉirkaŭ dek ses jaroj, sed kiu aspektis multe pli juna ol ŝi vere estis; strange, ĉar kutime la kamparaj knabinoj aspektas multe pli maturaj ol ili estas laŭ jaroj. Mi ne taksis ŝin bela, tamen ĉiu ŝajnis esti frapita de ŝiaj ĉarmoj. Mi ne povas diri ke ŝi estis iel naiva aŭ kamparana, ĉar tio tuj pensigos onin svage pri iu mallerta aŭ malgracia, dum ŝi havis la viglecon de pasero kaj la graciecon de katido; tamen, ŝi havis fortan kamparan freŝecon – pli precize, preskaŭ acidecon – kiel tiun de frago aŭ frambo kreskanta en muska densejo.

Kiam oni vidis ŝin en ŝia urba vestaĵo, oni ĉiam imagis ke oni iam renkontis ŝin en pentrindaj ĉifonoj, kun eta ruĝa ŝalo sur la ŝultroj, kaj kun la sovaĝa gracieco de kapreolo staranta sub foliplenaj branĉoj, ĉirkaŭata de sovaĝaj rozujoj, preta forkuri je la plej eta sono.

Ŝi havis la sveltan suplan korpon de juna knabo, de kiu oni ne povus distingi ŝin, se ŝi ne havus la burĝonantajn, rondajn kaj firmajn mamojn, kiuj ŝveligis ŝian robon.

Kvankam ŝi ŝajnis ruze konscia ke neniu el ŝiaj movoj restis nerimarkitaj de la apudstarantoj, ŝi ne nur ŝajnis senkonsidera pri ies admiro, sed eĉ estis tre ĉagrenita se tiu admiro estis esprimita, aŭ per vortoj aŭ per gestoj.

Ve al la kompatindulo kiu ne povis enteni siajn sentojn; ŝi baldaŭ sentigis lin ke se ŝi posedas la belecon kaj freŝecon de sovaĝa rozo, ŝi ankaŭ havas ties dornojn.

El ĉiuj viroj kiujn ŝi iam konis, mi estis la ununura kiu neniam montris la plej etan intereson pri ŝi. Por mi, ŝi – kiel ĉiuj virinoj – simple estis indiferenta. Mi estis tial la sola viro kiun ŝi ŝatis. Ŝia kata gracieco, tamen, ŝia iomete knabulinaj[96]

96 Knabeca knabino aŭ Knabulino estas knabino, kiu eksponas kelkajn ecojn de la genra rolo de knaboj. VIKI

manieroj, kiuj donis al ŝi aspekton de Ganimedo,[97] plaĉis al mi, kaj kvankam mi tre bone sciis, ke mi sentas nenian amon aŭ eĉ la plej etan allogon al ŝi, mi kredis, ke mi povus iom post iom ŝati aŭ eĉ ami ŝin. Se mi nur povus senti ian volupton por ŝi, mi pensas ke mi eĉ estus edziĝinta kun ŝi, prefere ol fariĝi sodomiisto, kaj havi nefidelan viron, kiu ne ŝatas min kiel amanton.

Ĉiuokaze, mi demandis min, ĉu mi ne povus senti iom da plezuro kun ŝi, nur sufiĉe por kvietigi la sensojn, por luli mian freneziĝantan cerbon al ripozo.

Aliflanke, kiu el la du estis pli fia, ĉu la delogo de malriĉa knabino, kio ruinigos ŝin kaj faros ŝin la patrino de kompatinda, malfeliĉa infano, aŭ la cedo al la pasio frakasanta miajn korpon kaj cerbon?

Nia honorinda socio preterrigardas la unuan kiel peketon, kaj tremas pro hororo je la dua, kaj akceptante ke nia socio konsistas el honorindaj viroj, mi supozas ke la honorindaj viroj, kiuj konsistigas nian virtan socion, pravas.

Kian privatan kialon ili havas, kiu pensigas ilin tiel, mi vere ne scias.

Iritita ĝis kolero, mi ne plu toleris la vivon, mi ne plu povis suferi ĝin.

Laca kaj elĉerpita pro sendorma nokto, kun sango sekigita de eksciteco kaj absinto, mi revenis hejmen, malvarme banis min, vestiĝis kaj vokis la knabinon en mian ĉambron.

Kiam ŝi vidis mian lacigitan aspekton, mian palan vizaĝon, miajn blu-ringajn okulojn, ŝi fiksrigardis min, tiam –

"Ĉu vi malsanas, sinjoro?" ŝi demandis.

"Jes; mi sentas min malbone."

"Kaj kie vi estis hieraŭ nokte?"

"Kie?" mi demandis malestime.

---

97 Ganimedo (greke: Γανυμήδης) estis princo kaj la plej bela homo inter mortemuloj, tiel ke Zeŭso forkaptis lin por servi la diojn kiel pokalportisto kaj lin kiel amanto.

"Jes; vi ne venis hejmen," ŝi diris spite.

Mi respondis al ŝi kun nervoza rido.

Mi komprenis ke karakteron kiel ŝian oni devas tuj mastri kaj ne iom post iom dresi. Mi do kaptis ŝin en miajn brakojn kaj premis miajn lipojn sur ŝiajn. Ŝi provis liberigi sin, sed pli en la maniero de senhelpa birdeto flugilflirtante ol de kato, kiu eksterigas siajn krifojn el siaj veluraj piedpintoj.

Ŝi tordiĝetis en miaj brakoj, frotante siajn mamojn kontraŭ mia brusto, siajn femurojn kontraŭ miaj kruroj. Malgraŭ tio, mi tenis ŝin forte kontraŭ mia korpo, kisis ŝian buŝon, premis miajn brulantajn lipojn kontraŭ ŝiaj, spiris ŝian freŝan kaj sanan spiron.

Estis la unua fojo ke iu ajn kisis ŝin sur la buŝo, kaj, kiel ŝi rakontis al mi poste, la sento tremigis ŝian tutan korpon kiel elektra kurento.

Mi vidis, fakte, ŝian kapturniĝon, ŝiajn okulojn malsekajn pro la emocio, kiun miaj kisoj efikis sur ŝia nervoza konstitucio.

Kiam mi volis peli mian langon en ŝian buŝon, ŝia fraŭlina pudoro ribelis; ŝi rezistis kaj rifuzis tion. Ŝi diris ke estis, kvazaŭ brulanta peco da fero estus ĵetita en ŝian buŝon, kaj ŝi sentis kvazaŭ ŝi kulpus pri krimo abomeninda.

"Ne, ne," ŝi kriis, "vi sufokas min. Vi mortigas min, lasu min, mi ne povas spiri, lasu min aŭ mi vokos helpon."

Sed mi persistis kaj baldaŭ mia lango, ĝis la radiko, estis en ŝia buŝo. Mi tiam levis ŝin en miajn brakojn, ĉar ŝi estis malpeza kiel plumo, kaj etendis ŝin sur la liton. Tiam la flirtanta birdo ne plu estis sendefenda kolombo, sed, kontraŭe, falko kun krifoj kaj akra beko, baraktanta forte kaj potence, gratvundanta kaj mordanta miajn manojn, minacanta elŝiri miajn okulojn, kaj frapanta min per sia tuta forto.

Nenio estas pli granda incito al plezuro ol batalo. Eta kverelo kun kelkaj pikantaj vangofrapoj kaj manbatetoj ekscitos ajnan viron, dum vera vipado ardigos la sangon de la plej malvigla maljunulo pli bone ol afrodiziigaĵo.

La barakto ekcitis ŝin tiom kiel min, tamen tuj post kiam mi etendis ŝin malsupren, ŝi sukcesis ruliĝi suben sur la plankon; sed mi estis preta por ŝiaj ruzaĵoj kaj mi troviĝis super ŝi. Ŝi sukcesis, tamen, forgliti kiel angilo kaj saltis kiel juna kaprido al la pordo. Sed mi estis ŝlosinta ĝin.

Nova batalo sekvis, nun pliiĝis mia volo posedi ŝin. Se ŝi estus cedinta milde, mi certe forsendus ŝin el la ĉambro, sed rezisto igis ŝin dezirinda.

Mi firmtenis ŝin en miaj brakoj, ŝi tordiĝetis kaj suspiris, kaj ĉiuj partoj de niaj korpoj forte intertuŝiĝis. Tiam mi puŝis mian kruron inter ŝiajn, niaj brakoj estis interplektitaj kaj ŝiaj mamoj pulsis kontraŭ mia brusto. Dum tiu tuta tempo ŝi traktis min per batoj, kaj dum ĉiu el ili trafis, tio ŝajnis ekbruligi kaj ŝian kaj mian sangon.

Mi fortiris mian jakon. La butonoj de mia veŝto kaj pantalono estis forfalantaj, mia ĉemizkolumo estis forŝirita, mia ĉemizo ĉifoniĝis, miaj brakoj sangis plurloke. Ŝiaj okuloj glimis kiel tiuj de linko, ŝiaj lipoj volupte paŭtis, ŝi nun ŝajnis batali ne por defendi sian virgecon, sed por la plezuro kiun la batalo donis.

Dum mi premis mian buŝon sur ŝian, mi sentis kiel ŝia tuta korpo tremis pro delico, kaj aldone unufoje – kaj nur unufoje – mi sentis ŝian langopinton iomete puŝiĝi en mian buŝon, kaj tiam ŝi ŝajnis freneziĝi pro plezuro. Ŝi estis fakte kiel juna menado[98] dum la unua inicado.

Mi vere komencis deziri ŝin, tamen mi bedaŭris oferi ŝin tuj sur la altaro de amo, ĉar tiu ĉi ludeto meritis esti provludita pli ol unu fojo.

Mi denove levis ŝin en miajn brakojn kaj metis ŝin sur la liton.

---

98 Menado – (μαινάδες) sekvantino, en greka mitologio, de Dionizo, dio de la printempa fekundeco. VIKI
Laŭ PIV – Freneziĝe ekscitita bakĥantino.

Kiel bela ŝi aspektis dum mi tenis ŝin sube! Ŝiaj buklaj kaj ondaj haroj taŭzitaj pro la batalo ĵetkovris ĉiujn kusenojn. Ŝiaj malhelaj viglaj okuloj, kun la mallongaj sed densaj okulharoj, briletis preskaŭ kiel fosforeska fajro, ŝia ardanta vizaĝo estis diversloke makulita de mia sango, ŝiaj malkunaj, spiregantaj lipoj igus la molan penison de maljuna, elĉerpita, episkopa moŝto resalti pro renovigita vivo.

Kiam mi igis ŝiajn membrojn nemovigeblaj, mi staris super ŝi dum momento kaj admiris ŝin. Miaj rigardoj ŝajnis iriti ŝin kaj ŝi tuj baraktis por liberiĝi.

La hoketoj kaj hokingoj de ŝia robo ne plu tenis, tiel ke ekvideblis blanka karno, origita pro la tuŝado de ardaj sunradioj dum rikoltoj, kaj du ŝvelantaj mamoj; kaj vi scias kiom pli ekscitiga estas tiu ekvido ol la publika prezentado de ĉia karno elmontrita ĉe baloj, en teatroj kaj bordeloj.

Mi forŝiris ĉiujn obstaklojn. Mi puŝis unu manon inter ŝiajn mamojn, kaj provis glitigi la alian sub ŝian robon; sed ŝiaj jupoj estis tiel strikte volvitaj inter ŝiaj kruroj, kaj ĉi tiuj tiel firme interplektitaj, ke ne eblis apartigi ilin.

Post multaj subpremitaj krioj, kiuj ŝajnis pli kiel la pepoj de iu vundita birdo, post multa tirado kaj ŝirado miaflanke, kaj gratado kaj mordado ŝiaflanke, mia mano finfine atingis ŝiajn nudajn genuojn; poste ĝi glitis supren al la femuroj. Ŝi ne estis dika, sed fortika kaj muskola kiel akrobato. Mia mano atingis la forkon de la du kruroj; fine, mi tuŝis la lanugan hararon, kiu kovris la Venusmonton.

Restis vana la provo puŝi mian montrofingron inter la lipojn. Mi frotis ŝin iomete. Ŝi krie petis kompaton. La lipoj apartiĝis iomete. Mi provis enmeti mian fingron.

"Vi dolorigas min; vi gratas min," ŝi kriis.

Finfine ŝiaj kruroj malstreĉiĝis, ŝia robo estis suprentirita, kaj ŝi ekploris – larmoj de timo, honto kaj indigno!

Mia fingro tiam haltis; dum mi retiris ĝin mi sentis, ke ĝi ankaŭ estis malseka pro larmoj – larmoj kiuj ne estis de la sala speco.

"Nu, ne timu!" mi diris, prenante ŝian kapon inter miaj manoj kaj ade kisante ŝin. "Mi nur ŝercis. Mi ne intencis noci vin. Jen, vi povas stariĝi! Vi rajtas iri, se vi volas. Mi certe ne retenos vin kontraŭ via libervolo."

Kaj tiam mi prenis ŝian mamon kaj komencis pinĉi la etan cicon, ne pli grandan ol franda sovaĝa frago, kies aromon ĝi eligis. Ŝi tremis pro eksciteco kaj delico dum mi faris tion.

"Ne," ŝi diris, sen provi leviĝi. "Mi estas sub via potenco. Vi povas fari kun mi kion vi volas. Mi ne plu povas rezisti. Sed memoru, se vi min ruinigos, mi mortigos min."

Estis tia seriozeco en ŝiaj okuloj dum ŝi diris tion, ke mi tremis kaj lasis ŝin. Ĉu mi iam povus pardoni min mem, se mi estus la kaŭzo de ŝia memmortigo?

Tamen la kompatinda knabino rigardis min kun tiaj amaj, sopiraj okuloj, ke estis evidente, ke ŝi ne povis elteni la detruan fajron, kiu konsumis ŝin. Ĉu ne estis mia devo, do, sentigi al ŝi la trankviligan, delican ekstazon kiun ŝi ardis gustumi?

"Mi ĵuras al vi," mi diris, "ke mi ne nocos vin; do ne timu, nur silentu."

Mi suprentiris ŝian dikan linaĵan ĉemizon, kaj mi perceptis la plej etan eblan fendon kiun oni povus vidi, kun du lipoj koraloruĝaj, ombritaj de mola, silkeca, nigra lanugo. Ili havis la koloron, la brilon, la freŝecon de tiuj rozkoloraj konkoj, kiuj abundas en la orientaj strandoj.

La ĉarmoj de Leda,[99] pro kiuj Zeŭso fariĝis cigno, aŭ tiuj de Danae, kiam ŝi apartigis la femurojn por ricevi profunde en sian uteron la brulantan oran pluvon, ne povus esti pli tentaj ol la lipoj de tiu juna knabino.

---

99 Leda (greke: Λήδα), en la helena mitologio, estis filino de la reĝo Testio de Etolio, edzino de Tindaro, reĝo de Sparto, kaj patrino de Heleno, Klitemnestro, Kastoro kaj Polukso.

Ili apartiĝis pro propra interna vivo, tiel montrante etan beron, freŝan kun sana vivo – kiel guto da roso karnokolora ene de karmezinaj petaloj de burĝonanta rozo.

Mia lango premis ĝin intime dum sekundo, kaj la knabino freneze konvulsiis pro tiu arda plezuro kies eksziston ŝi neniam suspektis eĉ en sonĝo. Post momento ni refoje reciprokis brakumojn.

"Ho Kamilo," ŝi diris, "vi ne scias kiel mi amas vin!"

Ŝi atendis respondon. Mi fermis ŝian buŝon per kiso.

"Sed diru al mi. Ĉu vi amas min? Ĉu vi povas ami min eĉ nur iomete?"

"Jes," mi diris, mallaŭte; ĉar, eĉ en tia momento, malfacilis al mi mensogi.

Ŝi rigardis min dum sekundo.

"Ne, vi ne amas min."

"Kial ne?"

"Mi ne scias. Mi sentas ke vi estas tute indiferenta kontraŭ mi. Diru, ĉu ne estas tiel?"

"Nu, se vi pensas tion, kiel mi povas konvinki vin pri la malo?"

"Mi ne petas vin edzinigi min. Mi neniam konsentus esti ies konkubino, sed se vi vere amas min – "

Ŝi ne finis la frazon.

"Nu, do!"

"Ĉu vi ne povas kompreni?" ŝi diris, kaŝante la vizaĝon malantaŭ mia orelo, kaj alpremigante sin pli proksime al mi.

"Ne."

"Nu, se vi amas min, mi estas via."

Kion mi devus fari? Mi estis malinklina posedi knabinon kiu proponis sin tiel senkondiĉe; tamen, ĉu ne estus pli malsaĝe lasi ŝin foriri sen kontentigi ŝian sopiregon kaj mian propran deziron?

– Nu, vi devas konsenti, ke tiu parolado pri memmortigo certe estas sensencaĵo.

– Ne tiel certe kiel vi pensas.

– Nu, diru, kion vi faris?

– Mi? Nu, mi duonvojis.

Kisante ŝin, mi etendis ŝin sur ŝia flanko, mi malfermis la lipetojn, mi premis la pinton de mia faluso inter ili. Ili disiĝis, kaj iom post iom, duono de la glano, kaj poste la tuta balano eniris.

Mi puŝis singarde, sed ĝi ŝajnis esti retenita ĉiuflanke, kaj precipe en la antaŭo ĝi alfrontis preskaŭ nevenkeblan obstaklon. Samkiel oni martelas najlon en muron, la pinto renkontas ŝtonon, kaj per martelado la pinto senpintiĝas, tiam kurbiĝas, do kiam mi pli forte premis, la pinto de mia ilo estis premegita kaj strangolita. Mi tordiĝetis por trovi eliron el tiu sakvojo.

Ŝi ĝemis, sed pli pro doloro ol plezuro. Mi palpe serĉis en la mallumo kaj faris alian puŝon, sed la pinto de mia paliso nur premiĝis kontraŭ la fortikaĵo. Mi demandis min ĉu ne estus pli bone kuŝigi ŝin sur la dorson kaj perforti mian eniron kvazaŭ en vera batalatako, sed kiam mi retiriĝis, mi sentis ke mi estas preskaŭ superfortita – ne, ne preskaŭ – sed certe, ĉar mi ŝprucis sur ŝin ĉien per mia krema, vivdona likvo. Ŝi, la kompatindulino, sentis nenion, aŭ tre malmulton, dum mi, malmemfida ĝis tiu momento, kaj elĉerpita pro miaj noktaj vagadoj, falis preskaŭ sensensa al ŝia flanko. Ŝi rigardis min dum momento, tiam saltis kiel kato, kaptis la ŝlosilon kiu estis falinta el mia poŝo, kaj per unu salto – forfuĝis tra la pordo.

Tro lacigita por sekvi ŝin, mi tuj endormiĝis profunde; la unua bona ripozo kiun mi havis dum longa tempo.

Dum kelkaj tagoj mi iom kvietiĝis, mi eĉ rezignis pri la koncertoj kaj kutimejoj kie mi povus vidi Reneon; mi preskaŭ komencis pensi ke dum la tempopaso mi fariĝus indiferenta, kaj forgesus lin.

Mi estis tro avida, mi troe klopodis bloki lin el mia menso, tiel ke mia maltrankvilo malhelpis min atingi tiun celon; mi tiom timis ne povi forgesi lin, ke la timo mem ĉiam venigis lian bildon al mia menso.

– Kaj via knabino?

– Se mi ne eraras, ŝi sentis por mi kion mi sentis por Telenio. Eviti min ŝajnis al ŝi ŝia solena devo, ŝi eĉ provis malestimi min, malami min, sed ŝi ne sukcesis en tio.

– Sed kial malami vin?

– Ŝi ŝajnis kompreni ke, se ŝi ankoraŭ estas virgulino, estas pro tio ke mi malmulte ŝatas ŝin; mi sentis iom da plezuro kun ŝi, kaj tio pli ol sufiĉe kontentigis min.

Se mi amus kaj malvirgigus ŝin, ŝi estus aminta min pli tenere pro la vundo, kiun mi suferigis al ŝi.

Kiam mi demandis ŝin, ĉu ŝi ne estas dankema al mi por respekti ŝian virgecon, ŝi simple respondis "Ne!" kaj tio estis tre findecidita "ne". "Ĉiuokaze," ŝi aldonis, "vi faris nenion, simple ĉar vi ne povis fari ion ajn."

"Mi ne povis?"

"Prave."

Rezulte interbatiĝo rekomenciĝis. Ŝi estis refoje ŝlosita en miaj brakoj kaj ni luktis kiel du profesiaj luktistoj, kun tia entuziasmo, kvankam certe kun malpli da lerteco. Ŝi estis muskolhava bubino, certe ne malforta; krome ŝi komencis kompreni la vervon, kiun batalo donas al la venko.

Estis vera plezuro senti ŝian korpon pulsantan kontraŭ mi; kaj kvankam ŝi sopiris cedi, nur post multe da peno mi sukcesis meti mian buŝon sur ŝian.

Iom malfacile mi metis ŝin sur mian liton, kaj sukcesis meti mian kapon sub ŝiaj jupoj.

Virinoj estas malspritaj kreitaĵoj, plenaj de absurdaj antaŭjuĝoj; kaj ĉi tiu naiva kamparulino konsideris la komplimenton, kiun mi faris pri ŝia seksorgano, kvazaŭ tio estus bugrado.

Ŝi nomis min fia besto, porkaĉo, kaj aldonis aliajn similajn plaĉajn kromnomojn. Ŝi komencis tordiĝeti, tordiĝi kaj provis forgliti de mi, sed ŝi nur pliigis la plezuron, kiun mi provizis al ŝi.

Fine, ŝi kojnis mian kapon inter siaj femuroj kaj premis mian nukon per ambaŭ manoj, tiel ke eĉ se mi volus retiri mian langon for de ŝiaj ardantaj lipoj, mi nur pene povus fari tion.

Mi, tamen, restis tie, langumis, lekis, skrapis la etan klitoron ĝis ĝi kriis por kompato, kaj ĝiaj larmoj konvinkis ŝin, ke tio estas plezuro ne malestiminda, ĉar tio, laŭ mia sperto, estas la ununura argumento kiu konvinkos virinon.

Kiam la internaj partoj estis plene lubrikitaj de mia lango kaj humidigitaj de la trankviliga superfluo de neeltenebla plezuro; kiam ŝi gustumis tiun ekstazan ĝojon, kiun virgulo povas doni al virgulino sen dolorigi ŝin aŭ rompi la sigelon de sensperta pureco, tiam la vido de ŝia ravo kaŭzis mian kacon voluptame baŭmi. Mi tial liberigis ĝin de ĝia karcero, kaj pelis ĝin en la malluman kavernon.

Mia glano gaje eniris, kaj tiam estis haltigita en sia vojo. Plia forta puŝo donis al mi pli da doloro ol plezuro, ĉar la rezisto estis tiel granda, ke mia ramo ŝajnis esti tordita per la ago; la firmaj kaj mallarĝaj muroj de la vagino dilatiĝis, sed mia piŝto ne progresis, kvazaŭ ĝi estus tenita en strikta ganto, kaj ankoraŭ ne atingis la himenan histon.

Mi demandis min, kial la nesaĝa naturo tiel baris la vojon de plezuro. Ĉu por kredigi al vanta novedzo, ke li estas la pioniro de tiuj neesploritaj regionoj? Sed ĉu li ne scias, ke akuŝistinoj ĉiam arte riparas la serurojn, kiujn adultemaj ŝlosiloj estis malfermintaj? Ĉu estas por fari el tio religian ceremonion kaj doni la taskon pluki tiun burĝonon al iu konfesprenanto, kio longe estis unu el la multaj kromprivilegioj de sacerdotoj?

La kompatinda knabino sentis kvazaŭ ponardo plonĝas en ŝin, tamen ŝi nek kriis nek ĝemis, kvankam ŝiaj okuloj pleniĝis de larmoj.

Plian puŝon, plian penon, kaj la vualo de la templo estus ŝirita en du.

Tamen, mi haltis ĝustatempe.

"Ĉu mi rajtas, aŭ ĉu mi ne rajtas posedi vin?"

"Vi jam ruinigis min," ŝi respondis mallaŭte.

"Mi ne ruinigis vin; vi estas ankoraŭ virgulino, ĉar mi ne estas bubaĉo. Nur diru al mi, ĉu mi rajtas, aŭ ne, posedi vin?"

"Se vi amas min, vi povas posedi min, sed se vi nur faros tion por momenta plezuro…, nu, faru kion vi volas, sed mi ĵuras ke mi memmortigos min poste, se vi ne ŝatas min."

"Tiajn aferojn oni diras sed ne faras."

"Vi vidos."

Mi retiris mian kacon el la kaverno, sed antaŭ ol lasi ŝin leviĝi, mi tiklis ŝin delikate per la pinto, tiel ke ŝi sentis sufiĉan kontentiĝon por la doloro, kiun mi suferigis al ŝi.

"Ĉu mi povintus posedi vin aŭ ne?" mi diris.

"Sencerbulo," ŝi siblis kiel serpento, dum ŝi glitis el miaj brakoj ekster mia atingopovo.

"Atendu la venontan fojon, kaj vi vidos, kiu estas la sencerbulo," mi diris, sed ŝi jam estis tro for por aŭdi.

– Verdire, kia komencanto vi estis; mi supozas, tamen, ke vi havis vian venĝon la venontan fojon.

– Mia venĝo, se oni povas nomi ĝin tiel, estis teruriga.

Nia kaleŝisto, fortika, larĝaŝultra kaj muskolhava junulo, kies inklino ĝis tiam estis direktita ĉefe al liaj ĉevaloj, enamiĝis al tiu knabino, kiu aspektis sensuka kiel ileksbranĉeto.

Li jam provis honore amindumi ŝin en ĉia maniero ebla. Lia antaŭa ĉasteco kaj lia novnaskita pasio jam mildigis ĉiujn liajn krudajn trajtojn, li donacadis al ŝi florojn, rubandojn kaj etajn ornamaĵojn, sed ŝi malestime rifuzis ĉiujn liajn donacojn.

Li proponis tuj edziĝi kun ŝi; li eĉ donacis al ŝi kamparan dometon kaj etan terbienon, kiun li posedis en sia denaska regiono.

Li sentis frustriĝon pro ŝia malestimo al li, kaj ŝi sentis indignon pro lia amo. Nerezistebla sopiro vidiĝis en liaj okuloj; en ŝiaj nur vaka fiksrigardo.

Incitita ĝis freneziĝo de ŝia indiferenteco, li provis atingi per forto kion li ne atingis per amo, kaj baldaŭ lernis ke la bela sekso ne estas ĉiam la pli malforta.

Post lia provo kaj fiasko ŝi tantaligis lin eĉ pli. Kiam ajn ŝi renkontis lin, ŝi metis la dikfingran ungon al siaj supraj dentoj kaj eligis soneton.

La kuiristino, kiu havis latentan korinklinon por ĉi tiu forta, tendena junulo, kaj kiu devis suspekti, ke io estis okazinta inter tiu knabino kaj mi, evidente informis lin pri la fakto, kaj tiel kaŭzis en li neregeblan atakon de ĵaluzo.

Vundita ĝisfunde, li apenaŭ sciis ĉu li pli amas aŭ pli malamas tiun knabinon, kaj li ne zorgis pri sia estonteco, kondiĉe ke li povus kontentigi sian sopiregon por ŝi. Ĉia moleco kiun amo vekis en li cedis al la seksa energio de la virseksulo.

Neobservite, aŭ verŝajne enirigite de la kuiristino, li ŝtelkaŝis sin en ŝia ĉambro, kaj metis sin malantaŭ malnovan faldeblan ekranon, kiu, kune kun alia lignaĵo, estis formetita tie.

Li intencis resti kaŝita, ĝis ŝi estis profunde endormiĝinta, kaj tiam enlitiĝi kun ŝi kaj, vole-nevole, pasigi la nokton kun ŝi.

Atendinte tie dum kelka tempo en morta angoro – ĉar ĉiu minuto estis por li kiel horo – li finfine vidis ŝin eniri.

Enirinte, ŝi fermis kaj ŝlosis la pordon. Lia tuta korpo tremis pro ĝojo pri tiu eta faritaĵo. Unue ŝi klare ne atendis iun, kaj due ŝi baldaŭ estos lia posedaĵo.

Du truetoj, kiujn li faris en la papera ekrano, ebligis lin perfekte vidi ĉion. Iom post iom ŝi preparis sin por la nokto. Ŝi malligis sian hararon kaj religis ĝin en malstrikta nodo. Poste ŝi demetis sian robon, la korseton, la jupojn kaj ĉiujn subvestaĵojn. Finfine ŝi staris en sia noktorobo.

Tiam kun profunda suspiro, ŝi prenis rozarion kaj komencis preĝi.

Li mem estis religia homo, kaj tre volonte li volus recite ripeti ŝiajn preĝojn, sed li vane provis murmuri kelkajn vortojn. Ĉiuj liaj pensoj estis pri ŝi.

La luno estis nun plena kaj lumigis la ĉambron per mola lumo falanta sur ŝiajn nudajn brakojn, sur ŝiajn rondajn ŝultrojn kaj malgrandajn elstarantajn mamojn, ĵetanta sur ilin ĉiajn opalajn ŝanĝkolorojn, donante al ili la delikatan brilon de sateno kaj la diafanecon de sukceno, dum la linaĵa noktoĉemizo falis en faldoj sur ŝiajn malsuprajn partojn kun la moleco de flanelo.

Li restis tie senmove, preskaŭ mirigite, kun siaj okuloj fiksitaj sur ŝi, retenante sian pezan, febran spiron, okulumante ŝin kun tiu neperturbebla antaŭĝojo kun kiu la kato observas la muson, aŭ la ĉasisto la ĉasaĵon. Ĉiuj fortoj de lia korpo ŝajnis esti koncentritaj en lia vidkapablo.

Finfine ŝi finis la preĝojn, krucsignis kaj leviĝis. Ŝi levis la dekstran piedon por eniri sian iom altan liton, kio videbligis al la kaleŝisto ŝiajn sveltajn krurojn kaj ŝian mallarĝan sed rondan pugon, kaj, kiam ŝi kliniĝis antaŭen, la suba parto de la du lipoj faŭketis, ĉar unu genuo jam estis sur la lito.

La kaleŝisto, tamen, ne havis sufiĉe da tempo por vidi tion, ĉar per kata salto li jam estis sur ŝi.

Ŝi eligis la plej mallaŭtan krion, sed li jam firmtenis ŝin en siaj brakoj.

"Lasu min! Lasu min! aŭ mi vokos helpon."

"Voku tiom kiom vi volas, karulino; sed neniu venos aŭ povos veni por helpi vin, antaŭ ol mi posedos vin, ĉar mi ĵuras je la Sankta Virgulino, ke mi ne eliros el ĉi tiu ĉambron, antaŭ ol mi ĝuos vin. Se tiu bugrulo povas uzi vin por sia plezuro, tiam ankaŭ mi. Se li ne uzis vin – nu, ĉiuokaze pli bonas esti la edzino de malriĉulo ol la putino de riĉulo; kaj vi bone scias ĉu mi deziris edziĝi kun vi aŭ ne."

Dirante tion, li tenis ŝin per unu mano kvazaŭ en ŝraŭbtenilo, kun ŝia dorso kontraŭ li, li provis per la alia mano turni ŝian kapon por atingi ŝiajn lipojn; sed konsciante ke li ne povis, li premis ŝin sur la liton. Tenante ŝin per la nuko, li puŝis sian alian manon inter ŝiajn krurojn kaj ekkaptis ŝiajn centrajn partojn en sian fortikan manplaton.

Jam preta antaŭe, li puŝis sin inter ŝiajn apartigitajn krurojn, kaj ekpremis sian ilon kontraŭ la malsupra parto de la duon-malfermaj lipoj.

La lipoj restis ŝvelitaj kaj sekaj, same kiel post mia provo, kaj lia granda pufigita peniso deglitis, kaj la pinto fiksiĝis ĉe la supera angulo. Tiam, kiel peze ŝarĝita stameno kisita de malvirgiga vento disĵetas sian polenon sur la malfermajn ovariojn ĉirkaŭe, tiel la pufigita peniso apenaŭ tuŝis la etan klitoron kiam ŝprucis ĝia suka semo ne nur sur ĝin sed sur ĉiujn ĉirkaŭajn partojn. Kiam ŝi sentis sian stomakon kaj femurojn banitajn de la varma likvo, ŝajnis al ŝi ke ŝi estis bruligita de koroda veneno kaj ŝi tordiĝis kvazaŭ pro doloro.

Sed ju pli ŝi baraktis, des pli granda estis la plezuro kiun li sentis, kaj liaj ĝemoj kaj la gluglado, kiuj ŝajnis leviĝi de liaj centraj partoj ĝis lia gorĝo, atestis la ravon kiun li spertis. Li ripozis dum momento, sed lia organo perdis nenion de sia forto aŭ rigideco, ŝiaj tordiĝoj nur ekscitis lin pli. Li metis sian grandegan manon inter ŝiaj kruroj kaj levis ŝin sur la lito pli alten ol ŝi estis, kaj perforte tenante ŝin malsupre, li premis la karnecan pinton de la glano kontraŭ ŝi, kaj la lipoj, banitaj en la ŝlima likvo, facile apartiĝis.

Nun apenaŭ temis por li pri plezuro donita aŭ ricevita, sed pri la sovaĝa superforta avido, kiun la maskla besto prezentas dum la posedado de la ino, ĉar eĉ se oni mortigus lin, li ne lasus sian tenon. Li ŝoviĝis al ŝi kun la tuta potenca pezo de virbovo; kun denova peno, la glano troviĝis inter la lipoj, kun unu nova puŝo la duona kolono jam estis ene, kiam ĝi estis haltigita de la ankoraŭ netraborita sed tre dilatita virga membrano. Sentante ke li estis haltigita ĉe la ekstera aperturo de la vagino, li sentis momenton da ĝojego.

Ravite, li kisis ŝian kapon.

"Vi estas mia," li kriis kun ĝojo; "mia, dum vivo kaj morto, mia eterne."

Sendube ŝi komparis lian sovaĝan delicon kun mia frida indiferenteco, tamen ŝi provis ekkrii, sed lia mano fermis ŝian buson. Ŝi mordis lin, sed li preterrigardis tion.

Tiam, malgraŭ la doloro kiun li kaŭzis, senkonsidere de la trostreĉo kiun li kaŭzis al la malliberulo en ĝia mallarĝa kaĝo, li firmtenis ŝin per sia tuta forto, kaj kun unu lasta potenca puŝo, la vulvo estis ne nur atingita sed pasita; la membrano – tiel forta en la kompatindulino – estis fendita, lia priapo profunde fiksiĝis en la vagino kaj glitis ĝis la uterkolo.

Ŝi eligis laŭtan, akresonan krion de doloro kaj angoro, kaj la krio, kiu vibris tra la kvieto de la nokto, estis aŭdebla tra la tuta domo. Senkalkule de la konsekvencoj de la bruoj jam aŭditaj responde al la krioj, senkonsidere de la sango elŝprucanta, li rave plonĝis kaj replonĝis sian lancon en la vundon faritan de li, kaj liaj ĝemoj de plezuro estis miksitaj kun ŝiaj plendaj vekrioj.

Fine, li fortiris el ŝi sian suplan armilon; ŝi estis libera, sed senkonscia kaj senforta.

Mi estis sur la ŝtuparo kiam mi aŭdis la krion. Kvankam mi ne pensis pri la kompatinda knabino, tamen tuj ŝajnis al mi, ke mi rekonas ŝian voĉon. Mi suprenflugis la ŝtuparon, mi rapidis en la domon, kaj mi trovis la tremantan kuiristinon en la koridoro.

"Kie estas Katarina?"

"En sia ĉambro – mi – mi kredas."

"Do, kiu kriis?"

"Sed – sed mi ne scias. Eble ŝi."

"Kaj kial vi ne iras helpi ŝin?"

"La pordo estas ŝlosita," ŝi diris, konsternite.

Mi hastis al la pordo. Mi skuis ĝin per mia tuta forto.

"Katarina, malfermu! Kio estas al vi?"

Je la sono de mia voĉo la kompatinda knabino reviviĝis.

Per plia forta skuo mi rompis la seruron. La pordo malfermiĝis.

Apenaŭ sufiĉis tempo por ĵeti rigardon al la knabino en ŝia sangomakulita noktorobo.

Ŝiaj malligitaj haroj estis taŭzitaj. Ŝiaj okuloj brilis kiel sovaĝa fajro. Ŝia vizaĝo estis tordita pro doloro, honto kaj frenezo. Ŝi aspektis kiel Kasandro[100] post kiam ŝi estis perfortita de la soldatoj de Ajakso.[101]

Ŝi staris apud la fenestro kaj ŝiaj ekrigardoj direktitaj unue al la kaleŝisto nun trafis min, plenaj de abomeno kaj malestimo.

Ŝi nun sciis kion signifas la amo de viro. Ŝi rapidis al la fenestro. Mi saltis al ŝi, sed ŝi anticipis min kaj saltis el la fenestro, antaŭ ol la kaleŝisto aŭ mi povis malhelpi ŝin, kaj kvankam mi kaptis pecon de ŝia vestaĵo, ŝia pezo ŝiris ĝin kaj mi restis kun ĉifono en la mano.

Ni aŭdis pezan batosonon, krion, kelkajn ĝemojn, kaj poste silenton.

La knabino estis fidela al siaj antaŭdiroj.

---

100 Kasandra – (greke: Κασσάνδρα) filino de Reĝo Priamo.

101 Ajakso – filo de Reĝo Oileus (Ὀϊλεύς) de Lokris. La perforto okazis dum la batalo de Trojo.

Ĉapitro Ses

– Tiu ŝokinda memmortigo de nia kompatinda servistino okupis ĉiujn miajn pensojn dum kelkaj tagoj kaj donis al mi nemalmulte da ĉagreno kaj zorgo dum iom da tempo poste.

La konfeso, kiun mia servisto faris pri ĉiuj detaloj de ĉi tiu terura evento, hororigis min, kaj mi demandis min ĉu mi ne parte kulpis pro instigo al tia senpripensa ago; mi tial provis kompensi la kaleŝiston, almenaŭ helpante lin el liaj malfacilaĵoj tiel kiel mi povis. Plue, kvankam mi ne korinklinis al la knabino, mi vere provis ami ŝin, tiel ke konsternis min ŝia morto.

Mia intendanto, kiu estris min pli ol mi estris lin, vidante la staton de miaj streĉitaj nervoj, konvinkis min fari etan negocvojaĝon, kiun alie li mem devus entrepreni.

Pro ĉiuj tiuj cirkonstancoj mi devis bari Telenion el miaj pensoj, kiuj estis lastatempe obseditaj de li.

Mi do provis konvinki min, ke mi jam forgesis lin; kaj mi jam gratulis min mem pro tio ke mi majstris pasion, kiu igis min malestiminda en miaj propraj okuloj.

Reveninte hejmen mi evitis ne nur vidi lin, sed eĉ legi lian nomon en la gazetoj – plue, kiam ajn mi vidis afiŝojn en la strato, mi forturnis mian kapon, malgraŭ la allogo kiun lia nomo havis por mi; tia estis mia timo subiĝi al lia sorĉo. Tamen, ĉu mi kapablus daŭre eviti lin? Ĉu ne la plej eta hazardo rekunigus nin? Kaj tiam...?

Mi provis kredi, ke lia regpovo super mi malaperis, kaj ke ne eblis al li reakiri ĝin. Poste, por duoble certigi, mi decidis ofende preteratenti lin la unuan fojon kiam ni renkontus nin. Aldone mi esperis, ke li forlasus la urbon – dumtempe almenaŭ, se ne eterne.

Nelonge post mia reveno, mi estis kun mia patrino en loĝio en la teatro, kiam ekmalfermiĝis la pordo kaj Telenio aperis en la pordoaperturo.

Vidinte lin mi sentis min paliĝi kaj poste ruĝiĝi, miaj genuoj ŝajnis cedi, mia koro batis kvazaŭ brustorompe. Dum momento mi sentis ĉiujn miajn sindevigojn forfandiĝi; tiam, memabomene pro mia febleco, mi ekprenis mian ĉapelon kaj – apenaŭ kliniĝante al la junulo – hastis el la loĝio kiel frenezulo, devigante mian patrinon pardonpeti por mia stranga konduto. Mi apenaŭ estis for kiam mi sentis min retirita, kaj mi preskaŭ revenis por peti lian pardonon. Nur honto detenis min fari tion.

Kiam mi reeniris la loĝion, mia patrino, konsternita kaj mirigita, demandis min kio kaŭzis al mi tiel krude konduti kontraŭ la muzikisto, kiun ĉiu bonvenigis kaj honoris.

"Antaŭ du monatoj, se mi ĝuste memoras," ŝi diris, "apenaŭ alia pianisto estis lia egalulo; kaj nun, ĉar la gazetaro estas kontraŭ li, li eĉ ne plu meritas klinsaluton."

"La gazetaro estas kontraŭ li, ĉu?" mi demandis, kun levitaj brovoj.

"Kio! ĉu vi ne legis kiom akre li estas kritikata lastatempe?"

"Ne, mi havas aliajn pripensindaĵojn krom pianistoj."

"Nu, freŝdate li ŝajnis farti nebone. Lia nomo plurfoje aperis sur la afiŝoj, sed tamen li ne ludis; dum ĉe la lasta koncerto li traludis siajn pecojn en la plej ripetema, sensprita maniero, tiel malsame al lia antaŭa brila prezentado."

Mi sentis kvazaŭ mano ekkaptis mian koron en mia brusto, tamen mi provis aspekti laŭeble plej indiferenta.

"Mi kompatas lin," mi diris, senenergie; "sed aliflanke, mi supozas ke la sinjorinoj konsolos lin pro la mokoj de la gazetoj, kaj tiel senpintigos iliajn sagojn."

Mia patrino ŝultrolevis kaj malestime subigis la lipangulojn. Ŝi povis diveni nek miajn pensojn, nek mian amaran bedaŭron pri la maniero en kiu mi kondutis al tiu juna viro, kiun – nu, senutilis eŭfemismi aŭ mensogi – mi ankoraŭ amis. Jes, amis pli ol iam ajn – amis ĝis freneziĝo.

En la mateno, mi traserĉis ĉiujn gazetojn kiuj menciis lian nomon kaj mi trovis – eble estas vaneco miaparte pensi tiel – ke ekde tiu sama tago kiam mi ĉesis ĉeesti liajn koncertojn, li ludis aĉe, ĝis finfine liaj kritikistoj, iam tiel malseveraj, ĉiuj ariĝis kontraŭ li, provante komprenigi al li la pli altan devon kiun li ŝuldis al sia arto, al la publiko, kaj al si mem.

Pli-malpli unu semajnon poste, mi refoje iris por aŭdi lin ludi.

Kiam li eniris, mi estis surprizita vidi la ŝanĝojn kiujn tiu mallonga tempo kaŭzis en li; li aspektis ne nur streĉita kaj deprimita, sed pala, malgrasa kaj malsana. Li ŝajnis esti maljuniĝinta dek jarojn en tiuj kelkaj tagoj. Evidentis en li tiu ŝanĝo kiun mia patrino notis en mi, kiam ŝi revenis de Italujo; sed ŝi, kompreneble, atribuis tion al la ŝoko, kiun miaj nervoj estis ĵus ricevintaj.

Kiam li surscenejiĝis, iuj malmultaj personoj provis kuraĝigi lin per manklakado, sed basa murmuro de malaprobo, sekvita de siblosono, tuj haltis ĉi tiujn malfortefikajn provojn. Li ŝajnis esti indiferenta al ambaŭ sonoj. Li sidiĝis senenergie, kiel persono febligita per febro, sed, kiel unu el la muzikaj raportistoj konstatis, la fajro de arto tuj ekglimis en liaj okuloj. Li ĵetis flankrigardon al la spektantaro, ian serĉantan rigardon plenan de amo kaj dankemo.

Li do komencis ludi, ne kvazaŭ la tasko estus laciga, sed kvazaŭ li elverŝus sian pezigitan animon; kaj la muziko sonis kiel trilo de birdo, kiu, provante ĉarmi sian parulon, ekstaze pepegas, decidita aŭ venki aŭ morti en abundaj sonoj de spontana arto.

Ne necesas diri ke mia animo estis forte tuŝita, dum la tuta homamaso emociiĝis pro la milda malĝojo de lia muziko.

Post finludo de la peco, mi rapidis eksteren – agnoskite, kun la espero renkonti lin. Dum lia ludado, granda lukto okazis en mi – inter mia koro kaj mia cerbo; kaj la ardaj sensoj demandis al la frida racio, por kio utilas batali kontraŭ senbrida pasio. Mi ja estis preta pardoni lin pri ĉio, kion mi suferis, ĉar malgraŭ ĉio, ĉu mi havis ian rajton koleri kontraŭ li?

Kiam mi eniris la ĉambron li estis la unua – ne, la ununura persono kiun mi vidis. Sento de nepriskribebla delico plenigis mian tutan estaĵon, kaj mia koro ŝajnis salti al li.

Tuj, tamen, mia ravo forpasis, mia sango frostis en miaj vejnoj, kaj amo anstataŭiĝis per kolero kaj hato. Li staris brak-en-brake kun Briancourt kiu, malkaŝe gratulante lin pro lia sukceso, tre videble alkroĉiĝis al li kiel hedero al kverko. La okuloj de Briancourt renkontis miajn; liaj okuloj esprimis jubilon; sed miaj – humiligan malestimon.

Tuj kiam Telenio vidis min, li liberigis sin de la ekteno de Briancourt kaj venis al mi. Ĵaluzo frenezigis min; mi senkore kaj plej formale klinsalutis kaj foriris, preteratentante liajn elstreĉitajn manojn.

Mi aŭdis murmuron inter la apudstarantoj, kaj forirante mi vidis per oblikva rigardo lian ofenditan mienon kaj liajn ruĝiĝojn kiuj ek- kaj malaperis, kaj lian esprimon de vundita fiereco. Kvankam kolerigita, li sin rezigne klinis, kvazaŭ por diri: "Estu kiel vi volas," kaj li reiris al Briancourt, kies vizaĝo brilis pro kontenteco.

Briancourt diris, "Li ĉiam estis kanajlo, metiisto, fiera parvenuo!" sufiĉe laŭte, ke mi povis kapti la vortojn. "Ne zorgu pri li."

"Ne," aldonis Telenio, medite, "estas mi kiu kulpas, ne li."

Li apenaŭ povis kompreni kun kia sanganta koro mi eliris el la ĉambro, sopirante reveni je ĉiu paŝo, ĵeti miajn brakojn ĉirkaŭ lia kolo antaŭ ĉiuj, kaj peti lian pardonon.

Mi ŝanceliĝis dum momento, ĉu iri kaj doni al li la manon, aŭ ne. Ho ve! ĉu ni ofte cedas al la varma impulso de la koro? Ĉu anstataŭe ni ne estas ĉiam gvidataj per la konsilo de kalkulanta, konscienc-konfuza, argil-frida cerbo?

Estis ankoraŭ frue, sed mi atendis dum kelka tempo en la strato, rigardante ĉu Telenio elvenas. Mi decidis ke, se li estas sola, mi irus kaj pardonpetus pro mia malafableco.

Iom poste, mi vidis lin aperi en la pordo kun Briancourt. Mia ĵaluzo tuj tiel reekbrulis, ke turniĝinte sur la kalkanumoj mi foriris. Mi ne volis revidi lin. Venontmatene mi prenus la unuan trajnon por iri... ien, el la mondo se mi povus.

Tiu sentostato ne daŭris longe; kaj kun mia kolero nun mildigita iomete, amo kaj scivolo igis min refoje halti. Mi rigardis ĉirkaŭen; ili estis nenie videblaj; tamen miaj paŝoj estis direktitaj al la domo de Telenio.

Mi retropaŝis. Mi ĵetis rigardon laŭlonge de la apudaj stratoj; ili estis tute malaperintaj.

Nun, kiam li estis ekster mia vidokampo, mia avido trovi lin pliiĝis. Eble ili iris al la loĝejo de Briancourt. Mi hastis antaŭen direkte al lia domo.

Tuj mi kredis vidi du figurojn samkiel iliajn en la distanco. Mi hastis antaŭen kiel frenezulo. Mi levis la kolumon de mia mantelo. Mi tiris mian molan feltĉapelon super miajn orelojn por ne esti rekonata kaj sekvis ilin laŭ la aliflanka trotuaro.

Mi ne eraris. Ili disbranĉiĝis; mi sekvis ilin. Kien ili celis iri en tiu soleca kvartalo?

Por ne altiri ilian atenton mi haltis kie mi vidis reklam-afiŝon. Mi alterne malrapidis kaj hastis. Plurfoje mi vidis iliajn kapojn kuniĝi kaj tiam la brako de Briancourt ĉirkaŭis la talion de Telenio.

Al mi ĉio ĉi estis pli amara ol galo kaj absinto. Tamen en mia mizero, mi havis unu konsolon; tio estis konstati, ke

Telenio evidente cedis al la atentoj de Briancourt, anstataŭ serĉi ilin.

Fine ili atingis la kajon – tiel okupata dumtage, tiel soleca dumnokte. Tie ili ŝajnis serĉi iun, ĉar ili aŭ turnis sin, rigardante la personojn kiujn ili renkontis, aŭ fiksrigardis la virojn sidantajn sur la benkoj, kiuj troviĝas laŭ la kajo. Mi daŭrigis sekvi ilin.

Ĉar mi tute absorbiĝis en miaj pensoj, forpasis iom da tempo, antaŭ ol mi notis ke viro, kiu estis ekaperinta de ie, iris apud mi. Mi nervoziĝis, ĉar mi imagis, ke li ne nur provis rapidigi sian paŝon al mia ritmo, sed ankaŭ kapti mian atenton, ĉar li zumis kaj fajfis kanterojn, tusadis, kraĉotusis, kaj skrapis siajn piedojn.

Ĉiuj tiuj sonoj falis sur miajn revantajn orelojn, sed malsukcesis kapti mian atenton. Ĉiuj miaj sensoj metis la fokuson sur la du figuroj antaŭ mi. Li, do, daŭrigis paŝadi, tiam turniĝis sur la kalkanumo kaj fiksrigardis min. Miaj okuloj notis tion sen iel atenti lin.

Li refoje malrapidis, lasis min preterpasi, daŭrigis paŝi pli vigle, kaj refoje troviĝis apud mi. Finfine mi rigardis lin. Kvankam la vetero estis malvarma, li estis leĝere vestita. Li portis mallongan veluran jakon kaj grizan pantalonon tiel streĉe tajloritan, ke ĝi konformiĝis al la formo de liaj femuroj kaj pugo kiel kalsonŝtrumpoj.

Kiam mi rigardis lin, li refoje fiksrigardis min, tiam ridetis kun tiu sensignifa, seninteresa, idiota vizaĝkuntiriĝo de *raccrocheuse*.[102] Poste, rigardante min kun invita okulumo, li direktis siajn paŝojn al proksima *vespasienne*.[103]

"Kio estas aparte stranga pri mi?" mi cerbumis, "ke tiu ulo okulumis min tiel?"

Sen turni min, tamen, aŭ plue noti lin, mi pluiris, kun miaj okuloj fiksitaj sur Telenio.

---

102 France: stratputino.
103 France: publika pisejo.

Preterpasante alian benkon, iu refoje skrapis siajn pie-dojn kaj tusetis, evidente kun la celo ke mi turnu la kapon. Mi faris tion. Estis nenio pli rimarkinde pri li ol pri iu ajn viro kiun oni renkontas. Kiam li notis ke mi rigardas lin, li aŭ malbutonumis aŭ butonumis sian pantalonon.

Post iom da tempo mi denove aŭdis paŝojn venantajn de malantaŭe; la persono estis proksime al mi. Mi flaris fortan parfumon – se la malplaĉa haladzo de mosko aŭ paĉulo meritas esti nomita parfumo.

Tiu persono tuŝetis min preterpasante. Li petis pardo-non. Estis la viro kun la velura jako, aŭ lia Dromio.[104] Mi rigardis lin kiam li denove fiksrigardis min kaj larĝe ridetis. Liaj okuloj estis farbitaj per palpebroŝminko, liaj vangoj per ruĵo. Li estis tute senbarba. Dum momento, mi ne certis ĉu li estas viro aŭ virino; sed kiam li haltis refoje antaŭ la kolono mi estis komplete konvinkita pri lia sekso.

Iu alia venis per afektitaj paŝetoj de malantaŭ unu el tiuj pisejoj, skuante sian pugon. Li estis maljuna maldikulo, afekte ridetanta, kaj ŝrumpita kiel pomo difektita pro frosto. Liaj vangoj estis kavaj kaj liaj elstarantaj vangostoj tre ruĝaj; lia vizaĝo estis razita kaj tondita, kaj li portis perukon kun longaj, helaj, linkoloraj bukloj.

Lia irmaniero estis tiu de la Venuso de Mediĉi; tio estas, kun unu mano sur siaj centraj partoj kaj la alia sur la brusto. Liaj rigardoj estis ne nur tre modestaj, sed tiu maljunulo radiis preskaŭ fraŭlinan retiriĝemon, pro kio li aspektis kiel virgula parigisto.

Li ne fiksrigardis min, sed preterpasante ĵetis oblikvan rigardon al mi. Renkontis lin laborulo – forta kaj fortika ulo, kies metio estis aŭ buĉisto aŭ forĝisto. La maljunulo verŝajne preter-ŝtelirus nevidite, sed la laborulo haltis lin. Mi ne povis aŭdi kion ili diris, ĉar kvankam ili estis nur kelkajn paŝojn

---

104 La ĝemelaj sklavoj en la Ŝekspira dramo *La Komedio de Eraroj* ambaŭ nomiĝas Dromio kaj iliaj gemastroj ofte intermiksas ilin.

for, ili parolis en tiu silenta sekreta tono komuna al amantoj; sed mi ŝajnis esti la celo de ilia parolado, ĉar la laborulo fiksrigardis min kiam mi preterpasis. Ili disiĝis.

La laborulo iris pliajn dudek paŝojn, tiam li turnis sin sur la kalkanumo, revenis rekte renkonte al mi, ŝajne kun firma decido renkonti min vizaĝ-al-vizaĝe.

Mi rigardis lin. Li estis fortika viro kun masivaj trajtoj; klare, li estis elstara specimeno de virseksulo. Dum li preterpasis min li pugnigis sian potencan manon antaŭ sia ventro, kaj tiam movis ĝin tien kaj reen plurfoje, kiel agas piŝto kiam ĝi glitas ene kaj ele de la cilindro.

Iuj signoj estas tiel evidentaj kaj signifoplenaj, ke nenia antaŭscio estas bezonata por kompreni ilin. La signo de ĉi tiu laborulo estis unu el tiaj.

Nun mi sciis, kiuj estas tiuj noktaj promenantoj. Mi komprenis kial ili tiel persiste fiksrigardis min, kaj ĉiujn iliajn artifikojn por kapti mian atenton. Ĉu mi sonĝis? Mi ĉirkaŭrigardis. La laborulo haltis kaj ripetis sian peton alimaniere. Li fermis sian maldekstran pugnon, kaj enirigis la montrofingron de sia dekstra mano en la truon faritan per la manplato kaj la fingroj, kaj movis ĝin enen kaj elen. Tio estis malsubtile nedusenca. Mi ne eraris. Mi hastis antaŭen, cerbumante ĉu la urboj de la ebenaĵo estis detruitaj per fajro kaj sulfuro.

Kiel mi lernis poste en la vivo, ĉiu granda urbo havas siajn apartajn frekventejojn – placojn kaj ĝardenojn – por tiaj distraĵoj. Kaj la polico? Nu, ĝi fermas unu okulon, ĝis iu grava krimo estas farita; ĉar ne estas sendanĝere ŝtopi la buŝon de vulkano. Pro tio ke bordeloj de virputoj estas nepermesataj, tiaj renkontiĝejoj devas esti tolerataj, aŭ la tuta urbo fariĝas moderna Sodomo kaj Gomoro.

– Kio? Ĉu ekzistas tiaj urboj nuntempe?

– Jes ja! ĉar Jehovo gajnis sperton kun aĝo, kun la rezulto, ke li sukcesis kompreni siajn infanojn iomete pli bone ol en

antikvaj tempoj, ĉar, aŭ Li atingis pli ĝustan sencon de tole-
remo, aŭ, kiel Pilato, Li lavis siajn manojn kaj tute flanken-
ĵetis siajn infanojn.

Unue mi sentis profundan naŭzon je la vido de tiu olda
bugrulo, kiu preterpasis min kaj levis plej modeste sian
brakon for de la brusto, metis sian ostan fingron inter la
lipoj, kaj movis ĝin en la sama maniero kiel la laborulo faris
kun sia brako, sed provis doni al siaj movoj la aspekton de
virguline afektita sinĝeno. Li estis – kiel mi poste eksciis –
pompeur de dard[105] aŭ mi eble dirus "spermsuĉisto"; tio estis
lia speciala fako. Li entreprenis tion pro la amo al la tasko,
kaj pro multjara sperto li fariĝis majstro en sia fako. Ŝajnas,
ke aliflanke li vivis kiel ermito, kaj dorlotis sin per nur unu
luksaĵo – fajnaj batistaj poŝtukoj, kun punto aŭ brodaĵo, por
viŝi la ilon de la amatoro kiam lia tasko estis plenumita.

La maljunulo subeniris al la bordo de la rivero kaj ŝajne
invitis min al meznokta promeno en la ŝprucnebulo, sub la
arkoj de la ponto, aŭ en iu fora kaŝejo aŭ alia angulo.

Alia viro venis supren de tie; ĉi tiu ordigis siajn vestaĵojn
kaj gratis sian postaĵon kiel simio. Malgraŭ la harstariga
sento, kiun tiuj viroj kaŭzis en mi, la sceno estis tiel tute
nova, ke mi devas diri, ke ĝi sufiĉe interesis min.

– Kaj Telenio?

– Mi estis tiel okupita per ĉi tiuj noktmezaj promenan-
toj, ke mi estis perdinta el la vido kaj lin kaj Briancourt, sed
subite mi revidis ilin.

Kun ili estis juna zuava[106] sub-leŭtenanto, kaj pimpa, ele-
ganta ulo, kaj svelta malhelhaŭta junulo, verŝajne arabo.

La renkontiĝo ŝajnis ne havi seksuman celon. Ĉiuokaze,
la soldato distris siajn amikojn per sia vigla parolado, kaj
pro la malmultaj vortoj, kiujn kaptis mia orelo, mi kompre-

---

105 Franca slango = kacosuĉisto, laŭradike "pumpisto de pikilo".

106 Zuavo (france: *zouave*) estis infanteriano de francaj nord-afrikaj
regimentoj fonditaj en la 1830aj jaroj. VIKI

nis ke la temo estis interesa. Plie, dum ili preterpasis ĉiun benkon, la paro tie sidanta kubutpuŝetis unu la alian kvazaŭ ili konus ilin.

Dum mi preterpasis ilin mi levis la ŝultrojn kaj kaŝis mian kapon en la kolumo. Mi eĉ tenis mian poŝtukon antaŭ mia vizaĝo. Tamen, malgraŭ miaj singardaj rimedoj, Telenio ŝajnis rekoni min, kvankam mi daŭris marŝi sen iel rigardi lin.

Mi aŭdis ilian gajan ridadon dum mi preterpasis; eĥo de fiaj vortoj ankoraŭ sonoris en miaj oreloj; fiaj vizaĝoj de malviglaj virinecaj viroj krucis la straton, provante allogi min per ĉio kio estas naŭza.

Mi malĝojege hastis antaŭen, seniluziigita, malamante min kaj miajn proksimulojn, cerbumante ĉu mi estis entute pli bona ol ĉiuj tiuj adorantoj de Priapo, kiuj estis alkutimiĝintaj al malvirto. Mi sopiris je la amo de unu viro, kiu ne ŝatis min pli ol iu ajn el ĉi tiuj sodomiistoj.

Estis malfrunokte, kaj mi plu marŝis sen scii ekzakte kien miaj paŝoj portos min. Mi ne bezonis iri trans la akvon sur mia hejmvojo, do kio instigis min fari tion? Ĉiuokaze, mi subite trovis min staranta en la mezo de la ponto, vake rigardante al la aperta spaco antaŭ mi.

La Tamizo,[107] kiel arĝenta ĉefstrato, dividis la urbon en du partojn. Ambaŭflanke grandegaj ombraj domoj leviĝis el la ŝprucakvo; malklaraj kupoloj, malhelaj turoj, nubecaj kaj altegaj spajroj soris, tremetante, ĝis la nuboj, kaj paliĝis en la nebulo.

Sube mi povis percepti la brilon de la frida, melankolia kaj susuranta rivero, kiu fluis pli kaj pli rapide, kvazaŭ iritita pro nekapablo eĉ pli rapidi, frotvundante sin kontraŭ la arkoj kiuj interrompis la fluon, transformiĝante en ŝaŭmondetojn, malfortiĝante en kolerajn akvokirlojn, dum la malhelaj kolonoj ĵetis ink-nigran ombron sur la briletan tremetantan riveron.

---

107 Tamizo – Rivero, kiu trafluas Londonon. PIV

Dum mi rigardis tiujn dancantajn, agitatajn ombrojn, mi vidis milon da fajraj, serpent-similaj elfoj glitantaj tien kaj reen tra ili, okulumante kaj allogante min dum ili turniĝis kaj ruliĝis, logante min malsupren por ripozi en tiuj Leteaj[108] akvoj.

Ili pravis. Ripozon oni devas trovi malsupre de tiuj mal-helaj arkoj, sur la mola, akveca sablo de la kirlanta rivero.

Kiom abisme profundaj ŝajnis tiuj akvoj! Vualitaj per la ŝprucakvo, ili havis la allogon de la abismo. Kial ne serĉi tie la balzamon de forgesemo, ĉar nenio alia povus kuraci mian dolorantan kapon, povus trankviligi mian brulantan brus-ton?

Kial ne?

Ĉu ĉar la ĉiupova Dio fiksis la leĝon por malpermesi memmortigon?

Kiel, kiam, kaj kie?

Ĉu per sia fajra fingro, kiam Li faris tiun dramecan spek-taklon sur la Monto Sinajo?

Se estas tiel, kial Li tentis min pli ol mia forto povas elteni?

Ĉu iu patro emigos amatan infanon malobei lin, simple por havi la plezuron puni lin poste? Ĉu iu viro malvirgigus sian propran filinon, ne pro volupto, sed nur por moki ŝin pro ŝia maldisciplino? Certe, se tia viro iam ekzistis, li estis ja laŭ la imago de Jehovo.

Ne, la vivo valoras nur esti vivata dum ĝi estas plaĉa. Al mi, ĝuste tiam, ĝi estis ŝarĝo. La pasio, kiun mi provis su-foki, kaj kiu tamen ardis, jam ekbrulis kun renovigita forto, kaj tute majstris min. Tiun krimon mi povis subigi nur per alia. En mia kazo memmortigo estis ne nur permesebla, sed laŭdinda – eĉ heroa.

---

108 Leteo – unu el la riveroj de Infero, kies akvo forgesigis suferojn
    kaj plezurojn de la tera vivo. PIV

Kion diris la Sankta Biblio? "Kaj se via okulo faligas vin…"[109] kaj tiel plu.

Ĉiuj tiuj pensoj sin turnis en mia menso kiel etaj, fajraj serpentoj. Antaŭ mi en la ŝprucakvo, Telenio – kiel nubeca anĝelo de lumo – ŝajnis trankvile rigardadi min per siaj profundaj, tristaj, kaj pensemaj okuloj; sube, la torentaj akvoj ŝajnis al mi kiel la dolĉa alloga voĉo de sireno.

Mi sentis kapturniĝon. Mi estis perdanta mian sencon. Mi malbenis ĉi tiun belan mondon nian – ĉi tiun paradizon, kiun homo transformis en inferon. Mi malbenis nian mensmallarĝan socion, kiu prosperas nur surbaze de hipokriteco. Mi malbenis nian malsanigan religion, kiu malpermesas ĉiujn plezurojn de la sensoj.

Mi jam estis grimpanta sur la mureton, decidinte serĉi forgesemon en tiuj Stiksaj[110] akvoj, kiam du fortaj brakoj ĉirkaŭpremis min.

– Ĉu estis Telenio?

– Jes, estis li.

"Kamilo, mia amato, mia animo, ĉu vi frenezas?" li diris anhelante kun malakra voĉo.

Ĉu mi sonĝis – ĉu estis li? Telenio? Ĉu li estis mia gardanta anĝelo aŭ tentanta demono? Ĉu mi tute freneziĝis?

Ĉiuj tiuj pensoj postkuris unu la alian, kaj lasis min konfuzegita. Tamen, post momento, mi komprenis ke mi nek freneziĝis nek sonĝis. Estis Telenio en karno kaj ostoj, ĉar mi sentis lin kontraŭ mi, ĉar ni reciproke ĉirkaŭpremis nin. Mi elreviĝis al nova vivo el terura premsonĝo.

La streĉo kiun miaj nervoj subiĝis, kaj la febleco kiu sekvis, kune kun lia forta enbrakigo, sentigis min kvazaŭ niaj du interkroĉitaj korpoj unuiĝis aŭ kunfandiĝis.

---

109 La Sankta Biblio: Mateo 9:29. "Kaj se via dekstra okulo faligas vin, elŝiru kaj forĵetu ĝin; ĉar estus pli bone por vi, se unu el viaj membroj pereus, ol se via tuta korpo estus ĵetita en Gehenan."

110 Laŭ helena mitologio Stikso (Στύξ, "malamo") estas unu el la subteraj riveroj kaj rivera diino, filino de la titanoj Oceano kaj Tetiso. VIKI

Tre stranga sento superŝutis min en tiu momento. Dum miaj manoj moviĝis sur lia kapo, lia kolo, liaj ŝultroj, liaj brakoj, mi tute ne povis senti lin; fakte, ŝajnis al mi kvazaŭ mi tuŝus mian propran korpon. Niaj ardantaj fruntoj premitaj unu kontraŭ la alia, kaj liaj ŝvelitaj kaj pulsantaj vejnoj ŝajnis kiel la tremetanta bato de mia propra pulso.

Instinkte, kaj sen serĉi unu la alian, niaj buŝoj unuiĝis en ambaŭflanka konsento. Ni ne kisis, sed nia spiro vivigis niajn du estaĵojn.

Mi restis iomete senkonscia dum kelka tempo kaj sentis malrapidan forfluon de miaj fortoj, kio lasis nur tiom da vivoforto, ke mi konsciis ke mi ankoraŭ vivas.

Subite mi sentis ŝokegon de kapo al piedoj; ekestis refluo de la koro al la cerbo. Ĉiu nervo en mia korpo tremetis; mia tuta haŭto estis kvazaŭ piketita per akraj pingloj. Niaj buŝoj retiriĝintaj nun refoje unuiĝis kun nov-vekita volupto. Niaj lipoj – kiuj evidente volis kungrefti sin – premis kaj frotis sin kun tia pasia forto, ke sango komencis flueti de ili – alivorte, ŝajnis kvazaŭ ĉi tiu likvo, torentante el niaj du koroj, intencis intermiksiĝi por soleni tiun bonŝancan momenton en la antikvaj geedziĝfestoj de la nacioj – la kuniĝon de du korpoj, ne per la komunio de simbola vino, sed per la sango mem.

Tiel ni restis dum kelka tempo en stato de nekontraŭstarebla deliro, sentante en ĉiu momento plian ekstazan, frenezigan plezuron en niaj reciprokaj kisoj, kiuj pelis nin al freneziĝo per pliiĝo de nia ardo, kiun la kisoj ne povis malardigi, kaj per stimulo de tiu malsato, kiun ili ne povis kvietigi.

La kvintesenco de amo troviĝis en tiuj kisoj. Ĉio kio estis elstara en ni – la esenca parto de nia estaĵo – daŭre leviĝis kaj vaporiĝis de niaj lipoj kiel la gasoj de delikata, ebriiga, dioplaĉa likvo.

La naturo, trankviligita kaj silenta, ŝajnis teni sian spiron por rigardi nin, ĉar tia ekstazo malofte, se iam ajn, spertiĝis en ĉi tiu mondo. Mi estis subjugita, venkita, frakasita. La tero turnis sin ĉirkaŭ mi, kaj malleviĝis de sub miaj piedoj. Mi ne plu havis sufiĉan forton por stari. Mi sentis min malsana kaj febla. Ĉu mi estis mortanta? Se jes, tiam la morto devas esti la plej ĝoja momento de nia vivo, ĉar tian ekstazan ĝojon oni neniam povus senti refoje.

Kiom longe mi restis senkonscia? Mi ne povas diri. Mi nur scias, ke mi vekiĝis meze de kirlovento, aŭdante la torentan akvon ĉirkaŭ mi. Iom post iom mi rekonsciiĝis. Mi provis liberigi min de lia ĉirkaŭpremo.

"Lasu min! Lasu min trankvila! Kial vi ne lasis min morti? Mi malamas ĉi tiun mondon, kial mi devos treni min tra vivo, kiun mi abomenas?"

"Kial? Por mi." Kaj tiam li ekflustris mallaŭte, en tiu nekonata, sia denaska lingvo, kelkajn magiajn vortojn, kiuj ŝajnis enprofundiĝi en mian animon. Poste li aldonis: "La naturo kreis ĉiun el ni por la alia; kial rezisti? Mi nur povas trovi feliĉon en via amo, kaj nur en via amo; ne nur parto de mia koro, sed mia animo sopiras por vi."

Kun granda peno de mia tuta estaĵo mi puŝis lin for de mi, kaj ŝanceliĝis malantaŭen.

"Ne, ne!" mi kriis, "ne tentu min super mia forto; prefere lasu min morti."

"Plenumiĝu via volo, sed ni mortos kune, tiel ke almenaŭ mortinte ni ne estu apartigitaj. Ekzistas postmorta vivo, kaj ni tiam povos ĉirkaŭpreni unu la alian kiel Francesca[111] kaj ŝia amanto Paolo priskribitaj de Danto. Nun," li diris malvolvante silkan koltukon, kiun li portis ĉirkaŭ la talio. "Ni proksime interligu nin, kaj saltu en la akvon."

---

111 Francesca [franĉeska] da Rimini aŭ Francesca da Polenta, 1255-1285, estis la bela filino de Guido da Polenta, sinjoro de Raveno. Francesca kaj la eventoj ĉirkaŭ ŝi estis konataj al Danto, kaj ŝi rolas en lia *Dia Komedio*. VIKI

Mi rigardis lin kaj tremetis. Tiel juna, tiel bela, kaj mi estis tiel murdonta lin! La vizio de Antinoo, kiel mi vidis ĝin la unuan fojon kiam li ludis, aperis antaŭ mi.

Li ligis la koltukon firme ĉirkaŭ sia talio, kaj volis ligi ĝin ĉirkaŭ min.

"Venu."

La ĵetkubo estis falinta. Mi ne havis la rajton akcepti tian oferon de li.

"Ne," mi diris, "lasu nin vivi."

"Vivi," li aldonis, "kaj poste?"

Li ne parolis dum kelkaj momentoj, kvazaŭ atendante respondon al tiu demando, kiu ne estis vorte esprimita. Kiel respondo al lia senvorta peto, mi streĉis mian manon al li. Li – kvazaŭ timigita ke mi eskapus de li – firme ĉirkaŭbrakis min kun sia tuta forto de nesubpremebla deziro.

"Mi amas vin!" li flustris, "Mi freneze amas vin! Mi ne plu povas vivi sen vi."

"Nek mi," mi diris mallaŭte; "mi vane baraktis kontraŭ mia pasio, kaj nun mi cedas al ĝi, ne pasive, sed avide, ĝoje. Mi estas via, Telenio! Mi estas feliĉa aparteni al vi, ĉiam, kaj nur al vi!"

Kiel respondo venis nur sufokita raŭka krio el la profundo de lia brusto; liaj okuloj estis brile lumigitaj kiel fajro; lia dezirego egalis al kolerego; ĝi estis kiel tiu de sovaĝa besto kaptanta sian predon; kiel sola virbesto finfine trovinte pariĝulinon. Tamen lia intensa avideco estis pli ol tio; ĝi estis ankaŭ animo eliranta al la renkonto de alia animo. Ĝi estis sopiro de la sensoj, kaj freneza ebriiĝo de la cerbo.

Ĉu tiu brulanta, neestingebla fajro, konsumanta niajn korpojn, povus esti nomita volupto? Pro ammalsato ni interkroĉiĝis por ne malteni nin, kiel malsata besto firmtenas sian manĝotan kaptaĵon; kaj dum ni reciproke kisis nin kun ĉiam kreskanta avido, miaj fingroj aŭ sentis lian buklan hararon aŭ frapetis la molan haŭton de lia kolo. Niaj kruroj interkroĉitaj, lia faluso, kun forta erektiĝo, frotis kontraŭ mian ne malpli rigidan. Ni tamen daŭre ŝanĝis pozicion, tiel ke ĉiu parto de niaj korpoj plejeble kontaktiĝu; kaj tiel ni sentis, prenis, ĉirkaŭbrakis, kisis kaj mordis unu la alian, ke ni, sur la ponto en la kreskanta nebulo, verŝajne aspektis kiel du damnitaj animoj, kiuj suferas eternan tormenton.

La tempo mem ĉesis; kaj mi emas pensi, ke ni estus daŭrigintaj reciproke inciti nian frenezan deziron ĝis la perdo de niaj sensoj – ĉar ni ambaŭ estis je la limo de freneziĝo – se ni ne estus haltigitaj de banala okazintaĵo.

Malfrua fiakro – lacigita pro tuttaga laboro – malrapide kaj pene ruliĝis hejmen. La kondukisto dormis en la koĉera benko; la kompatinda, trolacigita ĉevalo, kun la kapo pendanta preskaŭ inter la genuoj, ankaŭ dormetis – sonĝante, eble pri neinterrompita ripozo, pri freŝfalĉita fojno kaj la florecaj paŝtejoj de sia junaĝo; eĉ la lanta grincado de la radoj havis dormeman, ronronan, ronkan sonon pro ĝia irita sameco.

"Venu hejmen kun mi," diris Telenio, kun mallaŭta, nervoza, kaj tremetanta voĉo; "venu kaj kuŝu kun mi," li aldonis, en softa, flustra kaj peteganta tono de amanto, kiun oni kontente komprenus eĉ sen vortoj.

Mi nur premis lian manon kiel respondo.

"Ĉu vi venos?"

"Jes," mi flustris, preskaŭ neaŭdeble.

Tiu mallaŭta, apenaŭ elparolata sono estis la fajra spiro de fortega deziro; ĉi tiu lispigita silabo estis la volonta konsento al lia plej arda peto.

Tiam li vokis la pasantan fiakron, sed necesis kelkaj momentoj por veki la koĉeron kaj komprenigi al li kion ni postulis de li.

Dum li eniris la kaleŝon, mia unua penso estis, ke en malmultaj minutoj Telenio apartenos al mi. Tiu penso efikis sur miaj nervoj kiel elektra kurento, tremetigante min de kapo al piedoj.

Miaj lipoj devis formi la vortojn, "Telenio apartenos al mi," por ke mi kredu tion. Li ŝajnis aŭdi la sensonan movadon de miaj lipoj, ĉar li prenis mian kapon inter siaj manoj, kaj kisadis min.

Tiam, kvazaŭ senti ekan kulpon – "Vi ne pentos, ĉu?" li demandis.

"Kiel mi povas?"

"Kaj vi apartenos al mi – nur al mi?"

"Al alia viro mi neniam apartenis, kaj neniam apartenos."

"Ĉu vi amos min ĉiam?"

"Ĉiam kaj eterne."

"Ĉi tiu estos nia ĵuro kaj nia ago de ekposedo," li aldonis.

Li tiam metis siajn brakojn ĉirkaŭ min kaj premis min al sia brusto. Mi interkroĉis miajn brakojn ĉirkaŭ lin. Pro la briletanta, malhela lumo de la fiakrolampoj, mi vidis liajn okulojn ekglimi kun la fajro de frenezo. Li prezentis al mi siajn lipojn – sekigitajn pro la soifo de lia longe subpremita deziro, pro la akumulita avido posedi – kun la peniga esprimo de malakra suferado. Ni refoje reciproke ensuĉis niajn estaĵojn per kiso – kiso pli intensa, se tio eblas, ol la antaŭa. Kia kiso tio estis!

La karno, la sango, la cerbo, kaj tiu nedifinita pli subtila parto de nia estaĵo ŝajnis ĉiuj kunfandiĝi en nepriskribebla kiso.

Kiso estas io pli ol la unua sensa kontakto inter du korpoj; ĝi estas la elspiro de du enamiĝintaj animoj.

Sed krima kiso, longe rezistita kaj kontraŭbatalita, kaj tial longe sopirata, estas preter tiu ĉi; ĝi estas dolĉe alloga kiel la malpermesata frukto; ĝi estas ardanta karbopeco metita sur la lipojn; ĝi estas fajra brulstampo kiu brulas profunde kaj transformas la sangon en likvigitan plumbon aŭ brulvarmegan hidrargon.

La kiso de Telenio estis vere kurenthava, ĉar mi povis sperti ĝian guston sur mia palato. Ĉu ĵuro estis bezonata, kiam ni donis nin unu al la alia kun tia kiso? Ĵuro estas lippromeso, kiu povas esti, kaj ofte estas, forgesita. Tia kiso sekvas onin al la tombo.

Dum niaj lipoj estis kunigitaj, lia mano lante, nesentigeble, malbutonis mian pantalonon, kaj ŝtele glitis en la fendon, flankenmetante instinkte ĉiun obstaklon, kaj tiam atingis mian malmolan, rigidan, kaj pulsantan penison, kiu ardis kiel brulanta karbo.

Tiu ekpreno estis tiel mola kiel tiu de infano, tiel sperta kiel de putino, tiel forta kiel de skermisto. Je lia ektuŝo mi memoris la vortojn de la grafino.

Iuj homoj, kiel ni ĉiuj scias, havas pli magnetan personecon ol aliaj. Krome, dum iuj allogas nin, aliaj nin forpelas. Telenio havis – almenaŭ por mi – hipnotigan, plezurigan fluidon en siaj fingroj. Sed jam la simpla kontakto de lia haŭto ekscitis min pro plezuro.

Mia propra mano heziteme lasis sin gvidi per lia ekzemplo, kaj mi devas konfesi kiom mi sentis plezuron permani lian penison.

Niaj fingroj apenaŭ movis la haŭton de la peniso; sed niaj nervoj estis tiom streĉitaj, nia eksciteco atingis tian pinton, kaj la spermoduktoj estis tiel plenaj, ke ni sentis ilin superflui. Dum momento ekestis intensa doloro, ie ĉirkaŭ la radiko de la peniso – aŭ pli ĝuste, en la interno mem de la renoj, kaj poste la suko de vivo komencis flui lante, lante, de la semoduktoj; ĝi supreniris la bulbon de la uretro, kaj supren laŭlonge de la mallarĝa kolono, simile al hidrargo en tubo de termometro – aŭ kiel bruleganta kaj detruanta lafo en vulkanbuŝo.

Ĝi finfine atingis la kulminon; tiam la fendo larĝiĝis, la lipetoj apartiĝis, kaj la perleca, kremeca, viskoza likvo de-

fluis – ne tuj kiel ŝprucaĵo, sed iom post iom, kvazaŭ brulan-
taj larmegoj.

Je ĉiu guto, kiu eskapis el la korpo, stranga preskaŭ neel-
tenebla sento komenciĝis de la pinto de la fingroj, de la fino
de la piedfingroj, kaj aparte de la plej internaj ĉeloj de la
cerbo; la medolo en la spino kaj en la ostoj ŝajnis fandiĝi; kaj
kiam la diversaj kurentoj – aŭ kurante kun la sango aŭ rapi-
dante laŭ la nervofibroj – renkontiĝis ene de la faluso (tiu
malgranda instrumento farita el muskoloj kaj sangovasku-
loj) okazis ŝokego; okazis konvulsio kiu detruis kaj menson
kaj materion, kaj tremetanta delico kiun ĉiu iam sentis, pli
aŭ malpli forte – ofte ekstazo tro intensa por esti plezuriga.

Premitaj unu kontraŭ la alia, ni nur provis obtuzigi nian
ĝemadon dum sinsekvis la fajraj gutoj.

La kompleta elĉerpo sekvis la troan streĉon de la nervoj,
kiam la fiakro haltis antaŭ la dompordo de Telenio – tiu
pordo kiun mi freneze frapis per miaj pugnoj nelonge an-
taŭe.

Ni trenis nin lace el la fiakro, sed kiam la portalo malan-
taŭ ni apenaŭ fermiĝis, ni refoje kisadis kaj tuŝadis unu la
alian per renovigita energio.

Post kelkaj momentoj, kaj pro la sento ke niaj deziroj estis
nekontraŭstareble potencaj – li diris, "Venu, kial malŝpari
tempon kaj resti ĉi tie en la mallumo kaj la malvarmo?"

"Ĉu mallumas, ĉu malvarmas?" estis mia respondo.

Li kisis min korinkline.

"En la tenebro vi estas mia lumo; en la frido vi estas mia
fajro; la frostigita dezerto de la poluso estus Edena ĝardeno
por mi, se vi estus tie," mi daŭrigis.

Ni supreniris palpetante en la mallumo, ĉar mi ne per-
mesis al li lumigi vaksalumeton. Mi tial antaŭeniĝis stum-
blante kontraŭ li; ne ĉar mi ne povis vidi, sed ĉar mi estis
ebria pro vira deziro, kiel ebriulo pro vino.

Ni baldaŭ estis en lia loĝejo. Kiam ni troviĝis en la eta, malbone lumigita antaŭĉambro, li malfermis siajn brakojn kaj etendis ilin al mi.

"Bonvenon!" li diris. "Ĉi tiu domo estu ĉiam via." Tiam li aldonis malaltvoĉe, en tiu nekonata, muzika lingvo: "Mia korpo malsatas je vi, animo de mia animo, vivo de mia vivo!"

Li apenaŭ finparolis ĉi tiujn vortojn kiam ni kore karesis nin reciproke.

Post ame palpi nin dum kelkaj momentoj – "Ĉu vi scias," li diris, "ke mi atendis vin hodiaŭ?"

"Atendis min?"

"Jes, mi sciis, ke pli aŭ malpli frue vi apartenos al mi. Krom tio, mi sentis ke vi venos hodiaŭ."

"Kiel do?"

"Mi havis antaŭsenton."

"Kaj se mi ne estus veninta?"

"Mi farus kion vi intencis fari kiam mi renkontis vin, ĉar vivo sen vi estus neeltenebla."

"Kio! dronigi vin?"

"Ne, ne ekzakte: la rivero estas tro frida kaj morna, mi estas tro sibarita por tio. Ne, mi simple dormigus min – la eterna dormo de la morto, sonĝante pri vi, en ĉi tiu ĉambro preparita por ricevi vin, kaj kie neniu viro iam paŝis."

Dirante tiujn vortojn li malfermis la pordon de ĉambreto, kaj enirigis min. Forta penetranta odoro de blanka heliotropo bonvenigis miajn nazotruojn.

Strangegis la ĉambro; la muroj estis kovritaj per varma, blanka, mola, stebitaĵo, garnita ĉie per malbrilaj arĝentaj butonoj; la planko estis kovrita per friza, blanka, ŝafida lano; meze de la loĝejo staris sofego, sur kiu felo de granda blanka urso estis ĵetita. Super ĉi tiu unuopa meblo, malnova arĝenta lampo – plej verŝajne de iu bizanca preĝejo aŭ orienta sinagogo – ĵetis malfortan, gliman lumon, sed sufiĉe por heligi la

lumblindigan blankecon de tiu templo de Priapo kies ado-
rantoj ni estis.

"Mi scias," li diris, dum li trenis min enen, "mi scias ke
blanko estas via plej ŝatata koloro, ke ĝi konvenas al via mal-
hela haŭto, tiel ke ĝi estis preparita nur por vi. Neniu alia
mortemulo iam paŝos en ĉi tiun ĉambron."

Dirante tiujn vortojn, li lerte malvestigis min tujtuje –
ĉar en liaj manoj mi estis kiel dormanta infano, aŭ viro en
tranco.

Post momento mi estis ne nur tute nuda, sed sternita sur
la ursofelo, dum li, starante antaŭ mi, okulumis min kun
malsategaj okuloj.

Mi sentis liajn avidajn rigardojn fali ĉien; ili sinkis en
mian cerbon kaj kaŭzis kapturniĝon; ili traboris mian koron,
ekscitis mian sangon, tiel ke ĝi fluis pli rapide kaj pli arde tra
ĉiuj arterioj; ili kuris en miaj vejnoj, kaj Priapo malkapuĉiĝis
kaj levis sian kapon kun senbrida potenco, tiel ke la kaose
interplektitaj vejnoj en ĝia korpo estis ŝajne rompontaj.

Tiam li tuŝesploris min per siaj manoj, kaj poste premis
siajn lipojn sur ĉiun parton de mia korpo, kisadis miajn brus-
ton, brakojn, krurojn kaj femurojn, kaj kiam li atingis miajn
mezajn partojn, li premis sian vizaĝon ekstaze sur la densan
frizan hararon, kiu tiel abunde kreskas tie.

Li tremetis pro delico dum li sentis la frizajn harbuklojn
sur sia vango; tiam preninte mian penison, li premis siajn
lipojn sur ĝin. Tio ŝajnis elektrigi lin; kaj unue la pinto kaj
poste la tuta glano malaperis en lian buŝon.

Dum tio, mi apenaŭ povis silenti. En miajn manojn mi
ekprenis lian frizitan kaj parfumitan kapon; tremeto trairis
mian tutan korpon; ĉiuj miaj nervoj estis streĉitaj; la sensaĵo
estis tiel akra, ke ĝi preskaŭ frenezigis min.

Tiam la tuta penistrunko estis en lia buŝo, la pinto tuŝis la
palaton; lia lango, platigita aŭ dikigita, tiklis min ĉie. Nun li

avide suĉis, poste mordetis aŭ mordis. Mi kriegis, ke li ĉesu. Mi ne plu povis elteni tian intensan senton; ĝi torturis min. Se ĝi daŭrus nur momenteton pli, mi perdus konscion. Li estis surda kaj senkompata al miaj petegoj. Ekfulmoj ŝajnis pasi antaŭ miaj okuloj; torento de fajro furoris tra mia korpo. "Sufiĉas – ĉesu, sufiĉas!" mi ĝemis.

Miaj nervoj estis streĉitaj; plezuro superŝutis min; mi sentis la plandojn kvazaŭ traboritaj. Mi tordiĝetis; mi spertis konvulsion.

Unu el liaj manoj, kiu karesis miajn testikojn, glitis sub mian pugon – fingro glitis en la truon. Mi ŝajnis esti viro antaŭe kaj virino malantaŭe, ĉar mi sentis la plezuron ambaŭflanke.

Mia tremado atingis la klimakson. Mia cerbo ŝanceliĝis; mia korpo fandiĝis; la brulanta lakto de vivo refoje supreniĝis, kiel suko de fajro; mia bolanta sango supreniĝis al la cerbo kaj frenezigis min. Mi estis elĉerpita; mi svenis pro plezuro; mi falis sur lin – senviva maso!

Post kelkaj minutoj mi regajnis konscion kaj novajn fortojn – dezirema inversigi la rolojn kaj reciproki la karesojn, kiujn mi ĵus ricevis.

Mi forŝiris la vestaĵojn de lia korpo, tiel ke li tuj estis nuda kiel mi. Kia plezuro senti lian haŭton kontraŭ mia, de kapo ĝis piedoj! Plie, la delico, kiun mi ĵus spertis pliigis mian avidon, tiel ke, post ĉirkaŭpremoj kaj luda luktado dum kelkaj momentoj, ni ambaŭ rulis sur la planko, tordiĝante, frotante, rampante kaj baraktante, kiel du koleraj katoj kiuj ekscitas unu la alian en paroksismon de rabio.

Sed miaj lipoj avidis gustumi lian faluson – organo kiu povus servi kiel modelo por la grandega idolo en la templo de Priapo, aŭ super la pordoj de la bordeloj de Pompejo, krom ke je la ekvido de tiu senflugila dio, la plejmulto da homoj – multaj faris tion – malakceptus virinojn preferante la amon de siaj samseksanoj. Ĝi estis granda sen havi la dimension de tiu de azeno; ĝi estis dika kaj ronda, tamen iomete pintiĝis; la glano – frukto de karno kaj sango, kiel eta abrikoto – aspektis pulpa, ronda kaj apetitveka.

Miaj malsataj okuloj bankedis je ĝi; mi manipulis ĝin; kisis ĝin; sentis ĝian briletan haŭton sur miaj lipoj; ĝi moviĝis per propra potenco, dum mi faris tion. Mia lango lerte tiklis la pinton, provante enŝovi sin inter tiuj etaj rozaj lipetoj, kiuj ŝvelis pro amo, malfermiĝis kaj ŝprucis guteton da brila roso. Mi likis la prepucion kaj suĉis la tuton, pumpante ĝin avide. Li movis ĝin vertikale dum mi provis premi ĝin strikte kun miaj lipoj; li puŝis ĝin antaŭen pli kaj pli kaj tuŝis mian palaton; ĝi preskaŭ atingis mian gorĝon, kaj mi sentis ĝin tremeti kvazaŭ ĝi havus propran vivon; mi moviĝis pli kaj pli rapide. Li furioze ekkaptis mian kapon; ĉiuj liaj nervoj pulsis.

"Via buŝo brulas – vi elsuĉas mian cerbon! Haltu, haltu! mia tuta korpo ardas! Mi ne plu povas – elteni! Mi ne povas – estas troe!"

Li premtenis mian kapon por haltigi min, sed mi strikte premis lian faluson kun miaj lipoj, mia vango, mia lango; miaj movoj pli kaj pli rapidiĝis, tiel ke post kelkaj movoj mi sentis lian tremeton de kapo al piedoj, kvazaŭ ataketo de vertiĝo. Li sopiris, li ĝemis, li kriis. Ŝpruco de varmeta, sapa, akra likvo plenigis mian buŝon. Li kapturniĝis; la plezuro kiun li sentis estis tiel akra, ke ĝi limis doloron.

"Ĉesu, ĉesu!" li ĝemis mallaŭte, fermante la okulojn kaj anhelante.

Mi tamen estis frenezigita per la ideo, ke li nun vere estas mia; ke mi glutis la fajran ŝaŭman sukon de lia korpo, la veran eliksiron de la vivo.

Liaj brakoj dummomente konvulsie ekprenis min. Li ekrigidiĝis; tia troaĵo de diboĉo frakasis lin.

Mi mem sentis tiom, kiom li sentis, ĉar en mia furio-
zeco mi suĉis lin senretene, avide, kaj tiel kaŭzis abundan
spermelĵetadon; kaj samtempe gutetoj de la sama likvo, kiun
mi ricevis en min, lante kaj dolore trovis sian vojon el mia
propra korpo. Dum tio okazis, niaj nervoj malstreĉiĝis kaj ni
falis elĉerpitaj unu sur la alian.

Sekvis mallonga ripozo – mi ne povas precizi kiom
longa, ĉar intenseco ne mezureblas per la digne malhasta
ritmo de Tempo[112] – kaj mi sentis kiam lia senpotenca peniso
revekiĝis de sia dormo kaj premis sin kontraŭ mia vizaĝo; ĝi
evidente provis trovi mian buŝon, same kiel avida sed sati-
gita bebo eĉ dum dormo firmtenis la patrinan cicon simple
pro la plezuro havi ĝin en la buŝo.

Mi premis mian buŝon sur ĝin kaj, samkiel juna koko
vekita je krepusko streĉas sian kolon kaj forte krias, ĝi levis
sian kapon supren al miaj varmetaj, pintigitaj lipoj.

Tuj kiam mi havis ĝin en mia buŝo, Telenio turnis sin kaj
metis sin en la sama pozicio en kiu mi estis rilate al li; tio sig-
nifas, ke lia buŝo troviĝis je la nivelo de miaj mezaj partoj,
kun la sola diferenco, ke mi kuŝis sur la dorso kaj li estis
super mi.

Li komencis kisi mian vergon; li ludis kun la hartufo kiu
kreskis ĉirkaŭ ĝi; li palpetis mian pugon, li karesis miajn tes-
tikojn kun senkompara lerteco kio plenigis min kun neeldi-
rebla delico.

Liaj manoj pliigis la plezuron kiun lia buŝo kaj lia propra
peniso donis al mi, tiel ke baldaŭ mi ne povis regi min pro
eksciteco.

Niaj du korpoj estis unu maso da tremetanta volupto; kaj
kvankam ni ambaŭ plirapidigis niajn movojn, ni estis tiel
frenezigitaj pro dezirego, ke en tiu streĉa situacio la nervoj
de la sperma veziketo rifuzis fari sian laboron.

---

112 En greka mitologio Ĥronos (Χρόνος) estas la dio de la Tempo.

Ni klopodis, sensukcese. Mia penskapablo tuj forlasis min; la seka sango en mi vane provis eksteriĝi, kaj ŝajnis kirli en miaj okuloj kaj piketadi en miaj oreloj. Mi spertis atakon de erotika rabio – atako de freneza deliro.

Mia cerbo estis kvazaŭ traborita, mia spino trasegita. Tamen, mi suĉis lian faluson pli kaj pli rapide; mi tiris ĝin kiel cicon; mi provis dreni ĝin; kaj mi sentis liajn palpitaciojn, tremetojn kaj tremegojn. Subite la pordo de la spermodukto malfermiĝis, kaj el inferaj fajroj ni estis altigitaj, inter aro da fajreroj, en plaĉe trankvilan kaj ambrozian Olimpon.

Post kelkminuta ripozo mi leviĝis sur la kubutojn, kaj plezurigis miajn okulojn per la fascina beleco de mia amanto. Li estis la perfekta modelo, tiel fizike plaĉa; lia brusto estis larĝa kaj forta, liaj brakoj rondaj; fakte, mi neniam vidis tian fortikan kaj samtempe facilmovan korpostrukturon; ĉar li havis nenian grason nek kroman karnon. Lia tuta korpo konsistis el nervoj, muskoloj, kaj tendenoj. Liaj bonligitaj kaj suplaj artikoj provizis al li la liberajn, facilajn kaj graciajn movojn, kio estas trajto de la felisedoj,[113] kies flekseblecon li ankaŭ posedis, ĉar kiam li ekprenis onin, li ŝajnis volvi sin ĉirkaŭ onin kiel serpento. Aldone, lia haŭto estis de perla, preskaŭ iriza blankeco, dum la haroj sur diversaj partoj de lia korpo estis tute nigraj.

Telenio malfermis la okulojn, etendis siajn brakojn al mi, prenis mian manon, kisis kaj poste mordis mian nukon; tiam li kisadis min laŭlonge de mia dorso, kaj tiuj rapide sinsekvaj kisoj ŝajnis kiel pluvo de rozfolioj falantaj de iu ekflorinta floro.

Tiam li atingis la du karnecajn lobojn, kiujn li preme apartigis per la manoj, kaj rapide enirigis sian langon en tiun trueton en kiun antaŭe li puŝis sian fingron. Ankaŭ tio estis por mi nova kaj ekscita sento.

---

113 Felisedoj – membroj de la kato-familio (Felidae). VIKI

Farinte tion, li ekstaris kaj etendis sian manon por levi min.

"Nun," li diris, "lasu nin iri al la apuda ĉambro kaj vidi ĉu ni trovos ion por manĝi; ĉar mi pensas, ke ni vere bezonas ian manĝaĵon, kvankam, eble bano ankaŭ ne estus misa, antaŭ ol ni vespermanĝos. Ĉu vi ŝatus tion?"

"Tio eble estus malkonvena por vi."

Anstataŭ respondi li enirigis min en specon de ĉelo, tute plenigita per filikoj kaj plumecaj palmoj, kiuj – kiel li montris al mi – ricevis dumtage la radiojn de la suno de tegmenta fenestro.

"Tio estas speco de improvizita forcejo kaj banĉambro, kiun ĉiu inda loĝejo devus havi. Mi estas tro malriĉa por posedi aŭ la unuan aŭ la alian, tamen ĉi tiu truo estas sufiĉe granda por miaj sinlavadoj, kaj miaj plantoj ŝajnas bone kreski en ĉi tiu humida aero."

"Sed tio estas banĉambro inda je princo!"

"Ne, ne!" li diris, ridetante: "ĝi estas artista banĉambro."

Ni tuj plonĝis en la varmetan akvon parfumitan per esenco de heliotropo; kaj estis tiel plezure resti tie ĉirkaŭbrakume post niaj lastaj ekscesoj.

"Mi povus resti ĉi tie tutnokte," li diris penseme, "estas tiel agrable tuŝi vin en ĉi tiu varmeta akvo. Sed vi devas malsategi, do ni iru por kontentigi la stomakajn dezirojn. "

Ni elbanujiĝis kaj volvis nin dum momento en varman banmantelon el turka bantukŝtofo.

"Venu," li diris, "mi gvidu vin al la manĝoĉambro."

Mi hezitis, rigardante unue mian propran nudecon, kaj poste lian. Li ridetis kaj kisis min.

"Ne malvarmas al vi, ĉu?"

"Ne, sed – "

"Bone, do ne timu; estas neniu en la domo. Ĉiuj dormas en la aliaj loĝejoj, kaj krome, ĉiu fenestro estas bone fermita kaj la kurtenoj estas ĉiuj malsuprenigitaj."

Li kuntrenis min en apudan ĉambron, kiu estis kovrita per dikaj, molaj kaj silkaj tapiŝoj, kies ĉefa koloro estis malbrila, turka ruĝo.

Meze de ĉi tiu apartamento pendis strangefarita stelforma lampo, kiun la fideluloj – eĉ nuntempe – lumigas vendredovespere.

Ni sidiĝis sur molkusena divano, antaŭ unu el tiuj ebonaj arabaj tabloj, kiu estis tute inkrustita per kolorita eburo kaj iriza perlamoto.

"Mi ne povas prezenti bankedon al vi, kvankam mi atendis vin; tamen estas sufiĉe por satigi vin, mi esperas."

Jen kelkaj bongustaj ostroj de Cancale[114] – malmultaj sed grandegaj; polvoplena botelo de franca vino el Sauternes, ankaŭ ŝmiraĵo de fuagraso[115] aromigita per trufoj de Périgord;[116] perdriko, kun papriko aŭ hungara kareo, kaj salato el grandegaj trufoj de Piedmont[117] mince tranĉitaj; kaj botelo de altkvalita seka ŝereo.

Ĉiuj tiuj bongustaĵoj estis servitaj en delikata blua delftaĵo[118] kaj Savona[119] fajenco, ĉar li jam aŭdis pri mia hobio kolekti malnovan majolikon.

Tiam ni havis pladon da Sevilaj[120] oranĝoj, bananoj kaj ananasoj, kondimentitaj de maraskino kaj kovritaj de pul-

---

114 Cancale (france), Kankaven (bretonlingve) – franca urbeto en norda Bretonio; nomata la bretona ĉefurbo de ostroj. VIKI

115 Fuagraso – (france: *foie gras*) ansera hepato grasa pro tromanĝigo de la ansero. VIKI

116 Périgord – estis graflando en sud-okcidenta Francujo konforma al la nuntempa departemento de Dordogne.

117 Piedmont – antikva franca komunumo de Meurthe-et-Moselle, hodiaŭ parto de Mont-Saint-Martin. VIKI

118 Delfto – Nederlanda urbo, fama pro siaj fajencaĵoj, (d)~aĵo: ~a fajenca artaĵo. PIV

119 Savono – (itale: Savona) estas itala urbo en la regiono Ligurio, borde de la Mediteranea Maro. Ĝi estas la administra kaj kultura centro de la samnoma provinco de Savono. VIKI

120 Sevilo – (hispane: Sevilla) estas urbo en sudokcidenta Hispanujo ĉe rivero Gvadalkiviro.

vora sukero. Ĝi estis apetitveka, bongusta, acida kaj dolĉa miksaĵo, kiu kombinis la guston kaj parfumon de ĉi tiuj frandaj fruktoj.

Glutinte botelon da ŝaŭmvino, ni sorbis el etaj tasoj spican varmegan mokaon; li poste ekbruligis nargileon,[121] aŭ turkan akvopipon, kaj ni ekblovis je intervaloj la bonodoran Latakian[122] tabakon, enspirante ĝin dum niaj kisoj unu el la buŝo de la alia.

La emanaĵoj de la fumo kaj de la vino eniris nian kapon, kaj pro nia revekigita volupto, ni baldaŭ havis inter niaj lipoj pli karnecan enbuŝaĵon ol tiu el sukceno de la turka pipo.

Niaj kapoj tuj perdiĝis inter niaj femuroj. Refoje niaj du korpoj ŝajnis kvazaŭ unu, tiel ni manumis unu la alian, serĉante ĉiam novajn karesojn, novajn sentojn, pli akran kaj pli ebriigan volupton, pro nia avido sperti ĝuon kaj sentigi tion al la alia. Ni tial estis baldaŭ viktimoj de nevenkebla volupto, kaj nur kelkaj nekompreneblaj sonoj esprimis la klimakson de nia volupta stato, ĝis, pli mortaj ol vivantaj, ni falis unu sur la alian – konfuza maso da tremanta karno.

Post duonhora ripozo kaj bovlo da arako, kuracao kaj viskia punĉo, aromigita de multaj stimulaj spicoj, niaj buŝoj refoje kunpremiĝis.

Liaj malseketaj lipoj tuŝetis miajn tiel leĝere, ke mi apenaŭ sentis tion; ili tiel vekigis en mi nur la avidan deziron senti la kontakton pli forte, dum la pinto de lia lango daŭre tantaligis mian, enirante en mian buŝon dum sekundo kaj rapide elglitante denove. Liaj manoj dume karesis la plej delikatajn partojn de mia korpo tiel leĝere kiel somera venteto karesas la kvietan surfacon de la akvo, kaj mi sentis mian haŭton tremi pro plezuro.

---

121 Nargileo – Orienta tabakpipo, konsistanta el ujo plena de parfumita akvo, kiun la fumo trapasas antaŭ ol alveni al la buŝo per longa fleksebla tubo. PIV

122 Latakio – (arabe: اللّاذِقِيّة) havenurbo en Sirio, ĉefurbo de la provinco Latakio. VIKI

Okazis ke mi kuŝis sur kelkaj kusenoj sur la sofo, kio plialtigis min ĝis la alteco de Telenio; li rapide metis miajn krurojn sur siajn ŝultrojn, kaj tiam, klinante la kapon suben, li unue komencis kisi kaj poste enŝovi sian langon en mian pugtruon, pleniĝante min per nepriskribebla plezuro. Ekstariĝante post kiam li tiel preparis la truon – zorge ŝmirante ĝin –, li provis enŝovi la pinton de sia faluso, sed eĉ per forta premo li ne sukcesis enirigi ĝin.

"Lasu min malsekigi ĝin iomete, tiam ĝi englitos pli facile."

Mi refoje metis ĝin en mian buŝon. Mia lango lerte ruliĝis ĉirkaŭ ĝi. Mi suĉis ĝin preskaŭ ĝis ĝia radiko, pensante ke tiu peniso plenumos ĉiun taskon, ĉar ĝi estis rigida, malmola kaj amorema.

"Nun," mi diris, "lasu nin kune ĝui tiun plezuron, kiun la dioj mem ne disdegnis instrui al ni. "

Sekve la pintoj de miaj fingroj fingrumis la neesploritan kaveton ĝisfunde. Ĝi malfermis por ricevi la ilegon kiu prezentis sin ĉe ĝia aperturo.

Li refoje premis la glanon sur ĝin; la lipetoj antaŭenpuŝiĝis en la fendo; la pinto sukcesis eniri, sed la pulpa karno ŝvelis ĉirkaŭe, kaj la vira vosto estis haltigita en sia vojo.

"Mi timas, ĉu mi dolorigas vin?" li demandis, "ĉu ne estus pli bone lasi tion ĝis alia fojo?"

"Ho ne! Mi tiom feliĉas senti vian korpon eniri mian."

Li puŝis milde sed vigle; la fortaj muskoloj de la anuso malstreĉiĝis; la glano estis firme fiksita; la haŭto streĉita tiom, ke etaj ruĝaj sangeroj gutetis de la ŝiriĝanta haŭto ĉirkaŭ la aperturo; tamen, malgraŭ mia vundo, la plezuro kiun mi sentis estis pli granda ol la doloro.

Lia vosto estis tiel envajcigita, ke li povis ĝin nek eltiri nek enpuŝi, ĉar kiam li provis puŝi ĝin enen li sentis kvazaŭ oni cirkumcidus lin. Li haltis dum momento, kaj demandinte ĉu li tro dolorigas min, kaj post nea respondo, li enpuŝis ĝin per sia tuta potenco.

Ni transiris la Rubikonon; la kolono komencis kviete engliti; li povis komenci sian plezurplenan laboron. Baldaŭ la tuta peniso englitis; la doloro, kiu torturis min, malakriĝis; la plezuro ege pliiĝis. Mi sentis la etan dion moviĝi en mi; ĝi ŝajnis tikli la kernon de mia estaĵo; li estis puŝinta la tuton en min, ĝis la radiko; mi sentis lian hararon kontraŭ mian, liaj testikoj frotetis kontraŭ min.

Tiam mi vidis liajn belajn okulojn rigardi profunde en miajn. Kiaj misteraj okuloj! Kiel la ĉielo aŭ la oceano ili ŝajnis respeguli la senfinon. Neniam plu mi vidos okulojn tiel plenajn de brulanta amo, de tia ardetanta langvoro. Liaj rigardoj hipnotigis min; ili forigis mian rezonkapablon; kaj eĉ pli – ili transformis akran doloron al delico.

Mi ekstazis kun ĝojo; ĉiuj miaj nervoj kuntiriĝis kaj movetiĝis. Kiam li sentis sin tiel tuŝita kaj prenita, li tremetis, li grincis la dentojn; li ne povis elteni tian fortan ŝokon; liaj etenditaj brakoj forte prenis miajn ŝultrojn; li ungis mian karnon; li provis movi, sed li estis tiel strikte kojnita kaj prenita, ke ne eblis puŝi sin pli antaŭen. Krome, lia forto ekfeblis, kaj tiam liaj piedoj apenaŭ povis subteni lin.

Kiam li provis alian ekpuŝon, mi mem, en tiu sama momento stringis la tutan kacon per la forteco de ĉiuj miaj muskoloj, kaj fortega ŝpruco, kiel varmega gejsero, eskapis de li, kaj fluis en min kiel ardanta, korodanta veneno; ĝi ŝajnis flamigi mian sangon kaj transformi ĝin en specon de varmega, ebriiga alkoholo. Lia spiro estis forta kaj konvulsia; liaj plorĝemoj sufokis lin; li estis tute elĉerpita.

"Mi mortas!" li anhelis, lia brusto ŝvelis pro emocio; "tio troas." Kaj sveninte li falis en miajn brakojn.

Post duonhora ripozo li vekiĝis, kaj li tuj komencis kisi min ekstaze, dum liaj amplenaj okuloj brilis pro dankemo.

"Vi kaŭzis al mi senti kion mi neniam antaŭe sentis."

"Ankaŭ mi neniam sentis tion," mi diris ridetante.

Mi vere ne sciis ĉu mi estis en ĉielo aŭ infero. Mi tute perdis miajn sensojn.

Li haltis dum momento por rigardi min, kaj tiam – "Kiom mi amas vin, mia Kamilo!" li daŭrigis kaj superŝutis min per kisoj. "Mi freneze amis vin ekde la momento kiam mi unue vidis vin."

Tiam mi komencis rakonti al li kiom mi suferis provante venki mian amon por li; kiel mi fantaziis, ke li fantome ĉeestis tagnokte; kiom feliĉa mi estis finfine.

"Kaj nun vi prenos mian lokon. Vi devas sentigi min kion vi sentis. Vi nun prenos la aktivan rolon kaj mi la pasivan; sed ni devas provi alian pozicion, ĉar stari estas tro lacige post ĉio kion ni spertis. "

"Kaj kion mi devas fari, ĉar vi scias ke mi estas nur komencanto?"

"Sidiĝu tie," li respondis, montrante al tabureto konstruita por tiu celo. "Mi rajdos sur vi dum vi palisumos min kvazaŭ mi estus virino. Ĝi estas metodo de movado kiu tiel plaĉas al la virinoj, ke ili neniam maltrafos okazon por ĝin praktiki. Mia patrino fakte rajdis sinjoron sub miaj okuloj. Mi estis en la salono kiam amiko hazarde vizitetis, kaj forsendi min el la ĉambro estus suspektinde, do oni kredigis min, ke mi estas malbona knabo kaj oni starigis min en angulo kun mia vizaĝo kontraŭ la muro. Krome, ŝi diris al mi, ke se mi plorus aŭ turnus min ŝi enlitigus min; sed se mi estus bona, ŝi donus al mi kukon. Mi obeis dum minuto aŭ du, sed aŭdinte nekutiman brueton kaj laŭtan spiron kaj anhelon, mi vidis kion mi tiam ne komprenis, sed kio klariĝis multajn jarojn poste."

Li sopiris, levis la ŝultrojn, poste ridetis kaj aldonis – "Nu, sidiĝu tien."

Petite, farite. Li unue surgenuiĝis por reciti siajn preĝojn al Priapo – kiu estas, nekontraŭeble, pli kisebla ol la podagra dikfingro de la papo – kaj baninte kaj tiklinte la etan dion per la lango, li poziciis sin forke super mi. Pro tio ke li jam antaŭlonge spertis malvirgigon, mia vergo penetris lin multe pli facile ol lia min, krome mi ne kaŭzis al li la doloron kiun mi sentis, kvankam mia peniso impone grandas.

Li streĉe malfermis sian pugtruon, la pinto eniris, li moviĝis iomete, duono de la faluso estis enpremita; li puŝiĝis malsupren, leviĝis, denove puŝiĝis malsupren; post unu aŭ du pliaj puŝetoj la tuta ŝvelita kolono estis sekure en lia korpo. Kiam li estis bone palisumita, li ĉirkaŭbrakis mian kolon, kaj premis kaj kisis min.

"Ĉu vi bedaŭras doni vin al mi?" li demandis, konvulsie premante min kvazaŭ li timus perdi min.

Mia peniso, kiu ŝajnis memvole respondi, tordiĝetis en lia korpo. Mi rigardis profunde en liajn okulojn.

"Ĉu vi opinias, ke estus pli agrable nun kuŝi en la koto de la rivero?"

Li tremis kaj kisis min, kaj diris malhezite – "Kiel vi povas elpensi tiajn hororaĵojn nun; tio estas vera blasfemo al la dio de Misio.[123]"

Tiam li komencis rajdi la Priapan konkurson kun majstra lerteco; de amblo li progresis al troto, kaj poste al galopo, leviĝante sur la piedfingraj pintoj, kaj malleviĝante refoje pli kaj pli rapide. Je ĉiu momento li baraktis kaj tordiĝetis, tiel ke mi sentis min tirita, premita, pumpita kaj suĉita – ĉio samtempe.

Ekstreĉiĝis miaj nervoj. Mia koro tiel batadis, ke mi apenaŭ povis spiri. Ĉiuj arterioj ŝajnis pretaj rompiĝi. Mia

---

123 Misio – (greke: Μυσία, turke: Misya) estis regiono en la nord-okcidenta parto de la antikva Malgrandazio aŭ Anatolio, nun parto de Turkujo. Dio de Misio egalas al Priapo.

haŭto estis seka pro arda varmo; fluis fajreto anstataŭ sango tra miaj venoj.

Li pli kaj pli rapidis. Mi baraktis pro la plaĉa torturo. Mi forfandiĝis, sed li ne haltis ĝis li eligis de mi la lastan guteton de vivodona likvo. Miaj okuloj vitriĝis. Mi sentis miajn pezajn palpebrojn duonfermiĝi; neeltenebla volupto kunigis doloron kaj plezuron, detruis mian korpon kaj eksplodigis mian animon; tiam ĉio en mi lacis. Li forte premis min en siajn brakojn kaj mi svenis dum li kisis miajn fridajn langvorajn lipojn.

Ĉapitro Sep

– La sekvan matenon la okazintaĵoj de la antaŭa vespero ŝajnis kiel ekstaza sonĝo.

– Tamen vi devus senti vin iom sordida, post tiom da...

– Sordida? Ne, tute ne. Kontraŭe, mi sentis la "klaran, pasian ĝojon" de la alaŭdo kiu amas, "sed neniam konis la tristan saton de amo." [124] Ĝis nun, la plezuro ricevita de virinoj ĉiam agacis miajn nervojn. Fakte ĝi estis "aĵo en kiu ni sentas kaŝitan mankon."[125] Volupto nun estis la elverŝo de la koro kaj la menso – la plezuriga harmonio de ĉiuj sensoj.

La mondo, kiu antaŭe ŝajnis al mi morna, tiel dezerta, tiel frida, fariĝis nun perfekta paradizo; kvankam la barometro jam noteble falis, la aero estis freŝa, malpeza, kaj plaĉe varma; la suno – ronda, polurita kuprodisko, pli kiel la pugo de ruĝa Indiano ol la helhaŭta lumanta vizaĝo de Apolono[126] – lumis glore por mi; la densa nebulo mem, kiu kaŭzis noktan mallumon je la tria posttagmeze, estis nur leĝera nebuleca ŝprucakvo, kiu vualis ĉion malbelan, kaj igis la naturon fantasta, kaj la hejmon ŝirmita kaj komforta. Tiel estas la potenco de imagopovo.

Vi ridas! Bedaŭrinde, Don Kiĥoto ne estis la sola viro kiu erare vidis ventmuelilojn kiel gigantojn, aŭ kelnerinojn kiel reĝidinojn. Se via ne tro lerta, dikkapa stratvendisto neniam spertas tian mensan staton kiu igas lin vidi terpomojn ansta-

---

124 Referenco al la poemo *To a Skylark* (Al kampalaŭdo) de Percy Bysshe Shelley, 1792-1822, angla poeto kaj grava reprezentanto de la romantismo.

125 Kiel supre.

126 Apolono – Helena k Romana dio de la lumo, poezio kaj artoj. PIV

taŭ pomojn; se via legomvendisto neniam ŝanĝas inferon al ĉielo, aŭ ĉielon al infero – nu, ili estas mense sanaj homoj, kiuj pesas ĉion sur bone regulita pesilo de racieco. Provu enŝlosi ilin en nuksoŝeloj, kaj vi vidos ĉu ili kredus sin monarkoj de la mondo. Ili, malkiel Hamleto, ĉiam vidas la aferojn kiel ili vere estas. Mi neniam. Sed, vi scias, ke je sia morto mia patro estis frenezulo.

Ĉiuokaze, tiu superfortiga laceco, tiu abomeno de la vivo, nun tute forpasis. Mi estis senzorga, gaja, feliĉa. Telenio estis mia amanto; mi estis lia.

Mi tute ne hontis pri mia krimo. Fakte mi sentis, ke mi volas proklami ĝin al la mondo. Por la unua fojo en mia vivo mi komprenis, ke amantoj povas esti tiel malsaĝaj kaj interplekti siajn parafojn al unu. Mi volis ĉizi lian nomon en la arboŝelojn, tiel ke la birdoj vidante tion pepus ĝin de mateno ĝis vespero; tiel ke la venteto flustrus ĝin al la susurantaj folioj de la arbaro. Mi volis skribi ĝin sur la ŝtonetojn de la plaĝo, tiel ke la oceano mem eksciu pri mia amo por li kaj murmuru ĝin eterne.

– Tamen, mi supozas ke je la sekvanta mateno – la ekstazo pasinta – vi devis tremi je la penso havi viron kiel amanton, ĉu ne?

– Kial? Ĉu mi krimis kontraŭ la naturo kiam mia propra naturo trovis per tio pacon kaj feliĉon? Se mi estis tiel, certe estis la kulpo de mia sango, kaj ne mia. Kiu plantis tiujn urtikojn en mia ĝardeno? Ne mi. Ili kreskis tie nenotite, ekde mia junaĝo. Mi komencis senti iliajn karnajn pikojn longe antaŭ ol mi povis kompreni la konkludon al kiu ili kondukis. Kiam mi provis bridi mian voluptemon, ĉu estis mia kulpo se la rezona flanko de la pesilo estis tro leĝera por balanci la sensaman flankon? Ĉu mi kulpis se mi ne povis venki la volupton per mia volo? La fato, Jago-eca,[127] klare

---

127 Jago – persono en la Ŝekspira dramo *Otelo*.

montris al mi, ke, se mi volas damni min mem, mi povus fari tion en pli delikata maniero ol droni min. Mi cedis al mia destino kaj akceptis mian ĝojon.

Ĉiuokaze mi neniam diris kiel Jago – "Virto, sengustaĵo!"[128] Ne, virto estas la dolĉa gusto de persiko; malvirto la guteto de cianidacido – ĝia franda gusto. Sen ambaŭ la vivo estus sensuka.

– Tamen, kontraŭe al la plejmulto, vi ne kutimis al sodomio ekde via lerneja tempo; mi do povus pensi, ke vi malemus cedi vian korpon al la plezuro de alia viro.

– Malemus? Demandu al la virgulino, ĉu ŝi bedaŭras esti cedinta sian virgulinecon al la amanto, kiun ŝi adoras kaj kiu plene reciprokas ŝian amon. Ŝi perdis trezoron kiun la tuta riĉeco de Golkondo[129] ne povas reaĉeti; ŝi ne plu estas tia, kian la mondo nomas pura, perfekta, senmakula lilio, kaj pro tio ke ŝi ne estas ruza kiel la serpento, la socio – la lilioj – markigas ŝin per finomo; malĉastuloj okulumos ŝin, ĉastuloj insulte forturnos sin de ŝi. Tamen, ĉu la knabino bedaŭras ke ŝi cedis sian korpon pro amo – la ununura afero por kiu indas vivi? Ne. Nu, kaj ankaŭ mi ne bedaŭris. Lasu tiujn kun "argilfridaj kapoj kaj senfervoraj koroj"[130] kolere kritiki min.

En la mateno, kiam ni refoje renkontiĝis, ĉiuj postsignoj de laceco estis malaperintaj. Ni hastis renkonte unu al la alia, ĉirkaŭbrakis nin kaj kovris nin per kisoj, ĉar nenio instigas amon pli ol mallonga separo. Pro kio la geedzaj

128 Referenco al monologo de Jago en akto 1, sceno 3 de *Otelo*, kiu en la traduko de Reto Rossetti komenciĝas "Naturo? Babilaĵo. Dependas nur de ni, ĉu ni estu tiaj aŭ aliaj."

129 Golkondo – ruinita urbo de sud-centra Hindujo kaj ĉefurbo de la antikva Reĝlando de Golkondo (ĉ.1364-1512), situas 11 km okcidente de Hajderabado. Pro siaj diamantminejoj ĝi estis sinonimo de riĉego en la mezepoko.

130 Referencas romanon de Laurence Sterne, irlanda-angla verkisto kaj teologo, 1713-1768, *A Sentimental Journey through France and Italy* (1768; Sentimentala vojaĝo tra Francujo kaj Italujo).

ligoj estas neelteneblaj? La trokuneco, la aĉaj zorgoj, la tri-
vialeco de la ĉiutaga vivo. La novedzino certe amas, se ŝi
ne seniluziiĝas, kiam ŝi vidas sian edzon, ronkintan kiel mil
diabloj, nun veka, hirta, nerazita, kun ŝelko kaj pantofloj, kaj
aŭdas lin kraĉotusi kaj kraĉi – ĉar viroj vere kraĉas, eĉ kiam
ili ne sindonas al aliaj eksplodbruetoj.

Same la edzo certe devas ami por ne senti sian animon
sinki kiam kelkajn tagojn post la edziĝfesto li trovas la cen-
trajn partojn de sia edzino strikte vinditaj per sangaj kaj stin-
kaj ĉifonoj. Kial la naturo ne kreis nin kiel birdojn – aŭ pli
ekzakte, kiel muŝetojn – kiuj vivas dum nur unu somero –
unu longa tago de amado?

La sekvan vesperon Telenio superis sin mem ĉe la piano;
kaj kiam la sinjorinoj finis svingi siajn poŝtuketojn kaj ĵeti
al li florojn, li forŝteliĝis de aro da gratulantaj admirantoj
kaj venis renkonti min en mia kaleŝo, kiu atendis lin ĉe la
teatropordo; tiam ni forveturis al lia domo. Mi tranoktis kun
li. Estis nokto ne de seninterrompita dormo, sed de ebriiga
feliĉego.

Kiel veraj adorantoj de la greka dio, ni elŝprucis sep ple-
najn oferaĵojn al Priapo – ĉar sep estas mistika, kabala, fa-
vora numero – kaj en la mateno ni pene malĉirkaŭbrakis
nin kaj ĵuris eternan amon kaj fidelecon; sed, ve! kio estas
neŝanĝebla en ĉiam ŝanĝiĝanta mondo, krom eble la eterna
dormo en la eterna nokto!

– Kaj via patrino?

– Ŝi notis grandan ŝanĝon en mi. Nu, mi tute ne estis kve-
relema kaj kolerema kiel maljuna fraŭlino kiu nenie trovas
pacon, mi estis en ekvilibro kaj bonhumora. Ŝi, tamen, atri-
buis la ŝanĝon al la eliksiroj kiujn mi prenis, ne suspektante
la veran naturon de ĉi tiuj eliksiroj. Poste ŝi pensis, ke mi
devas havi ian amrilaton, sed ŝi ne intermiksiĝis en miaj pri-
vataj aferoj; ŝi sciis, ke jam venis la tempo por junula diboĉo,
kaj ŝi lasis al mi liberan agokampon.

– Nu, vi estis bonŝanculo.

– Jes, sed perfekta feliĉo ne povas daŭri. Infero apudas la sojlon de la ĉielo, kaj per unu paŝo oni plonĝas de la etera lumo al Ereba[131]mallumo. Tiel ĉiam estis la situacio en mia malkonstanta vivo. Du semajnojn post tiu memorinda nokto de neeltenebla turmento kaj ekscita plezuro, mi vekiĝis en la mezo de feliĉo kaj tuj trovis min meze de mizero.

Unu matenon, dum mi eniris la matenmanĝejon, mi trovis sur la tablo noton, kiun la poŝtisto liveris la antaŭan vesperon. Mi neniam ricevis leterojn hejme, ĉar mi apenaŭ korespondis, krom por negocaj celoj, kion mi ĉiam faris en la oficejo. La manskribo estis nekonata al mi. Devas esti iu metiisto, mi pensis, dum mi malhaste buterŝmiris mian panon. Finfine mi ŝire malfermis la koverton. Ĝi enhavis karton kun du linioj sen ia adreso aŭ subskribo.

– Kaj...?

– Ĉu vi iam nevole metis vian manon sur fortan galvanan pilon, kaj ricevis tra la fingroj ŝokon, kiu dum momento forigas de vi vian rezonkapablon? Se jes, vi eble havas etan ideon pri la efiko kiun tiu papereto havis sur miaj nervoj. Ĝi tute konsternis min. Leginte la malmultajn vortojn, mi vidis nenion plu, ĉar la ĉambro komencis sin turni ĉirkaŭ mi.

– Nu, sed kio terurigis vin tiel?

– Nur tiuj malmultaj, malafablaj, maldolĉaj vortoj, kiuj restas neforviŝeble gravuritaj en mia menso.

"Se vi ne cedos vian amanton T... vi estos konata kiel *enculé*."[132]

Ĉi tiu terura, fia, anonima minaco, kun sia tuta kanajla krudeco, venis tiel neatendite, ke ĝi estis, kiel diras la italoj, kiel fulmotondro en hela sunbrila tago.

---

131 Laŭ la helena mitologio Erebo (Ἔρεβος) estas dio kaj personigo de infera mallumo.
   Laŭ PIV: Erebo – la malluma regiono inter nia tero k la subtera Hadeso.

132 France: pugfikito.

Ne suspektante ĝian enhavon, mi estis senzorge malferminta ĝin dum la ĉeesto de mia patrino; sed leginte ĝin mi tuj estis superŝutita de lacego, tiel ke mi eĉ ne havis la forton teni tiun papereton.

Miaj manoj tremis kiel tremolofolioj – ne, mia tuta korpo tremetis; tiel ĝisfunde mi estis malkuraĝigita pro timo kaj naŭzita pro honto.

La tuta sango fluis for el miaj vangoj, miaj lipoj estis fridaj kaj gluaĉaj; glacia ŝvito estis sur mia frunto; mi sentis min paliĝi, kaj mi sciis, ke miaj vangoj devas havi cindran, blu-grizan koloron.

Tamen, mi provis majstri miajn emociojn. Mi levis kuleron da kafo al mia buŝo; sed antaŭ ol ĝi atingis miajn lipojn, mi sentis naŭzon kaj pretis vomi. La ruliĝado kaj baskulado de ŝipo en ŝtorma maro ne povus rezulti en tia stato de enabismiĝa malsano kiel tiu, kiun mia korpo tiam spertis. Kaj eĉ Makbeto vidinte la fantomon de la murdita Bankvo ne povus esti pli terurita ol mi estis.

Kion mi devis fari? Esti proklamita sodomiisto antaŭ la mondo, malhonorigita, persekutita, eble kondamnita en kortumo, aŭ rezigni pri la viro kiu estis pli kara al mi ol la vivo mem? Ne, la morto estis preferinda al ambaŭ.

– Tamen, vi ĵus diris, ke vi ŝatus, ke la tuta mondo sciu pri via amo por la pianisto.

– Mi agnoskas tion, kaj ne volas tion malkonfesi; sed ĉu vi iam komprenis la kontraŭdirojn de la homa koro?

– Krome vi ne konsideris sodomion krimo, ĉu?

– Ne; ĉu mi damaĝis la socion per tio?

– Do, kial vi estis tiel terurita?

– Ĉar necesas al ni konservi la eksteran aspekton, por konservi respektindecon.

Iam sinjorino, je la tago kiam ŝi akceptis vizitantojn, demandis al sia fileto – lispanta trijaraĝulo – kie estas lia paĉjo.

"En sia ĉambro," li diris.

"Kaj kion li faras?" demandis la malprudenta patrino.

"Li faras pupuojn," respondis la etulo naive, en alta sopranvôco, sufiĉe laŭte, ke ĉiu en la ĉambro aŭdis lin.

Ĉu vi povas imagi la senton de la patrino, aŭ tiun de la edzino, kiam kelkajn momentojn poste la edzo eniris la ĉambron? Nu, la kompatindulo diris al mi, ke li preskaŭ rigardis sin kiel brulmarkita, kiam lia ruĝiĝanta edzino diris al li pri la maldiskretaĵo de la infano. Tamen, ĉu li krimis?

Kiu viro, almenaŭ unufoje en sia vivo, ne sentis perfektan kontenton ellasi ventrogason, aŭ, kiel la infano poete kaj onomatopee esprimis sin, fari "pupuojn?" Pri kio, do, oni devas honti; tio certe ne estis krimo kontraŭ la naturo, ĉu?

Estas fakto, ke nuntempe ni devas paroli tiel eŭfemisme, tiel afable eviteme, ke oni taksus Sinjorinon Eglantine,[133] kiu "delikate prenis sian manĝaĵon," malgraŭ ŝiaj dignaj manieroj, kiel iun pli malsuperan ol manĝilarlavejan servistinon. Ni fariĝis tiel sinĝenaj kaj prudaj, ke ĉiu parlamentano baldaŭ devos havigi al si atestilon de moraleco de iu pastro aŭ dimanĉlerneja instruisto, antaŭ ol esti permesata sidi en parlamentejo. Je ĉiu kosto la ekstera aspekto devas esti konservata; ĉar babilaĉantaj redaktistoj estas ĵaluzaj dioj, kaj ilia kolero estas necedema kaj nepacigebla, pro tio ke ĝi estas profitdona, ĉar bonaj homoj volas scii pri la aferoj de diboĉuloj.

– Kaj kiu estis la persono kiu skribis tiujn liniojn al vi?

– Kiu? Mi cerbumadis, kaj tio elvokis plurajn fantomojn, kaj ĉiuj el ili estis tiel netuŝeblaj kaj timigaj kiel la Morto[134] de Milton; ĉiuj minacis ĵeti al mi mortigan sageton. Dum momento mi eĉ imagis, ke estis Telenio, nur por certiĝi pri la amplekso de mia amo por li.

– Estis la grafino, ĉu ne?

---

133 Sinjorino Eglantine estas monaĥino en *The Canterbury Tales* (La Rakontoj de Canterbury) de Geoffrey Chaucer, 1340-1400.

134 "Morto" referencas la unuan poemon de John Milton, angla poeto, 1608-1674, titolitan *On the Death of a Fair Infant Dying of a Cough* (Pri la morto de bela infano mortanta de tuso).

– Mi ankaŭ pensis tiel. Telenio ne estis viro, kiun oni povus duone ami, kaj virino freneze enamiĝinta estas kapabla al ĉio. Tamen, estis apenaŭ verŝajne ke damo uzus tian armilon; kaj krome, ŝi estis for de Londono. Ne, ne estis, ne povus esti la grafino. Sed kiu estis tiu? Ĉiu kaj neniu.

Dum kelkaj tagoj mi estis senĉese tiel torturita, ke foje mi sentis kvazaŭ mi freneziĝus. Mia nervozeco pliiĝis tiel, ke mi fakte timis forlasi la domon pro timo renkonti la skribinton de tiu aĉa noto.

Kiel ĉe Kain,[135] ŝajnis ke mia krimo estis skribita sur mia frunto. Mi vidis mokan rideton sur la vizaĝo de ĉiu viro kiu rigardis min. Ĉiu fingromontris al mi; voĉo, sufiĉe laŭta, por ĉiu aŭdebla, flustris, "La sodomiisto!"

Irante al mia oficejo, mi aŭdis viron, kiu marŝis malantaŭ mi, mi pluiris rapide; li rapidigis siajn paŝojn. Mi preskaŭ komencis kuri. Subite iu metis manon sur mian ŝultron. Mi preskaŭ svenis pro teruro. En tiu momento mi preskaŭ atendis aŭdi la timigajn vortojn, – "Je la nomo de la leĝo mi arestos vin, sodomiisto!"

Sed estis nur amiko kun banala peto.

La grincado de pordo tremetigis min; la ekvido de letero paligis min.

Ĉu mia konscienco perturbis min? Ne, estis simpla timo – malnobla timo, ne kulposento. Krome, ĉu sodomiisto ne riskas porĉiaman enkarceriĝon?

Vi devas taksi min malkuraĝulo, sed finfine eĉ la plej kuraĝa viro povas alfronti nur malkaŝitan malamikon. La penso, ke kaŝita mano de nekonata malamiko estas ĉiam frapopreta kontraŭ vi, kaj preta mortobati vin, estas neeltenebla. Hodiaŭ vi estas viro de senmakula reputacio; morgaŭ, unu sola vorto elbuŝigita kontraŭ vi en la strato per dungita brutulo, aŭ alineo en sensacia ĵurnalo de unu el la modernaj

---

135 La Sankta Biblio: Genezo ĉapitro 4.

bravi[136] de la gazetaro, kaj via honora nomo estas por ĉiam detruita.

– Kaj via patrino?

– Ŝi atentis ion alian kiam mi malfermis mian leteron. Ŝi nur notis mian palecon kelkajn momentojn poste. Mi do diris al ŝi, ke mi ne sentas min bone, kaj vidante mian duon-vomon ŝi kredis min; fakte, ŝi timis, ke mi kaptis ian malsa-non.

– Kaj Telenio – kion li diris?

– Mi ne iris al li tiun tagon, mi sendis nur mesaĝon, ke mi vidos lin la venontan matenon.

Kian nokton mi trapasis! Unue mi restis veka tiel longe kiel mi povis, ĉar mi antaŭtimis enlitiĝi. Finfine, lacigita kaj elĉerpita, mi malvestis min kaj kuŝiĝis; sed mia lito ŝajnis elektrigita, ĉar ĉiuj miaj nervoj komenciĝis moveti, kaj har-stariga sento superŝutis min.

Mia menso estis malfokusita. Mi turniĝadis dum kelka tempo; tiam, timigite ke mi freneziĝus, mi ellitiĝis, ŝteliris al la manĝoĉambro kaj prenis botelon da konjako, kaj reve-nis al mia dormoĉambro. Mi trinkis duonan glasegon, kaj reenlitiĝis.

Ne alkutimiĝinte al tia forta drinkaĵo mi endormiĝis; sed ĉu estis dormo?

Mi vekiĝis en la mezo de la nokto, sonĝante ke Katarina, nia servistino, akuzis min pri sia murdo, kaj mi estis kon-damnota.

Mi ellitiĝis, verŝis al mi duan glason da alkoholaĵo, kaj refoje trovis forgesemon, eble eĉ ripozon.

En la mateno mi refoje sendis mesaĝon al Telenio, ke mi ne povos viziti lin, kvankam mi deziris fari tion; sed la tagon poste, pro tio ke mi ne venis al li kiel kutime, li vizitis min.

---

136 Itale: bravuloj – vorto menciita en la romano *I promessi sposi* de Alessandro Manzoni. En la Esperanta traduko, *La Gefianĉoj*, la tradukisto Battista Cadei piednotas: "bravulo – armita dungito de potenca privatulo".

Surprizite pro la fizika kaj morala ŝanĝo en mi, li komencis pensi, ke iu komuna amiko kalumniis lin, do por trankviligi lin, mi – multe pridemandita – eligis tiun aĉan leteron, kiun mi malemis tuŝi kvazaŭ ĝi estus vipero, kaj donis ĝin al li.

Kvankam li estis pli alkutimiĝinta al tiaj aferoj, lia frunto fariĝis serioza kaj pensema, kaj li eĉ paliĝis. Tamen, cerbumante pri tio dummomente, li komencis ekzameni la paperon, sur kiu tiuj teruraj vortoj estis skribitaj; tiam li levis kaj la karton kaj la koverton al sia nazo kaj flaris ilin ambaŭ. Gaja esprimo tuj venis al lia vizaĝo. "Jen! – Jen! – vi ne bezonas timi! Ili odoras je rozoleo," li kriis; "mi scias kiu sendis tion."

"Kiu?"

"Do, ĉu vi ne povas diveni?"

"La grafino?"

Telenio sulkigis la brovojn.

"Kiel vi scias pri ŝi?"

Mi diris ĉion al li. Kiam mi finrakontis, li prenis min en siajn brakojn kaj kisis kaj kisadis min.

"Mi ĉiel provis forgesi vin, Kamilo, kaj vi vidas, ke mi ne sukcesis. La grafino nun troviĝas multajn mejlojn for kaj ni ne plu revidos nin."

Dum li diris tiujn vortojn miaj okuloj ekvidis tre fajnan flavan diamantan ringon – lunŝtonon – kiun li portis je la etfingro.

"Tiu estas virina ringo," mi diris, "ŝi donis ĝin al vi, ĉu ne?"

Li ne respondis.

"Ĉu vi anstataŭe portos ĉi tiun?"

La ringo, kiun mi donis al li, estis antikva kameo, elegante ellaborita, ĉirkaŭita de diamantoj, sed ĝia ĉefa merito estis ke ĝi reprezentas la kapon de Antinoo.

"Sed," li diris, "ĉi tiu juvelo estas netakseble valorega;" kaj li inspektis ĝin pli proksime. Tiam, prenante mian kapon inter siaj manoj, kaj kovrante mian vizaĝon per kisoj, – "Valorega certe al mi, ĉar ĝi aspektas kiel vi."

Mi ekridis.

"Kial vi ridas?" li diris, mirigite.

"Ĉar," mi respondis, "la trajtoj estas kiel viaj."

"Do," li diris, "eble ni similas kaj aspekte kaj en niaj gustoj. Kiu scias – eble vi estas mia *Doppelgänger*?[137] Se jes, ve al unu el ni!"

"Kial?"

"En nia lando oni diras, ke homo neniam devas renkonti sian similulon, aŭ malbonŝanco trafos unu el ili aŭ ambaŭ"; kaj li tremetis dum li diris tion. Tiam ridetante, "mi ja estas superstiĉa".

"Ĉiuokaze," mi aldonis, "se ia misokazo apartigos nin, ni igu tiun ringon, samkiel tiu de la virga reĝino,[138] esti via mesaĝisto. Sendu ĝin al mi kaj mi ĵuras ke nenio tenos min for de vi."

La ringo estis sur lia fingro kaj li estis en miaj brakoj. Nia ĵuro estis solenigita per kiso.

Tiam li komencis flustri vortojn de amo en mallaŭta, dolĉa, trankvila kaj ritma tono, kiu ŝajnis kiel la fora eĥo de sonoj aŭditaj en duon-memoritaj ekstazaj sonĝoj. Ili supreniris al mia cerbo kiel la vezikoj de iu ŝaŭmanta, ebriiga ameliksiro. Mi eĉ nun povas aŭdi ilin reeĥi en miaj oreloj. Aldone, memorante ilin refoje, mi sentas sensaman tremeton ekposedi mian tutan korpon, kaj tiu nesatigebla deziro, kiun li ĉiam ekscitis en mi, ekbruligas mian sangon.

Li sidis apud mi, tiel proksime kiel mi nun estas apud vi; lia ŝultro apogita al mia, ekzakte kiel nun via.

---

137 Germane: sozio – homo, pli-malpli plene similanta alian, kun kiu li havas nenian parencecon. PIV

138 "Virga reĝino" – referenco al Elizabeto I de Anglujo 1533-1603.

Unue li metis sian manon sur mian, sed tiel leĝere, ke mi apenaŭ notis ĝin; tiam malrapide liaj fingroj komencis interkroĉiĝi kun miaj, ekzakte ĉi tiel; ĉar li ŝajnis ĝui ekposedi min colon post colo.

Post tio, unu el liaj brakoj ĉirkaŭis mian talion, tiam li metis la alian ĉirkaŭ mia kolo, kaj la fingropintoj tuŝetis kaj karesis mian gorĝon, ekscitante min pro plezuro.

Dum li faris tion, niaj vangoj frotis leĝere unu la alian; kaj tiu ektuŝo – eble ĉar ĝi estis apenaŭ sentebla – vibris tra mia tuta korpo, donante al ĉiuj nervoj de la generilo nemalplaĉan ŝoketon. Niaj buŝoj estis nun en proksima kontakto, tamen li ankoraŭ ne kisis min; liaj lipoj simple incitetis miajn, kvazaŭ por konsciigi min pli pri la simileco de niaj naturoj.

Pro mia nervoza kondiĉo dum la lastaj tagoj mi estis pli ekscitebla. Mi tial deziris senti tiun plezuron, kiu malvarmetigas la sangon kaj kvietigas la cerbon, sed laŭŝajne li emis plidaŭrigi mian avidon kaj igi min atingi tiun pinton de ebriiga volupto kiu limas frenezon.

Finfine, kiam neniu el ni povis plu toleri la ekscitecon, ni forŝiris niajn vestaĵojn kaj nudaj ruliĝis unu kun la alia kiel du serpentoj, provante senti laŭeble plej multe de la alia. Al mi ŝajnis, ke ĉiuj poroj de mia haŭto estis buŝetoj, kiuj prezentis siajn lipojn por kisi lin.

"Premu min – vajce firmtenu min – min ĉirkaŭbraku – pli forte – ankoraŭ pli! – tiel ke mi ĝuos vian korpon." Mia vergo, rigida kiel fero, glitis inter liaj kruroj; kaj sentante sin tirita, ĝi komencis akvumi, kaj kelkaj etaj, gluemaj gutetoj elfluis.

Vidante ĝis kiu punkto mi estis torturita, li finfine kompatis min. Li mallevis sian kapon sur la pinton de mia faluso, kaj komencis kisi ĝin.

Mi, tamen, ne volis gustumi tiun plezuron duone, aŭ ĝui tiun ekscitan ekstazon sole. Ni tial ŝanĝis pozicion, kaj tujtuje mi havis en mia buŝo la aĵon, kiun li prilaboris tiel plaĉe.

Baldaŭ la amara lakto, kiel la suko de figujo aŭ eŭforbio, kiu ŝajnas flui de la cerbo kaj la osta medolo, elŝprucis kaj estis anstataŭita de ĵetaĵo da kaŭstika fajro fluanta tra ĉiuj vejnoj kaj arterioj, kaj ĉiuj miaj nervoj vibris kvazaŭ ekmovitaj per ia forta elektra kurento.

Fine, kiam la lasta guto de sperma likvo estis elsuĉita, tiam la paroksismo de plezuro, kiu estas la deliro de volupto, komencis malpliiĝi, kaj mi restis premita kaj detruita; tiam plaĉa stato de laceco sekvis, kaj miaj okuloj fermiĝis dum kelkaj sekundoj pro feliĉa forgesemo.

Kun miaj sensoj regajnitaj, miaj okuloj refoje trafis tiun malĉarman, anoniman noton; kaj mi tremetis kaj nestiĝis kontraŭ Telenio kvazaŭ por protekto, tiel abomena estis al mi la vero, eĉ tiam.

"Sed vi ankoraŭ ne diris al mi, kiu skribis tiujn terurajn vortojn."

"Kiu? Nu, la filo de la generalo, komprenoble."

"Kio! Briancourt?"

"Kiu alia tiu povas esti. Neniu krom li povas havi la plej etan ideon pri nia amo; mi certas, ke Briancourt observis nin. Krome, rigardu," li aldonis, prenante la papereton, "pro tio, ke li ne volis skribi sur papero kun blazono aŭ parafo, kaj verŝajne ne havante ion alian, li skribis sur papero, kiun li lerte trançis el peco da skizopapero. Kiu alia, se ne pentristo, povus fari tiaĵon? Pro tro da singardaj rimedoj, ni foje kompromitas nin. Krome, flaru tion. Li estas tiel sorbita de rozoleo, ke ĉio, kion li tuŝas, estas impregnita de tio."

"Jes, vi pravas," mi diris penseme.

"Krome, fari tion estas tute laŭ lia temperamento, kaj mi ne diras, ke li estas malbonkora..."

"Vi amas lin!" mi diris, ekprenante lian brakon kun atako de ĵaluzo.

"Certe ne; sed mi simple estas justa kontraŭ li; krome vi konis lin ekde la infanaĝo, kaj vi devas agnoski, ke li ne estas tia malbonulo, ĉu ne?"

"Ne, li simple frenezas."

"Frenezas? Nu, eble iomete pli ol aliaj viroj," diris mia amiko, ridetante.

"Kio! Ĉu vi opinias ĉiujn virojn frenezaj? "

"Mi konas nur unu viron kiu estas malfreneza – mia ŝufaristo. Li frenezas nur unufoje semajne, lunde, kiam li bonege ebriiĝas."

"Do, ni ne plu parolu pri frenezeco. Mia patro mortis freneza, kaj mi supozas ke, pli aŭ malpli frue – "

"Vi devas scii," diris Telenio, interrompante min, "ke Briancourt jam amas vin ekde longa tempo."

"Min?"

"Jes, sed li pensas, ke vi malŝatas lin."

"Li neniam estis aparte simpatia al mi."

"Nun ke mi pensas pri la afero, mi kredas, ke li ŝatus posedi nin ambaŭ kune, tiel ke ni povu krei triunuon de amo kaj feliĉo. "

"Kaj vi pensas, ke li provis tion okazigi tiel."

"En amo kaj milito, ĉiu rimedo justas; kaj eble kun li, kiel kun la Jezuitoj, 'la fino pravigas la rimedojn.' Ĉiuokaze, tute forgesu ĉi tiun noton, lasu ĝin kiel vintromeznoktan sonĝon."

Tiam, prenante la paperetaĉon, li metis ĝin sur la ardantajn karbetojn; unue ĝi tordetiĝis kaj kraketis, tiam flamo eksaltis kaj konsumis ĝin. Tuj poste restis nenio krom eta, nigra, ĉifita aĵo, sur kiu etaj, fajraj serpentoj postĉasis unu la alian kaj renkontiĝinte glutis sin reciproke.

Poste la kraketantaj ŝtipoj eligis ekbloveton, kaj la forbrulinta papereto supreniris kaj malaperis tra la fumtubo kiel nigra diableto.

Nudaj kiel ni estis sur la malalta sofo antaŭ la kameno, ni ameme prenis kaj ĉirkaŭbrakis nin reciproke.

"Ĝi ŝajnis minaci nin, antaŭ ol ĝi malaperis, ĉu ne? Mi esperas, ke Briancourt neniam apartigos nin."

"Ni defios lin," ridetante diris mia amiko; kaj enmanigante mian faluson kaj sian propran li manipulis ilin ambaŭ. "Tio," li diris, "estas la plej efika elsorĉado en Italujo kontraŭ la malica okulo. Krome, li sendube jam forgesis nin ambaŭ – eĉ jam forgesis, ke li skribis ĉi tiun noton."

"Kial?"

"Ĉar li trovis novan amanton."

"Kiun, la spahian[139] oficiron?"

"Ne, estas juna arabo. Ĉiuokaze ni ekscios, kiu li estas, per la subjekto de lia pentrotaĵo. Antaŭ iom da tempo li nur sonĝis pri ĝemela pentraĵo[140] por montri kun la tri Gracioj,[141] kiuj al li reprezentis la mistikan triunuon de tribadismo."[142]

Kelkajn tagojn poste ni renkontis Briancourt en la verda ĉambro de la Opero. Kiam li vidis nin, li rigardis alidirekten kaj provis eviti nin. Mi farus la samon.

"Ne," diris Telenio, "ni iru kaj parolu kun li por klarigi la aferon. En tiaj kazoj neniam montru la plej etan timon. Se oni kuraĝe alfrontas la malamikon, oni jam duone venkis lin." Tiam, alproksimiĝante al li, kaj tirante min kun li – "Nu," li diris, etendante la manon, "kio okazis ĉe vi? Jam pasis kelka tempo ekde kiam ni laste vidis nin."

"Certe," li respondis, "pro novaj amikoj ni forgesas la malnovajn."

"Kaj pro novaj bildoj malnovajn. Cetere, kian skizon vi komencis?"

"Ho, estas io glora! – se iu pentraĵo notiĝos, tiam certe ĉi tiu."

139 Spahio – Alĝeria kavaleriano de la franca armeo dum la kolonia epoko. PIV

140 Ĝemelaj pentraĵoj – du pentraĵoj de la sama artisto kiuj estas montritaj kune, angle "pendant" aŭ "pendant painting".

141 Gracioj – Romanaj diinoj de la graco; la tri Gracioj (Aglajo, Eŭfrozino, Talio) PIV; ankaŭ la subjekto de diversaj pentraĵoj de Rafael, Rubens, Cranach kaj aliaj.

142 Tribadismo = safismo = lesbanismo

"Sed pri kio temas?"

"Jesuo Kristo."

"Jesuo Kristo, ĉu?"

"Jes, ekde kiam mi ekkonis Aĥmeton, mi povas kompreni la Savanton. Ankaŭ vi amus Lin," li aldonis, "se vi povus vidi tiujn malhelajn, hipnotigajn okulojn, kaj lian longan nigran franĝofrizon."

"Ami kiun," diris Telenio, "Aĥmeton aŭ Kriston?"

"Kriston, kompreneble!" diris Briancourt, levante siajn ŝultrojn. "Vi kapablus kompreni la influon, kiun Li devus havi je la homamaso. Mia siriano ne bezonas paroli, li levas al vi la okulojn kaj vi komprenas la signifon de liaj pensoj. Kristo, same, neniam malŝparis sian spiron superŝutante piaĵojn al la amaso. Li skribis sur la sablon, kaj tiel povus per rigardo 'igi ilin obei la leĝon.'[143] Kiel mi diris, mi pentros Aĥmeton kiel la Savanton, kaj vin," li aldonis al Telenio, "kiel Johanon, la disĉiplon, kiun Li amis; ĉar la Biblio klare diras kaj daŭre ripetas ke Li amis sian favoritan disĉiplon."[144]

"Kaj kiel vi pentros Lin?"

"Kristo rekta, tenante Johanon, kiu ĉirkaŭbrakas Lin, kaj kiu apogas sian kapon sur la sinon de sia amiko. Kompreneble devas esti io aminde mola kaj virineca en la aspekto kaj sinteno de la disĉiplo; li devas posedi viajn viziulajn violkolorajn okulojn kaj vian voluptan buŝon. Kaŭranta ĉe iliaj piedoj estos unu el la multaj adultaj Marioj, sed Kristo kaj la alia – kiel Johano modeste nomas sin, kvazaŭ li estus la konkubino[145] de la Majstro – malsupren rigardas al ŝi kun sonĝemaj, duon-insulta, duon-kompata esprimo."

---

143 Referenco al John Dryden, 1631-1700, angla verkisto kiu dominis la anglan literaturon dum multe de la dua duono de la 17a jarcento. En la angla, "look the world to law," frazo el la verko *Cleomenes* (Kleomeno; 1692).

144 La evangelio laŭ Johano 21

145 La angla originalo uzas la inan formon: *"mistress."*

"Kaj ĉu homoj komprenos vian signifon?"

"Iu kiu havas ajnan bonan sencon komprenos. Krome, por pliklarigi mian ideon, mi verkos ĝemelan pentraĵon: 'Sokrato – la greka Kristo, kun Alcibiado, lia favorata disĉiplo.'[146] La virino estos Ksantipino."[147] Tiam turnante sin al mi, li aldonis, "Sed vi devas promesi pozi por mi kiel Alcibiado."

"Jes," diris Telenio, "sed je unu kondiĉo."

"Diru."

"Kial vi skribis tiun noton al Kamilo?"

"Kian noton?"

"Nu, ne mistifiku min!"

"Kiel vi sciis, ke mi skribis ĝin?"

"Kiel Zadigo,[148] mi vidis spuron de la oreloj de la hundo."

"Nun ke vi scias, ke estis mi, mi malkaŝe diros al vi, ke mi estis ĵaluza."

"Pri kiu?"

"Pri vi ambaŭ. Jes, eble vi ridetos, sed estas la vero."

Tiam turnante sin al mi – "Mi konas vin ekde kiam ni ambaŭ estis beboj farantaj niajn unuajn paŝojn, kaj mi neniam ricevis tion de vi" – kaj li krakis sian dikfingran ungon sur siaj superaj dentoj – "dum li," montrante al Telenio, "venas, vidas kaj venkas. Ĉiuokaze la pozado estos iam estontece. Dume, mi ne rankoras kontraŭ vi; nek vi rankoras pro mia stulta minaco, mi certas."

"Vi ne scias kiajn mizerajn tagojn kaj sendormajn noktojn mi pasigis pro vi."

"Ho, ĉu? Mi bedaŭras; pardonu min. Vi scias, ke mi frenezas – ĉiu diras tion," li ekkriis ekprenante ambaŭ niajn

146 Sokrato kaj Alcibiado havis amrilaton rakontitan en *Simpozio* de Platono.

147 Ksantipino – edzino de Sokrato, laŭlegende grumblema. PIV

148 Zadigo estas orienta saĝulo, heroo de la samnoma fabelo de Voltero esperantigita de Lanti. VIKI

manojn; "kaj nun ke ni estas amikoj, vi devas ĉeesti mian venontan simpozion."

"Kiam ĝi okazos?" demandis Telenio.

"Mardon post unu semajno."

Tiam alparolante min:– "Mi prezentos vin al multaj afablaj fratuloj, kiuj ĝojos ekkoni vin, kaj kiuj jam de longe miris, ke vi ne estas unu el ni."

La semajno rapide pasis. Ĝojo baldaŭ forgesigis al mi la teruran angoron kaŭzitan per la karto de Briancourt.

Kelkajn tagojn antaŭ la vespero elektita por la festo – "Kiel ni vestos nin por la simpozio?" demandis Telenio.

"Kiel? Ĉu estos maskobalo?"

"Ni ĉiuj havas niajn ŝatokupetojn. Iuj viroj ŝatas soldatojn, aliaj maristojn; iuj preferas ŝnurdancistojn, aliaj dandojn. Ekzistas viroj kiuj, kvankam ili amas la propran sekson, nur ŝatas ilin en virinaj vestaĵoj. *L'habit ne fait pas le moine*,[149] ne ĉiam estas verdira proverbo, ĉar eĉ inter birdoj la masklo prezentas sian plej gajan plumaron por ĉarmi sian parulon."

"Kaj kian vestaĵon mi portu laŭ via prefero, ĉar vi estas la ununura estaĵo al kiu mi volas plaĉi?" mi diris.

"Nenian."

"Ho! sed..."

"Ĉu vi sinĝenos esti vidata nuda?"

"Certe."

"Nu, tiukaze, striktan biciklovestaĵon; ĝi favore montras vian figuron."

"Bone, do; kaj vi?"

"Mi ĉiam vestos min ekzakte kiel vi."

Je tiu difinita tago, ni veturis al la studio de la pentristo; la eksteraĵo, kvankam ne tute malluma, estis tre malhele lumigita. Telenio frapetis trifoje, kaj post iom da tempo Briancourt mem malfermis la pordon.

149 France: Kapuĉo monaĥon ne faras (ĉi tiu Esperanta versio estas Zamenhofa proverbo).

Kiujn ajn difektojn havis la filo de la generalo, liaj manieroj estis tiuj de perfekta ĝentlemano; liaj dignaj paŝoj povus ornami la kortegon de la *grand Monarque*;[150] lia ĝentileco estis nesuperebla – fakte, li posedis ĉiujn tiujn "etajn dolĉajn ĝentilecojn de la vivo," kiel diras Sterne,[151] "kiuj kreas korinklinon je la unua ekvido." Li volis enirigi nin, kiam Telenio haltigis lin.

"Momenton," li diris. "Ĉu Kamilo ne povus unue ĵeti rigardon al via amantaro? Vi scias, ke li estas komencanto en la Priapa kredo. Mi estas lia unua amanto."

"Jes, mi scias," interrompis Briancourt, ĝemante, "kaj mi ne povas sincere deziri al vi ke tio daŭru."

"Kaj ne alkutimiĝinte al la vido de tia gajeco, li estos instigita forkuri kiel Jozefo de S-ino Potifar."[152]

"Bone, ĉu vi bonvolas peni paŝi ĉi tien?"

Kaj dirante tiujn vortojn li kondukis nin tra malhel-lumigita koridoro, suprenirante helican ŝtuparon en tipon de balkono farita el *moucharabi*,[153] kiun lia patro venigis por li el Tunizo aŭ Alĝero.

"De ĉi tie vi povas vidi ĉion sen esti vidata, do mi ĝisas provizore, sed ne longe, ĉar oni baldaŭ servos la vesper-manĝon."

Kiam mi paŝis en tian loĝion kaj rigardis malsupren en la ĉambron, mi estis dummomente, se ne sorĉe imponita, almenaŭ perfekte konfuzita. Ŝajnis kvazaŭ mi estus transportita de nia ĉiutaga mondo al magiaj regionoj de felando. Mil lampoj de diversaj formoj plenigis la ĉambron kun forta,

---

150 France: Granda Katolika Monarko; kredo en kelkaj katolikaj rondoj, ke restariĝos la monarkio en Francujo, kio enkondukos pacan epokon en Eŭropo.

151 Laurence Sterne, angla-irlanda verkisto, 1713-1768; *"A Sentimental Journey Through France and Italy"* (1768; Sentimentala vojaĝo tra Francujo kaj Italujo).

152 Sankta Biblio, Genezo 39:17-18.

153 Malnova araba kradofenestro.

tamen nubeca lumo. Jen vakskandeloj tenitaj de japanaj gruoj, kaj aliaj kiuj subbrulis en pezaj bronzaj aŭ arĝentaj kandelingoj, rabakiro de hispanaj altaroj; stelformaj aŭ okangulaj lampoj el maŭraj moskeoj aŭ orientaj sinagogoj; kurioze verkitaj feraj brulujoj de tormentitaj kaj fantastaj dezajnoj; lustroj el muara, iriza vitro respegulita en murkandelingoj origitaj, aŭ de majoliko el Casteldurante.[154]

Kvankam la ĉambro estis tre granda, la muroj estis tute kovritaj de la plej lascivaj bildoj; ĉar la filo de la generalo, kiu estis tre riĉa, pentris plejparte nur por sia propra plezuro. Multaj estis nur duon-finitaj skizoj, ĉar lia arda, tamen ŝanĝiĝema imagopovo ne povis longe resti je la sama subjekto, kaj lia talento por novenkondukaĵo ne longe kontentiĝis kun samstila pentrado.

En iuj el liaj imitaĵoj de la voluptaj Pompejaj enkaŭstiko-pentraĵoj[155] li provis enprofundiĝi en la sekretojn de arto el pasinta epoko. Kelkaj pentraĵoj estis pentritaj tre zorge kun la enkaŭstikoj de Leonardo da Vinĉi; dum aliaj aspektis pli kiel la paŝteloj de Greuze,[156] aŭ la subtilaj kolornuancoj de Watteau. Kelkaj haŭtkoloroj jam havis la oran nebuleton de la Venecia skolo, dum...

– Bonvolu fini tiun deflankiĝon pri la pentraĵoj de Briancourt, kaj rakontu al mi ion pri la pli aktuala sceno.

– Nu, sur malnovaj paliĝintaj damaskaj sofoj, sur kusenegoj faritaj el sacerdotaj skarpoj, ellaboritaj arĝente kaj ore de piaj fingroj, sur molaj persaj kaj siriaj divanoj, sur leonaj kaj panteraj tapiŝoj, sur matracoj kovritaj de ekscitigaj katfeloj, viroj, junaj kaj belaj, preskaŭ ĉiuj nudaj, ripozis tie duope kaj triope, grupitaj en sintenoj de la plej aŭdaca diboĉo, tia, kian oni neniam povas bildigi al si, kaj tia, kian oni vidas nur en

---

154 Casteldurante – antikva nomo de komunumo en Italujo (ĝis 1636) nun nomata Urbania.

155 Enkaŭstiko – Farbo varme diluita en vakso. PIV

156 Jean-Baptiste Greuze, 1725-1805, franca pentristo.

la bordeloj de virputoj en diboĉa Hispanujo, aŭ en tiuj de la malĉasta Oriento.

– Tio devis esti rara vidaĵo, vidata de la kaĝo en kiu vi estis karcerigitaj; kaj mi supozas, ke viaj kacoj konstante kapriolis, tiel ke la nuduloj malsupre devus esti en granda danĝero ricevi ŝprucon de via sankta akvo, ĉar vi supre sendube reciproke ekzaltite skuis viajn ŝprucilojn.

– La kadro certe indis je la bildo, ĉar, kiel mi diris antaŭe, la studio estis muzeo de lasciva arto inda je Sodomo aŭ Babilono. Pentraĵoj, statuoj, bronzaĵoj, gipskopioj – aŭ majstroverkoj de la Pafosa arto aŭ laŭ Priapaj motivoj – aperis el inter malhelfarbitaj silkaĵoj de velura moleco, inter briletantaj kristaloj, gemeca emajlo, ora porcelano aŭ opaleca majoliko, variigita per jataganoj[157] kaj aliaj turkaj sabroj, kun tenilo kaj glavingo, ellaboritaj en ora kaj arĝenta filigrano, ĉiuj tute kovritaj de koralo kaj turkiso aŭ aliaj briletantaj juvelŝtonoj.

El grandegaj ĉinaj bovloj kreskis multekostaj filikoj, hindujaj palmetoj, plantoj rampantaj kaj parazitaj, kun fiaspektaj floroj de amerikaj arbaroj, kaj plumecaj herboj de Nilo en vazoj de Sèvres;[158] dum de supre, fojfoje, amaso da hele kaj malhele ruĝaj rozoj malsuprenŝutiĝis, miksante sian ebriigan odoron kun tiu de rozoleo, kiu leviĝis en blankaj nubetoj el incensiloj kaj arĝentaj varmigujoj.

La parfumo de tiu troekscitita etoso, la sono de obtuzaj sopiroj, la ĝemoj de plezuro, la ŝmacoj de avidaj kisoj, kiuj esprimas la neniam satigitan volupton de juneco, ĉio ĉi kapturnigis min, dum mia sango sekiĝis pro la vido de tiuj ĉiam ŝanĝiĝantaj lascivaj pozoj, esprimantaj la plej frenezigan paroksismon de diboĉo, kaj la diboĉuloj provis aŭ kvietiĝi aŭ krei pli ekscitan kaj intensan sensamon, aŭ trosatigite for-

---

157 Jatagano – sabro sen manŝirmilo kun dukurba klingo, nomita laŭ la samnoma urbo en sud-okcidenta Turkujo, uzata precipe de janiĉaroj. VIKI, PIV

158 Sèvres – antaŭurbo de Parizo konata pro sia porcelano.

svenis pro sia troa sensiveco, dum lakteca spermo kaj ruĝaj gutoj de sango makulis iliajn nudajn femurojn.

– Tio devis esti ekstaza vidaĵo.

– Jes, sed ĝuste tiam ŝajnis al mi kvazaŭ mi estus en ia aĉa ĝangalo, kie ĉia belo kondukas al tuja morto; kie belegaj venenaj serpentoj kuniĝas kaj aspektas kiel aro da mikskoloraj kreskaĵoj, kie dolĉaj florantaj floroj senĉese faligas fontojn de fajra veneno.

Ĉi tie, same, ĉio plaĉis al la okulo kaj venenigis la sangon; tie ĉi la arĝentaj strioj sur la malhelverda sateno, kaj tie la arĝenta filigrano sur la glataj, helverdaj folioj de la akvololilio, ambaŭ estis nur la ŝlima spuro – tie ĉi de homa kreema potenco, tie de ia abomeninda rampulo.

"Sed jen, rigardu," mi diris al Telenio; "jen ankaŭ virinoj."

"Ne," li respondis, "oni neniam allasas virinojn al niaj festoj."

"Sed rigardu la paron tie. Rigardu la nudan viron kun sia mano sub la jupo de la knabino premita kontraŭ li."

"Ambaŭ estas viroj."

"Kio! ankaŭ tiu kun kaŝtanbrunaj haroj kaj brila haŭto? Nu, ĉu tiu ne estas la amantino de la Vicgrafo de Pontgrimaud?"

"Jes, la Venuso de Ille[159], kiel oni kutime nomas ŝin; kaj la vicgrafo estas tie sube en la angulo, sed la Venuso de Ille estas viro!"

Mi rigardis mirigite. Kiun mi opiniis virino fakte aspektis kiel bela bronza figuro, glata kaj polurita kiel japana gipskopio farita *à cire perdue*[160] kun emajlita kapo de iu Pariza putino.

---

159 *La Vénus d'Ille* estas fantasta rakonto de Prosper Mérimée, en kiu la statuo de Venuso animiĝas kaj mortigas la filon de sia posedanto, kredante ke tiu filo estas ĝia edzo.

160 France: per vaksoperda gisado

Kio ajn estis la sekso de tiu stranga estaĵo, li aŭ ŝi estis vestita en streĉa robo de ŝanĝiĝanta koloro – ora en la lumo, malhelverda en la ombro – en silkaj gantoj kaj ŝtrumpoj de la sama kolornuanco kiel la sateno de la robo, kiu estis tiel strikta sur la rondaj brakoj kaj belege formitaj kruroj, ke ĉi tiuj membroj aspektis tiel glataj kaj duraj kiel tiuj de bronza statuo.

"Kaj la alia tie, kun nigraj bukletoj ĉe la tempio, kiu portas malhelbluan veluran te-robon, kun malkovritaj brakoj kaj ŝultroj, ĉu ankaŭ tiu ĉarma virino estas viro?"

"Jes, li estas italo, kaj markizo, kiel vi povas vidi per la insigno sur lia ventumilo. Li apartenas, krome, al unu el la plej malnovaj familioj de Romo. Sed jen, Briancourt jam signaladis al ni malsupreniri. Ni iru."

"Ne, ne!" mi diris, alkroĉigante min al Telenio; "pli bone ni foriru."

Tamen, tiu vidaĵo tiel varmigis mian sangon ke, kiel la edzino de Lot, mi staris tie malice ĝojante pri tio.

"Mi faros kion ajn vi volas, sed mi pensas, ke se ni forirus nun, vi bedaŭros tion poste. Cetere, kion vi timas? Ĉu mi ne estas kun vi? Neniu povas apartigi nin. Ni restos kune dum la tuta vespero, ĉar ĉi tie ne estas same kiel en la kutimaj baloj, kie viro akompanas sian edzinon tial ke ŝi povas esti premita kaj ĉirkaŭbrakita de la unua alvenanto kiu volas valsi kun ŝi. Krome, la spektaklo de ĉiuj tiuj troaĵoj nur aldonos spicon al nia propra plezuro."

"Nu, ni iru," mi diris, leviĝante, "sed haltu. Tiu viro en perl-griza orienta mantelo devas esti la siriano; li havas belajn migdalformajn okulojn."

"Jes, tiu estas Aĥmet *effendi*."[161]

---

161 El la turka: moŝta klerulo. *Effendi* estas viro de alta klereco aŭ socia statuso en Mediteranea aŭ araba lando.

"Kun kiu li parolas? Ĉu ne kun la patro de Briancourt?"

"Jes, la generalo foje estas pasiva gasto ĉe la festetoj de sia filo. Venu, ĉu ni iru?"

"Unu momenton pli. Ja diru al mi, kiu estas tiu viro kun la fajre brilaj okuloj? Li ŝajnas vere esti la volupto mem, kaj evidente iama ĉampiono de malprudeco. Lia vizaĝo estas konata al mi, tamen mi ne povas memori kie mi lin vidis."

"Li estas juna viro, kiu, elspezinte sian fortunon en la plej senbrida diboĉo, sen difekti sian sanon, varbiĝis je la spahioj por vidi kiajn plezurojn Alĝero povus prezenti al li. Tiu viro certe estas vulkano. Sed jen Briancourt."

"Nu," li diris, "ĉu vi intencas resti ĉi supre en la malhelo dum la tuta vespero?"

"Kamilo sinĝenas," diris Telenio, ridetante.

"Do eniru maskite," diris la pentristo, trenante nin malsupren, kaj donante al ni ambaŭ veluran duon-maskon, antaŭ ol konduki nin enen.

La anonco, ke la vespermanĝo atendas en la apuda ĉambro, preskaŭ haltigis la diboĉon.

Dum ni eniris la studion, la vido de niaj malhelaj kompletoj kaj maskoj ŝajnis malvigligi ĉiujn. Tamen, ni baldaŭ estis ĉirkaŭitaj de pluraj junaj viroj, kiuj venis por bonvenigi kaj karesi nin, iuj el ili estis malnovaj konatoj.

Post kelkaj demandoj oni eksciis la identecon de Telenio kaj tuj forŝiris lian maskon; sed neniu dum longa tempo povis malkovri, kiu mi estis. Mi, dumtempe, okulumadis la centrajn partojn de la nudaj viroj ĉirkaŭ mi, la densajn kaj frizajn harojn, kiuj foje kovris la ventron kaj la femurojn. Verdire, tiu nekutima vidaĵo tiel ekscitis min, ke mi povis apenaŭ malhelpi min tuŝi tiujn tentajn organojn; kaj se mi ne estus tiel enamiĝinta al Telenio, mi certe farus ion pli ol nur fingrumi ilin.

Unu faluso aparte – tiu de la vicgrafo – kaŭzis mian intensan admiron. Ĝi estis de tia grandeco, ke, se Roma virino posedus ĝin, ŝi neniam petus azenon.[162] Fakte, ĉiu ĉiesulino timis ĝin; kaj onidire, iam eksterlande, virino estis disŝirita per ĝi, ĉar li puŝis sian potencan penison en ŝian uteron kaj fendis la septon inter la antaŭa kaj la malantaŭa truoj, tiel ke la kompatinda inaĉo mortis pro la vundoj ricevitaj.

Lia amanto, tamen, floris pro tio, ĉar lia haŭto estis ege ruĝa, ne nur artefarite sed ankaŭ nature. Tiu juna viro, vidante ke mi ŝajnis necerti al kiu sekso li anis, suprentiris la robon kiun li portis kaj montris al mi sian fajnan, etan, roz-kaj-blank-koloran penison ĉirkaŭitan de amaso da malhele oraj haroj.

Ĝuste kiam ĉiu petegis min forpreni mian maskon, kaj mi pretis fari tion, d-ro Karolo – kutime kromnomita Karolo la Granda[163] – kiu estis frotinta sin kontraŭ mi kiel tro seksarda kato, subite prenis min en siaj brakoj kaj arde kisis min.

"Nu, Briancourt," li diris, "mi gratulas vin je via nova akiraĵo. Nenies ĉeesto povus doni al mi pli da plezuro ol tiu de Des Grieux."

Tiuj vortoj estis apenaŭ elparolitaj, kiam lertmova mano forprenis mian maskon.

Dek buŝoj, se ne pli, estis pretaj kisi min, dudekoj da manoj karesis min; sed Briancourt metis sin inter ilin kaj min.

"Ĉi-vespere," li diris, "Kamilo estas kiel kandita pruno sur kuko, io rigardota sed ne tuŝota. Reneo kaj li estas ankoraŭ en la miela monato, kaj ĉi tiu festo estas je ilia honoro, kaj je la honoro de mia nova amanto la estimata Aĥmet." Kaj, turnante sin, li prezentis nin al la juna viro kiun li planis pentri kiel Jesuon Kriston. "Kaj nun," li diris, "ni eniru por la vespermanĝo."

---

162 Referenco al Juvenalo – Roma satiristo, ĉ. 55-140, kiu mencias zoofilion en *Misteroj de la Bona Diino.*

163 Karolo la Granda, nomata ankaŭ Karlomagno, 747-814, estis kronita reĝo de la frankoj en 768 kaj imperiestro de la okcidento en 800. VIKI

La ĉambro, aŭ halo, en kiun oni kondukis nin, estis meblita simile al *triclinium*,[164] kun litoj aŭ divanoj anstataŭ seĝoj.

"Miaj amikoj," diris la filo de la generalo, "la vespermanĝo estas magra, la pladoj estas nek multaj nek abundaj, tiu manĝo celas pli vigligi ol satigi. Mi esperas, tamen, ke la malavaraj vinoj kaj stimuligaj drinkaĵoj helpos nin ĉiujn reiri al niaj plezuroj kun renovigita entuziasmo."

– Tamen, mi supozas ke tio estis vespermanĝo inda je Lukulo,[165] ĉu ne?

– Mi apenaŭ memoras ĝin nun. Mi nur memoras, ke tio estis la unua fojo ke mi gustumis bujabeson,[166] kaj iom da dolĉe spicita rizo laŭ hinduja recepto, kaj mi trovis ambaŭ bongustaj.

Mi havis Telenion sur mia sofo apud mi, kaj d-ro Karolo estis mia alia najbaro. Li estis fajna, alta, bone konstruita, larĝsultra viro, kun hela fluanta barbo, pro kio – ankaŭ pro lia nomo kaj grandeco – oni nomis lin Karolo la Granda. Surprizis min vidi lin porti ĉirkaŭ la kolo fajnan Venecian orĉenon, de kiu pendis – kiel mi unue pensis – medaliono, sed kiu, post pli proksima ekzameno, evidentiĝis kiel ora laŭrogirlando enkrustita kun diamantoj. Mi demandis lin ĉu tiu estis amuleto aŭ antikvaĵo?

Sekve, li leviĝis dirante – "Amikoj, Des Grieux ĉi tie – kies amanto mi feliĉe fariĝus – demandas al mi kio estas ĉi tiu juvelo; kaj pro tio ke la plimulto el vi starigis al mi la saman demandon, mi kontentigos ĉiujn nun, kaj neniam plu parolos pri ĝi.

---

164 *Triclinium* – (latine) unue signifis manĝosofon por tri personoj en Romia domo, kaj poste signifis la manĝoĉambron mem.

165 Lukulo, 1a jc a.K., – Roma generalo famiĝinta pro sia emo al lukso kaj gastronomio. PIV

166 Bujabeso – Provenca supo el rokfiŝoj, prezentata kun safranaj pantranĉoj kaj ajlolea saŭco. PIV

"Ĉi tiu laŭrogirlando," li diris, tenante ĝin inter siaj fingroj por montri ĝin, "estas la rekompenco por merito – pli ĝuste, de ĉasteco; ĝi estas mia *couronne de rosière*.[167] Fininte miajn studojn de medicino kaj miajn staĝojn en hospitaloj, mi nun troviĝis kuracisto; sed kion mi neniam trovis estis persono kiu donus al mi... ne dudek, sed ununuran ŝilingon por mia kuracada laboro. Ĝis unu tago, d-ro N—, vidante miajn fortajn brakojn" – kaj fakte liaj brakoj estis Herkulaj – "rekomendis min por masaĝo al maljuna sinjorino, kies nomon mi ne mencios. Fakte mi iris al tiu oldulino, kies nomo ne estas Potifar, kaj kiu, dum mi forprenis mian mantelon kaj suprenrulis miajn manikojn, langvore rigardis miajn muskolojn kaj poste ŝajnis perdita en meditado; poste mi konkludis, ke ŝi kalkulis la regulon de proporcioj.

"D-ro N— diris al mi, ke la febleco de la nervoj en ŝiaj malsupraj membroj komenciĝis ĉe la genuoj kaj iris malsupren. Ŝi, tamen, ŝajnis pensi ke estis de la genuoj supren. Mi estis naive konfuzita, kaj – por ne erari – mi frotis de la piedo supren; sed baldaŭ notis, ke ju pli alten mi iris, des pli softe ŝi ronronis.

"Post ĉirkaŭ dek minutoj – 'Mi timas ke mi lacigas vin,' mi diris; 'eble sufiĉas jam por la unua fojo.'

"'Ho,' ŝi respondis, kun la langvoraj okuloj de maljuna fiŝo, 'Mi eltenus frotadon de vi la tutan tagon. Mi jam sentas tian bonfarton. Vi havas virecan manon por forteco, inan manon por moleco. Sed vi devas esti laca, vi kompatindulo! Nu, kion vi prenos – madejron aŭ sekan ŝereon?'

"'Nenion, dankon.'

"'Glason da ĉampanjo kaj kuketon?'

"'Ne, dankon.'

---

167 France: rozulina krono. En Francujo dum festo fine de junio oni elektas junulinon meritplenan pro virguleco kaj pureco kaj donas al ŝi kronon el floroj. VIKI-fr sub *"Rosière"*

"'Vi devas preni ion. Ho, mi scias! – glaseton da Alkermeso[168] de la kartuziana monaĥejo de Florenco. Jes, mi kredas, ke mi mem sorbos unu kun vi. Mi jam sentas min pli bona pro la frotado.' Kaj tiam ŝi tenere premis mian manon. 'Ĉu vi bonvolas sonorigi?'

"Mi faris tion. Ni ambaŭ sorbis glaseton da Alkermeso, kiun servisto baldaŭ portis al ni, kaj tiam mi adiaŭis. Ŝi, tamen, nur permesis mian foriron post certigo, ke mi ne forgesos viziti ŝin la sekvan tagon.

"En la sekva mateno mi estis tie je la anoncita horo. Ŝi unue sidigis min apud la lito, por ripozi iomete. Ŝi premis mian manon kaj tenere tuŝetis ĝin – tiu mano, ŝi diris, kiu jam faris tiom da bono al ŝi, kaj kiu kreos mirindajn kuracojn post nelonge.

"'Sed, doktoro,' ŝi aldonis, afekte ridetante, 'la doloro moviĝis pli alten.'

"Mi apenaŭ povis malhelpi rideti, kaj mi komencis pridemandi min kia estas la naturo de tiu doloro.

"Mi komencis la frotadan taskon. Ekde la larĝa maleolo mia mano moviĝis supren al la genuo, poste pli supren, ĉiam supren, je ŝia evidenta kontentiĝo. Kiam finfine mia mano atingis la supron de ŝiaj kruroj, – 'Jen, jen doktoro! Vi trafis ĝin,' ŝi diris en softa, ronronanta voĉo; 'kiel lerta vi estas, trovi la ĝustan lokon. Frotu malforte ĉie tie. Jes, ĝuste tiel; nek pli supren, nek pli malsupren – iome pli flanken, eble – nur iomete pli en la centro, doktoro! Ho, kiom bonfarta esti frotata tiel! Mi sentas min kvazaŭ mi estus tuta alia persono; multe pli juna – tre volupte vigla, fakte. Frotu, doktoro, frotu!' Kaj ŝi rave ruliĝis sur la lito, kiel maljuna griza kato.

"Tiam, tuje, –'Sed mi pensas, ke vi hipnotigas min, dok-

---

168 Alkermeso (itale: *Alchermes*, de la araba القرمز, al-qirmiz) estas itala likvoro, kiu havas sian originon en la epoko de la Mediĉoj. Ĝi fariĝis eksmoda en la 20a jarcento sed estas ankoraŭ vendata. VIKI

toro! Ho, kiajn belajn bluajn okulojn vi havas! Mi povas vidi min en viaj brilaj pupiloj kvazaŭ en spegulo.' Dirinte tion, ŝi metis brakon ĉirkaŭ mia kolo kaj komencis subentiri min al si kaj kisi min avide – aŭ mi devus diri, suĉi min kun du dikaj lipoj kiuj kompare al miaj impresis kiel grandegaj hirudoj.

"Vidante ke mi ne povis daŭrigi la masaĝon, kaj ekkompreninte finfine kia frotado estis bezonata, mi forpuŝis la tufon da dikaj, frizaj, malfajna haroj, mi enmetis la pinton de mia fingro inter la tuberaj lipoj, kaj tiklis, frotis, kaj frotvarmigis la plen-grandan petolan klitoron tiel, ke mi baldaŭ pisigis ĝin grandkvante; tio, tamen – tute ne kalmigante kaj kontentigante ŝin – nur voluptigis kaj ekscitigis ŝin; tiel, ke post tio ne eblis eskapo el ŝia ekkapto. Krome, ŝi tenis min per la ĝusta tipo de tenilo, kaj mi ne povis permesi al mi – kiel Jozefo – forkuri kaj lasi ĝin en ŝiaj manoj.

"Por kvietigi ŝin, do, neniu alternativo prezentis sin, krom grimpi sur ŝin kaj provizi alian specon de masaĝo, kion mi faris tiel volonte kiel mi povis, sed kiel vi ĉiuj scias, virinoj neniam interesis min, kaj precipe ne malfreŝaj. Tamen – por virino kaj maljunulino – ŝi ne estis tiel malbona, malgraŭ ĉio. Ŝiaj lipoj estis dikaj, karnecaj kaj tuberaj; la sfinktero ne malstreĉiĝis kun la aĝo, la erektiĝema organo perdis nenian muskolan forton, ŝia teno estis forta, kaj la plezuro kiun ŝi provizis ne estis malestiminda. Mi tial elŝprucis du oferaĵojn en ŝin, antaŭ ol ni disiĝis, kaj dum tiu tempo ŝia ronrono ŝanĝiĝis al miaŭo, kaj tiam ŝi fakte kriĉis kiel kriĉstrigo, tiel granda estis la plezuro kiun ŝi spertis.

"Ĉu vere aŭ ne, ŝi diris, ke ŝi neniam sentis tian plezuron dum sia tuta vivo. Ĉiuokaze, la kuracon kiun mi provizis estis mirinda, ĉar nelonge poste ŝi tute regajnis la uzon de siaj kruroj. Eĉ N— fieris pri mi. Al ŝi kaj al miaj brakoj mi ŝuldas mian postenon kiel masaĝisto."

"Nu, kaj la juvelo?" mi diris.

"Jes, mi tute forgesis pri tio. La somero venis, do ŝi devis forlasi la urbon kaj iri al marborda stacio, al kiu mi ne havis emon sekvi ŝin; ŝi konsekvence devigis min ĵuri, ke mi ne posedos eĉ unu solan virinon dum ŝia foresto. Mi, kompreneble, faris tion kun facila konscio kaj leĝera koro.

"Kiam ŝi revenis, ŝi denove devigis min ĵuri, kaj tiam malbutonis mian pantalonon, eltiris Siron[169] Priapon kaj en deca maniero kronis lin kiel rozulinon.

"Mi povas diri, tamen, ke li ne estis obstine rigida kaj arogante sintruda; fakte li ŝajnis esti tiel superŝutita – eble li pensis ke li ne meritas ĉi tiun honoron – ke li kviete klinis sian kapon. Mi kutimis porti tiun juvelon sur mia horloĝĉeno, sed ĉiu daŭre demandis min kio tio estas. Mi rakontis tion al ŝi kaj ŝi donacis al mi ĉi tiun ĉenon kaj devigis min porti ĝin ĉirkaŭ mia kolo."

La manĝofesto finiĝis, la spicaj afrodiziigaj pladoj, la fortaj drinkaĵoj, la gajaj konversacioj, repasiigis nian malviglan volupton. Iom post iom la pozicioj sur ĉiu sofo fariĝis pli provokaj, la ŝercoj pli obscenaj, la kantoj pli lascivaj, la gajeco pli laŭta, la ceroj ardis, la karno tremetis pro revekigita deziro. Preskaŭ ĉiu viro estis nuda, ĉiu faluso forte rigida; ŝajnis kiel pandemonio de malprudeco.

Unu el la gastoj montris al ni kiel fari priapan fontanon, aŭ la ĝustan manieron sorbi likvoron. Li igis junan Ganimedon[170] verŝi daŭran fadenon de kartuziana likvoro el longbeka arĝenta kruĉo sur la bruston de Briancourt. La likvido gutetis malsupren sur la ventro kaj tra la bukletojn de karbe

---

169 Siro – angle "Sir" titolo donita de la monarko al kavaliro aŭ baroneto, kaj en modernaj tempoj al elstaruloj en scienco kaj arto. VIKI

170 Ganimedo – Troja belega reĝido, rabita de la aglo de Zeŭso por anstataŭi Hebon kiel vinverŝisto. PIV

nigraj, rozodoraj haroj, tute laŭlonge de la peniso kaj en la buŝon de la viro surgenua antaŭ li. La tri viroj estis tiel belaj, la triopo tiel klasika, ke oni faris foton de tio per kalklumo.[171]

"Tio estas tre beleta," diris la spahio, "sed mi pensas, ke mi povas montri al vi ion pli bonan."

"Kaj kio estas tio?" demandis Briancourt.

"La maniero kiel oni manĝas daktilojn farĉitajn per pistakoj en Alĝero; vidante ke vi havas kelkajn sur la tablo, ni povas provi tion."

La maljuna generalo subridis kaj evidente ĝuis la amuzon.

La spahio igis sian litkamaradon pozicii sin sur la kvar membrojn kun la kapo sube kaj la postaĵo supre; tiam li glitis la daktilojn en la pugtruon, kie li manĝetis ilin dum lia amiko elpremis ilin, kaj poste li zorge lekis ĉiun siroperon elpremitan kaj gutetintan sur la pugon.

Ĉiuj aplaŭdis kaj la du viroj estis videble ekscititaj, ĉar iliaj ramoj levante ekskuiĝis kaj vigle kapjesis.

"Atendu, ne leviĝu ankoraŭ," diris la spahio, "mi ankoraŭ ne finis; lasu min nur meti la frukton de la arbo de sciado en ĝin."[172] Sekve li metis sin sur lin, kaj prenante sian ilon en siajn manojn, premis ĝin en la truon, en kiu antaŭe estis la daktiloj; kaj pro la glita truo la ilo tute malaperis en ĝi post unu aŭ du puŝoj. La oficiro tiam tute ne retiris ĝin, sed nur frotis sin kontraŭ la pugo de la alia viro. Dumtempe la kaco de la sodomiito estis tiel malkvieta ke ĝi komencis bati kiel tamburo kontraŭ la ventro de sia posedanto.

"Nun al la pasivaj plezuroj lasitaj al aĝuloj kaj spertuloj," diris la generalo. Kaj li komencis inciteti la glanon per sia

---

171 Kalklumo – tipo de iama sceneja lumigado kreita kiam oksihidrogena flamo estas direktita al cilindro de kalko aŭ kalcioksido. En iuj lingvoj oni nomas tiun lumon laŭ la inventinto Drummond. VIKI-en sub "Limelight".

172 Referenco al la Sankta Biblio: Genezo 2:17.

lango, suĉi ĝin, kaj manipuli la kolonon per la fingroj en la plej lerta maniero.

La ĝuo esprimita per la sodomiita viro ŝajnis nepriskribebla. Li anhelis, li tremetis, liaj palpebroj malleviĝis, liaj lipoj langvoris, la nervoj de la vizaĝo tikis; li ĉiumomente ŝajnis esti svenonta pro tro da sento. Tamen li ŝajnis rezisti la paroksismon per ĉiuj siaj fortoj, sciante ke la spahio eksterlande lernis la arton daŭrigi la amoradon dum ajna tempo. De tempo al tempo lia kapo falis kvazaŭ li tute elĉerpiĝus, sed tiam li relevis ĝin, kaj – malfermante la lipojn – "iu – en mian buŝon," li diris.

La itala markizo, kiu estis forpreninta sian robon, kaj kiu portis nenion krom diamanta kolĉeno kaj paro da silkaj ŝtrumpoj, sidiĝis rajde sur du taburetoj super la maljuna generalo kaj ekkontentigis lin.

Je la vido de ĉi tiu vivanta bildo de infera voluptemo, nia tuta sango ŝaŭmante leviĝis al nia kapo. Ĉiu ŝajnis avida ĝui tion, kion sentis tiuj kvar viroj. Ĉiu senkapuĉa faluso estis ne nur sangoplena, sed ankaŭ rigida kiel ferstango, kaj dolora pro la erektiĝo. Ĉiu tordiĝis kvazaŭ torturita per interna konvulsio. Mi mem, ne alkutimiĝinta al tiaj vidaĵoj, ĝemis pro plezuro, frenezigita per la ekscitaj kisoj de Telenio, kaj per la kuracisto, kiu premis siajn lipojn sur miajn piedplandojn.

Fine, per la pasiaj puŝoj de la spahio, per la avideco kun kiu la ĝeneralo suĉis kaj la markezo suĉitis, ni komprenis ke la decida hor' jam venis. Estis kiel elektra ŝoko inter ni ĉiuj.

"Ili ĝuas, ili ĝuas!" sonis la krio el ĉiuj lipoj.

Ĉiuj paroj kuniĝis, kisante sin reciproke kaj frotante siajn nudajn korpojn unu kontraŭ la alia, elprovante ĉiujn novajn ekscesojn kiujn ilia diboĉo povis elpensi.

Kiam finfine la spahio retiris sian malrigidan organon el la postaĵo de sia amiko, la sodomiita viro sensense falis sur la sofon, tute kovrita de ŝvito, daktila siropo, spermo kaj salivo.

"Ho!" diris la spahio, trankvile lumigante cigaredon, "kiuj plezuroj kompareblas kun tiuj de la urboj de la eben-aĵo? La araboj pravas. Ili estas niaj majstroj en ĉi tiu arto; ĉar tie, kvankam ĉiu viro ne estas pasivulo en sia viraĝo, li ĉiam estas en sia junaĝo kaj maljunaĝo, kiam li ne plu povas esti aktivulo. Ili – male al ni mem – scias pro longa praktikado kiel plidaŭrigi tiun plezuron dum ĉiamdaŭra tempo. Iliaj iloj ne estas enormaj, sed ili elpufiĝas al respekteblaj pro-porcioj. Ili spertas pri pligrandigi sian propran plezuron per la kontentigo, kiun ili provizas al aliaj. Ili ne superŝutas vin kun akveca spermo, ili elŝprucas sur vin nur kelkajn densajn gutojn, kiuj bruligas vin kiel fajro. Kiel glata kaj brila estas ilia haŭto. Kia lafo ŝaŭmas en iliaj vejnoj! Ili ne estas viroj, ili estas leonoj; kaj ili blekas pro volupto."

"Mi supozas, ke vi provis nemalmultajn el ili, ĉu?"

"Jes, aron da ili: mi enskribiĝis por tio, kaj mi devas diri, ke mi amuzis min. Nu, Vicgrafo, via ilo nur agrable tiklus min, se vi povus gardi ĝin rigida sufiĉe longe."

Tiam montrante al larĝa botelo, kiu staris sur la tablo – "Nu, jen, tiu botelo mi pensas povus facile esti puŝita en min, kaj nur doni al mi plezuron."

"Ĉu vi provos?" diris multaj voĉoj.

"Kial ne?"

"Ne, pli bone ne fari tion," diris d-ro Karolo, kiu alŝtel-iĝis apud mi.

"Kial, kion oni devas timi?"

"Estas krimo kontraŭ la naturo," diris la kuracisto ride-tante.

"Fakte, ĝi estus pli grava ol bugrado, ĝi estus botelum-ado," diris Briancourt.

Kvazaŭ kiel respondo, la spahio ĵetis sin vizaĝsupren sur la sofa dorsapogilo, kun sia pugo levita al ni. Tiam du viroj sidis ambaŭflanke, tiel ke li povus ripozi siajn krurojn sur iliaj ŝultroj, post kiam li prenis siajn sidvangojn, kiuj estis tiel volumenaj kiel tiuj de grasa olda putino, kaj malfermis ilin ambaŭmane. Dum li faris tion, ni havis plenan vidon ne nur de la malhela linio de la sidvangfendo, kaj de la bruna ringo kaj haroj, sed ankaŭ de la mil sulketoj – aŭ brankecaj pendaĵoj – kaj ŝvelaĵoj ĉirkaŭ la tuta truo. Juĝante per tio kaj per la troa dilatado de la anuso, kaj la malstrikteco de la sfinktero, ni povis kompreni, ke kion li diris ne estis senbaza fanfarono.

"Kiu estos bonkora kaj humidigos kaj lubrikos la randojn iomete?"

Multaj volonte volis provizi al si tiun plezuron, sed ĝi estis koncedita al iu, kiu modeste prezentis sin kiel *maître de langue*,[173] "tamen pro mia kapablo" li aldonis – "mi povus katedri pri tiu nobela arto." Li fakte estis viro, kiu portis la pezon de granda nomo, ne nur de antikva deveno – neniam makulita per ajna pleba sango – sed ankaŭ famkonata en milito, kiel ŝtatisto, en literaturo kaj en scienco. Li surgenuiĝis antaŭ la maso el karno, kutime nomita pugo, pintigis sian langon kiel la ferpinton de lanco, kaj enirigis ĝin en la truon tiel profunde kiel li povis, kaj larĝigante ĝin kiel spatelon, li komencis ŝmiri la salivon tute ĉirkaŭen en plej lerta maniero.

"Nun," li diris, kun la fiereco de artisto kiu ĵus finis sian artaĵon, "mia tasko estas farita."

Alia persono prenis la botelon, ŝmiris fuagrason sur ĝin, kaj komencis puŝi ĝin enen. Unue, ĝi ŝajne ne kapablis eniri, sed kiam la spahio streĉis la randojn per siaj fingroj, kaj la helpanto turnis kaj manipulis la botelon, premante ĝin lante kaj konstante, ĝi komencis engliti.

"Aj, aj!" diris la spahio, mordante la lipojn; "la konformeco estas tre strikta, sed finfine ĝi estas ena."

---

173 France: *maître de langue* estas dusignifa: lingvoinstruisto aŭ langomajstro.

"Ĉu mi dolorigas vin?"

"Tio doloris iomete, sed ne plu;" kaj li komencis ĝemi pro plezuro.

Ĉiuj sulketoj kaj ŝvelaĵoj malaperis, kaj la karno de la randoj nun firmtenis la botelon.

La vizaĝo de la spahio esprimis kombinon de akra doloro kaj intensa diboĉemo; ĉiuj nervoj de lia korpo ŝajnis streĉitaj kaj tremetantaj, kvazaŭ sub la ago de forta baterio; liaj okuloj estis duonfermitaj kaj la pupiloj preskaŭ malaperis, dum en lia kunpremita buŝo liaj dentoj grincis kiam la botelo estis iom post iom ŝovita pli profunden. Lia faluso, kiu estis lama kaj senviva kiam li nur sentis doloron, refoje regajnis sian plenan proporcion; tiam ĉiuj venoj ekŝvelis, la nervoj rigidiĝis ĝis la ekstremo.

"Ĉu vi deziras kisojn?" demandis iu, vidante kiel lia stango skuiĝis.

"Dankon," li diris, "mi sentas jam sufiĉe."

"Kia estas la sento?"

"Estas akra sed plezura irito de mia pugo ĝis la cerbo."

Fakte lia tuta korpo konvulsiis, dum la botelo lante en- kaj eliris, ŝirante kaj preskaŭ kvaronigante lin. Subite la peniso skuiĝis, kaj tiam ĝi ŝvelis ĝis rigideco, la lipetoj malfermiĝis, brilanta guto de senkolora likvido aperis je la randoj.

"Plirapidu – pli profunden – mi volas senti – sentigu min!"

Tiam li komencis plori, ridi histerie; tiam bleki kiel virĉevalo je la vido de ĉevalino. La faluso elĵetis kelkajn gutojn da densa, blanka, glueca ĉuro.

"Puŝu ĝin enen – puŝu ĝin enen!" li ĝemis kun mortanta voĉo.

La mano de la helpanto konvulsiis. Li donis fortan skuon al la botelo.

Ni estis ĉiuj senspiraj pro eksciteco, vidante la intensan plezuron kiun sentis la spahio, kiam subite, inter la perfekta silento, kiu sekvis ĉiun ĝemon de la soldato, oni aŭdis etan tremetan sonon, kiun tuj sekvis laŭta ekkrio de doloro kaj teruro de la kuŝanta viro kaj hororo de la helpanto. La botelo estis rompiĝinta; la tenilo kaj parto de ĝi dispeciĝis, trançante ĉiujn randojn kiuj estis premitaj kontraŭ ĝi; la alia parto restis englutita en la anuso.

Ĉapitro Ok

– Tempo pasis –

– Kompreneble, tempo neniam ĉesas, do ne utilas diri, ke ĝi pasis. Diru al mi, anstataŭe, kio okazis al la kompatinda spahio?

– Li mortis, la malfeliĉulo! Unue regis ĝenerala *sauve qui peut*[174] el la domo de Briancourt. D-ro Karolo sendis por siaj instrumentoj kaj eltiris la vitropecojn, kaj oni diris al mi, ke la kompatinda juna viro eltenis la plej suferigan doloregon kiel stoikisto sen elbuŝigi ian krion aŭ ĝemon; lia kuraĝo certe estis inda je pli bona celo. Fininte la operacion, d-ro Karolo diris al la suferanto, ke oni devus transporti lin al hospitalo, ĉar li timis, ke infekto okazus en la tratruitaj partoj de la intestoj.

"Kio!" li diris: "iri al la hospitalo kaj liveri min al la moko de ĉiuj flegistinoj kaj kuracistoj – neniam!"

"Sed," diris lia amiko, "se la infekto okazus..."

"Estus la fino de mi, ĉu?"

"Bedaŭrinde."

"Kaj ĉu estas probable, ke la infekto okazos?"

"Ve! preskaŭ certe."

"Kaj se tio okazos..."

D-ro Karolo aspektis serioza, sed ne respondis.

"Ĝi estus pereiga?"

"Jes."

"Nu, mi pripensos tion. Ĉiuokaze, mi devas hejmeniri – tio estas al mia loĝejo, por ordigi kelkajn aferojn."

---

174 France: savu sin kiu povas.

Fakte, oni akompanis lin hejmen, kaj tie li petis, ke oni lasu lin sola dum duonhoro.

Tuj kiam li estis sola li ŝlosis la ĉambropordon, prenis revolveron kaj mortpafis sin. La kaŭzo de la memmortigo restis mistera al ĉiuj krom al ni.

Tiu kazo kaj unu alia, kiu okazis baldaŭ poste, malvigligis nin ĉiujn kaj dum kelka tempo ĉesigis la simpoziojn de Briancourt.

– Kaj kiu estis tiu alia kazo?

– Plej verŝajne vi jam legis pri tio, ĉar ĝi estis en ĉiuj gazetoj kiam ĝi okazis. Pli aĝa ĝentlemano, kies nomon mi ne plu memoras, estis sufiĉe malsaĝa pro esti kaptita sodomiante soldaton – volupteman junan varbiton, kiu estis alveninta el la kamparo antaŭnelonge. La kazo kaŭzis grandan klaĉon, ĉar tiu sinjoro okupis pintan pozicion en la socio, kaj krome ne nur estis persono kun senmakula reputacio, sed ankaŭ tre religia viro.

– Kio! Ĉu vi opinias, ke vere religia viro povas esti maniulo pri tia malvirto?

– Certe. Malvirto igas nin superstiĉaj; kaj kio estas superstiĉo krom elmodiĝinta kaj nepraktikita kulto. La pekulo, kaj ne la sanktulo, bezonas Savanton, propetanton, sacerdoton; se vi ne devas pekliberiĝi, kiel utilos al vi religio? Religio ne bridas pasion, kiu – kvankam nomita kontraŭnatura – estas tiel profunde enradikita en nia naturo, ke rezonado povas nek kvietigi nek kaŝi ĝin. Tial la Jezuitoj estas la ununuraj veraj sacerdotoj. Tute ne malbenante vin, kiel skoldantaj Kontraŭuloj,[175] ili havas almenaŭ mil mildigaĵojn por ĉiuj malsanoj kiujn ili ne povas kuraci – balzamon por ĉiu peza konscienco.

---

175 Kontraŭuloj – la anglaj disidentoj aŭ anglaj kontraŭuloj (angle: *English dissenters*) estis kredantoj el variaj religiaj grupoj aŭ sektoj, kiuj disiĝis de la eklezio de Anglujo de la 16a ĝis 18a jarcento. VIKI

Sed ni revenu al nia rakonto. Kiam la juna soldato estis pridemandita de la juĝisto kiel li povus tiel malhonorigi sin kaj sian uniformon – "Via moŝto," li diris naive, "la sinjoro estis tiel afabla al mi. Krome, estante influhava persono, li promesis al mi 'un avancement dans le corps'[176] – antaŭeniĝo en la korpo!

Tempo pasis, kaj mi feliĉe vivis kun Telenio – ĉar kiu ne estintus feliĉa kun li, belaspekta, bona kaj lerta kiel li estis? Lia ludado estis nun tiel genia, tiel vigla pro la volupta vivo, tiel suna pro la sensama feliĉo, ke ĉiutage li fariĝis pli populara, kaj ĉiuj sinjorinoj estis enamiĝintaj al li, pli ol iam ajn; sed kiel tio koncernas min, ĉu li ne tute apartenis al mi?

– Kio! vi ne estis ĵaluza?

– Kiel mi povis esti ĵaluza, kiam li neniam donis al mi la plej etan motivon! Mi posedis la ŝlosilon de lia domo, kaj mi povis iri tien iam ajn tage aŭ nokte. Kiam li iris eksterurben mi ĉiam akompanis lin. Ne, mi estis sekura pri lia amo, kaj tial pri lia fideleco, kiel li ankaŭ perfekte fidis pri mi.

Li havis, tamen, unu grandan difekton – li estis artisto, kaj artista malŝparemo estis unu el liaj karakteraj trajtoj. Kvankam li nun enspezis sufiĉe por komforta vivo, liaj koncertoj ankoraŭ ne provizis al li la rimedojn por vivi en la princa maniero kiel li faris, kaj mi ofte admonis lin pri tio; li ĉiam promesis al mi ne disipi sian monon, sed ve! En la teksaĵo de lia naturo estis kelkaj fadenoj de Manon Lescaut,[177] la amantino de mia samnomulo.[178]

Sciante ke li havis ŝuldojn kaj ofte zorgis pri pagpostuloj, mi petis lin plurfoje doni al mi siajn kontojn, tiel ke mi povus

---

176 France, dusenca: "antaŭeniĝo en la korp(us)o."

177 *Manon Lescaut* – franca romano de Antoine-François Prévost (esperantigita de Henri Vallienne), aperis en Nederlando en 1731 kaj estis malpermesita en Francujo pro kontraŭmoraleco. VIKI

178 La amanto de Manon Lescaut ankaŭ nomiĝis des Grieux.

pagi liajn fakturojn, kio permesus al li rekomenci sian vivon denove. Li malpermesis al mi eĉ priparoli tiaĵon.

"Mi konas min mem," li diris, "pli bone ol vi konas min; se mi akceptas unufoje, mi agos sammaniere kaj kio estos la rezulto? Mi fine fariĝus via konkubo."

"Kaj kie kuŝas la granda malutilo?" estis mia respondo. "Ĉu vi pensas, ke pro tio mi amus vin malpli?"

"Ho! ne; vi eble eĉ amus min pli pro la mono kiun mi kostus al vi – ĉar nia koro ofte inklinas al amiko laŭ tio, kion ni faras por li – sed eble mi amus vin malpli; dankemo estas tia neeltenebla ŝarĝo al la homa naturo. Mi estas via amanto, tio veras, sed ne lasu min sinki eĉ pli malalten, Kamilo," li diris, kun sopirplena avido.

"Vidu! ekde kiam mi ekkonis vin, ĉu mi ne provis ŝpareme mastrumi? Iun tagon mi eble sukcesos pagi malnovajn ŝuldojn; do ne plu tentu min."

Tiam, prenante min en siajn brakojn, li kovris min per kisoj.

Kiel bela li estis ĝuste tiam! Mi pensas ke mi povas imagi lin kliniĝi sur malhel-blua satena kuseno, kun la brakoj sub la kapo, kiel vi nun kliniĝas, ĉar vi havas multajn el liaj felise graciecaj manieroj.

Ni nun estis nesepareblaj, ĉar nia amo ŝajnis fortiĝi ĉiutage, kaj kun ni "fajro neniam forpelis fajron,"[179] sed, kontraŭe, ĝi kreskis per tio, kion ĝi konsumis; tial mi pli ofte loĝis kun li ol hejme.

Mia oficejo ne postulis multe de mia tempo, kaj mi restis tie nur sufiĉe longe por prizorgi miajn aferojn, kaj ankaŭ por lasi al li kelkajn momentojn por ekzerci sin. Dum la resto de la tago ni estis kune.

---

179 Referenco al *Julio Cezaro* de Shakespeare, tradukis D. H. Lambert, 1906; akto 3 sceno 1 – " Fajr' fajron pelas, kaj kompat' kompaton – ."

En la teatro ni okupis la saman loĝion, aŭ solaj, aŭ kun mia patrino. Baldaŭ fariĝis konate, ke neniu el ni akceptis inviton al ajna distraĵo kie la alia ne estis ankaŭ invitito. Ĉe la publikaj promenejoj ni aŭ promenis, aŭ veturis kune. Fakte, se nia unuiĝo estus benita de la eklezio, ĝi ne povus estis pli konstanta. Lasu la moraliston klarigi post tio, kian damaĝon ni kaŭzis, aŭ la leĝiston, kiu suferigus al ni la saman punon kiel al la plej malbonaj krimuloj, la malutilon kiun ni kaŭzis al la socio.

Kvankam ni ne vestis nin simile, tamen pro tio ke ni havis la saman staturon, pli-malpli la saman aĝon, kaj samajn gustojn – homoj, kiuj vidis nin ĉiam brakenbrake, finfine ne povis pensi pri unu, sen pensi pri la alia.

Nia amikeco preskaŭ fariĝis proverba, kaj "Ne Reneo sen Kamilo" fariĝis ofta diro.

– Sed vi, kiu estis tiel terorizita per la anonima noto, ĉu vi ne timis, ke homoj suspektos la veran naturon de via rilato?

– Tiu timo jam tute forpasis. Ĉu la honto de divorca kortumo detenas la adultulinon de renkonto kun la amanto? Ĉu la ontaj teruroj de la leĝo detenas la rabiston de ŝtelado? Mia konscio estis lulita per feliĉo en trankvilan ripozon; krome, la scio kiun mi akiris ĉe la kunvenoj de Briancourt, ke mi ne estas la ununura membro de nia amara koruptularo, kiu amas laŭ la Sokrata maniero, kaj ke viroj la plej inteligentaj, la plej afablaj kaj kun la plej estetikaj sentoj estis – kiel mi – sodomiistoj, kvietigis min. Ne estas la doloroj de infero, kion ni antaŭtimas, sed la malaltkvalita socio, kiun ni trovus tie malsupre.

La sinjorinoj nun, mi kredas, komencis suspekti ke nia ekscesa amikeco estis de tro ama naturo; kaj, kiel mi aŭdis poste, oni kromnomis nin la anĝeloj de Sodomo – aludante tiel, ke tiuj ĉielaj mesaĝistoj ne eskapis sian propran lastan juĝon. Sed kial mi zorgus se iuj lesbaninoj suspektus nin pri partopreno en iliaj propraj malmoralaj inklinoj!

– Kaj via patrino?

– Oni fakte suspektis ŝin esti la amantino de Reneo, tio amuzis min; la ideo estis tiom absurda.

– Sed ĉu ŝi ne havis ian ideeton pri via amo al via amiko?

– Vi scias, ke la edzo estas ĉiam la lasta kiu suspektas la malfidelecon de sia edzino. Ŝi surpriziĝis pri la ŝanĝo en mi. Ŝi eĉ demandis min kiel okazis, ke mi lernis ŝati la viron kiun mi iam ofende preteratentis kaj malŝategis; kaj tiam ŝi aldonis –

"Vi vidas, oni neniam devas esti antaŭjuĝema kaj juĝi homojn sen koni ilin."

Tamen, okazintaĵo en tiu tempo devige deflankigis la atenton de mia patrino for de Telenio.

Juna baletistino, kies atenton mi ŝajne altiris je masko-balo, aŭ ĉar ŝi ŝatis min, aŭ ĉar ŝi opiniis min esti facila predo, skribis al mi tre ameman leteron, kaj invitis min viziti ŝin.

Ne sciante kiel rifuzi tiun honoron, kaj samtempe ne volante trakti virinon malestime, mi sendis al ŝi grandegan korbon da floroj kaj libron klarigante ilian signifon.

Ŝi komprenis ke mia amo estis dediĉita al iu alia; tamen, rekompence por mia donaco, mi ricevis belan grandan foton de ŝi. Mi poste vizitis ŝin por esprimi mian dankon, kaj baldaŭ ni fariĝis tre bonaj amikoj, sed nur amikoj, nenio pli.

Pro tio ke mi lasis la leteron kaj la portreton en mia ĉambro, mia patrino, kiu certe vidis unu, verŝajne ankaŭ vidis la alian. Tial ŝi neniam suspektis mian rilaton kun la muzikisto.

En ŝiaj konversacioj, jen kaj jen ŝi faris aludetojn aŭ alu-degojn pri la malsaĝo de viroj kiuj ruinigas sin pro la bale-tistina ĥoro, aŭ pri la malbona gusto de tiuj kiuj edziĝas kun sia propra amantino, kaj kun tiuj de aliaj, sed tio estis ĉio.

Ŝi sciis, ke mi regas mem miajn aferojn, tial ŝi ne enmiksi-ĝis en mian privatan vivon, sed lasis min fari ekzakte kiel plaĉis al mi. Se mi havus konkubinon ie ajn, tio estus mia propra avantaĝo aŭ malavantaĝo. Ŝi estis kontenta, ke mi havas la bonan guston respekti la morojn, kaj ne fari publikan aferon pri tio. Nur viro 45-jaraĝa, kiu definitive decidis ne edziĝi, povas kontraŭstari publikan opinion, kaj malkaŝe havigi al si amantinon.

Krome, venis al mi la ideo, ke ŝi volis, ke mi ne ekzamenu de tro proksime la celon de ŝiaj oftaj vojaĝetoj, ŝi do lasis al mi plenan liberecon agi laŭ mia propra bontrovo.

– Ŝi tiam estis ankoraŭ juna virino, ĉu ne?

– Tio tute dependas de kiel oni difinas junan virinon. Ŝi estis ĉirkaŭ 37- aŭ 38-jaraĝa, kaj aspektis ege juna por sia aĝo. Oni ĉiam parolis pri ŝi kiel belega kaj dezirinda virino.

Ŝi estis tre belaspekta. Alta, kun belaj brakoj kaj ŝultroj, bone kaj rekte portante la kapon, oni ne povis malhelpi noti ŝin kien ajn ŝi iris. Ŝiaj okuloj estis grandaj kun neŝanĝebla kaj nepenetrebla trankvileco, kiun nenio ŝajnis perturbi iam ajn; ŝiaj brovoj, kiuj preskaŭ renkontiĝis, estis rektaj kaj densaj; ŝia hararo, malhela, nature friza en arego da faskoj; ŝia frunto, malalta kaj larĝa; ŝia nazo, rekta kaj malgranda. Ĉio ĉi kombine donis ion klasike seriozan kaj statuecan al ŝia vizaĝo.

Ŝia buŝo tamen, estis ŝia plej bona trajto; ne nur la konturo estis perfekta, sed ŝiaj pintigitaj lipoj estis tiel ĉerizaj, sukaj kaj apetitvekaj, ke oni emis gustumi ilin. Tia buŝo devis esti diablaĵo por viroj kun forta deziro, kiuj rigardis tion – aŭ eĉ agis kiel ameliksiro, vekante la ardan fajron de volupto eĉ en la plej malviglaj koroj. Fakte, tre malmultaj estis la pantalonoj kiuj ne ŝvelis en la ĉeesto de mia patrino, malgraŭ la klopodo de la posedanto ne montri la tamburadon, kiu okazis ene de ĝi; kaj tio, miaopinie, estas la plej bona komplimento al virina beleco, ĉar ĝi estas natura kaj ne sentimentalaĉa.

Ŝiaj manieroj, tamen, havis tian ripozon, kaj ŝia irmaniero tian trankvilecon, kiaj ne nur stampas la kaston de Vere de Vere,[180] sed kiaj karakterizas la italan kamparanon kaj francan influhavan virinon, kaj kiajn oni tamen neniam renkontas inter la germana aristokrataro. Ŝi ŝajnis esti naskita por regi kiel reĝino de la salonoj, kaj ŝi tial akceptis kiel sian meriton, kaj sen la plej eta signo de plezuro, ne nur ĉiujn flatantajn artikolojn de la laŭmodaj gazetoj, sed ankaŭ la respektoplenan omaĝon de aro da foraj admirantoj, el kiuj eĉ ne unusola aŭdacus provi flirtadon kun ŝi. Al ĉiuj ŝi estis kiel Junono,[181] neriproĉebla virino, kiu povus estis aŭ vulkano aŭ glacimonto.

– Kaj ĉu mi rajtas demandi kia ŝi estis?

– Sinjorino kiu gastigis kaj vizitis nenombreblajn personojn, kaj kiu ŝajnis prezidi ĉie – ĉe la vespermanĝaj societoj kiujn ŝi aranĝis, kaj ankaŭ ĉe la aranĝoj kie ŝi gastiĝis – tial la modelo de alta protektantino. Butikisto iam rimarkis, "Estas speciala tago kiam s-ino Des Grieux haltas antaŭ niaj fenestroj, ĉar ŝi ne nur altiras la atenton de la sinjoroj, sed ankaŭ de la sinjorinoj, kiuj ofte aĉetas tion, kio kaptis ŝian artistan okulon."

Ŝi havis, krome, tiun bonegan virinan trajton: –

La voĉo al ŝi softis ĉiam milde, ĝentile;[182]

ĉar mi pensas ke mi povus al\kutimiĝi al ordinar-trajta edzino, sed ne al iu kies voĉo estas akra, raŭka kaj akuta.

– Oni diras, ke vi aspektis tre simila al ŝi.

---

180 *Lady Clara Vere de Vere* estas angla poemo pri aristokrataro verkita de Alfred Lord Tennyson, 1842.

181 Junono estas la Romana nomo por Hera, helena diino de la geedzeco, edzino de Zeŭso. PIV

182 El *Reĝo Lear* de William Shakespeare, tradukis K. Kalocsay, akto 5, sceno 3, UEA, Rotterdam, 1966, p.139.

– Ĉu vere? Ĉiuokaze, mi esperas, ke vi ne volas, ke mi laŭdu mian patrinon kiel Lamartine,[183] por poste aldoni modeste, "Mi aspektas ekzakte kiel ŝi."

– Sed kiel okazis, ke vidviniĝinte tiel juna, ŝi ne reedziniĝis? Ŝi estis riĉa kaj bela, do ŝi devis havi tiom da admirantoj kiom Penelopo[184] mem.

– Iun tagon mi rakontos al vi ŝian vivon, kaj tiam vi komprenos kial ŝi preferis sian liberecon al la ligoj de geedzeco.

– Ŝi tre ŝatis vin, ĉu ne?

– Jes, tre; kiel mi ŝatis ŝin. Krome – se mi ne havus tiujn emojn, kiujn mi ne aŭdacis riveli al ŝi, kaj kiujn nur lesbaninoj povas kompreni; se mi kiel aliaj viroj de mia aĝo vivus ĝojan vivon de diboĉo kun ĉiesulinoj, amantinoj kaj entuziasmaj knabinoj el la popolo – mi konfidus ofte al ŝi miajn erotikajn aventurojn, ĉar en la momento de ĝuego, niaj abundaj sentoj estas ofte moderigitaj per la granda eksceso, dum la rememoro elvokita laŭ nia volo estas vera duobla plezuro, kaj de la sentoj kaj de la menso.

Telenio, tamen, fariĝis lastatempe iu barilo inter ni, kaj mi opinias, ke ŝi fariĝis sufiĉe ĵaluza pri li, kaj lia nomo ŝajnis fariĝi tiel malaprobinda al ŝi kiel ĝi antaŭe estis al mi.

– Ĉu ŝi komencis suspekti vian amrilaton?

– Mi ne sciis, ĉu ŝi suspektis tion, aŭ ĉu ŝi ekĵaluzis pri la bonvolo, kiun mi montris al li.

La situacio, tamen, kriziĝis kaj evoluis en la direkto al la terura maniero en kiu ĝi finiĝis.

Unu tagon oni donis grandiozan koncerton ĉe Brajtono, kaj la artisto kiu devis ludi, malsaniĝis. Oni petis Telenion anstataŭi lin. Tio estis honoro kiun li ne povis rifuzi.

183 Alphonse de Lamartine, 1790-1869, franca poeto, verkisto kaj politikisto. VIKI

184 En la Homera Odiseado, Penelopo (greke: Πηνελόπεια) estas fidela edzino kiu sciis kiel paciencigi siajn multnombrajn svatiĝantojn dum la foresto de sia edzo. VIKI

"Mi malemas lasi vin sola," li diris, "eĉ nur unu tagon aŭ du, ĉar mi scias ke ĝuste nun vi estas tiel okupata, ke vi neniel povas foriri, aparte pro tio ke via administranto malsanas."

"Jes," mi diris, "la cirkonstanco estas malfavora, tamen mi povus..."

"Ne, ne, tio estus malsaĝa; mi ne permesos tion."

"Sed vi scias, ke jam de longe vi ne ludis ĉe koncerto kie mi ne ĉeestis."

"Vi ĉeestos mense se ne korpe. Mi vidos vin sidi en via kutima seĝo, kaj mi ludos por vi kaj nur por vi. Krome, ni neniam estis apartigitaj dum konsiderinda tempo – ne, eĉ ne dum unu tago ekde la letero de Briancourt. Ni provu kaj vidu, ĉu ni povos vivi aparte dum du tagoj. Kiu scias? Eble, iam aŭ tiam..."

"Kion vi volas diri?"

"Nenion, nur ke vi povus laciĝi pri ĉi tiu vivstilo. Kiel aliaj viroj vi eble edziĝos nur por havi familion."

"Familion!" mi ekridis. "Ĉu tiu ŝarĝo estas tiel necesa al la feliĉo de viro?"

"Mia amo povus trosatigi vin."

"Reneo, ne parolu tiel! Ĉu mi povus vivi sen vi?"

Li ridetis nekredeme.

"Kio! ĉu vi dubas pri mia amo?"

"Ĉu mi povas dubi, ke steloj estas fajro? sed," li daŭrigis malrapide kaj rigardante min, "ĉu vi dubas pri mia?"

Ŝajnis al mi kvazaŭ li paliĝis kiam li starigis al mi tiun demandon.

"Ne, ĉu vi iam donis al mi la plej etan kaŭzon por dubi pri ĝi?"

"Kaj se mi estus nefidela?"

"Telenio," mi diris febliĝante, "vi havas alian amanton." Kaj mi imagis lin en la brakoj de iu alia, gustumante la feliĉegon kiu estis mia, kaj nur mia.

"Ne," li diris, "mi ne havas; sed se mi havus?"

"Vi amus lin – aŭ ŝin, kaj tiam mia vivo estus detruita por ĉiam!"

"Ne, ne por ĉiam; nur dumtempe, eble. Sed ĉu vi povus pardoni min?"

"Jes, se vi ankoraŭ amus min."

La ideo perdi lin sendis ekdoloron tra mia koro, kiu efikis kvazaŭ skurĝo, miaj okuloj estis larmplenaj, mia sango brulanta. Mi tial forte ĉirkaŭbrakis lin, streĉante ĉiujn miajn muskolojn; miaj lipoj avide serĉis liajn, mia lango estis en lia buŝo. Ju pli mi kisis lin, des pli malfeliĉa mi fariĝis, kaj des pli arda estis mia deziro. Mi haltis dum momento por rigardi lin. Kiel bela li estis en tiu tago! Lia beleco estis preskaŭ etera.

Mi povas vidi lin nun kun tiu harara orkrono, tiel mola kaj silka, de la koloro de ora sunradia lumo lude brilanta tra kristala kaliko de topaz-kolora vino, kun lia malseketa duon-malfermita buŝo, Orienta en ĝia voluptemo, kun sangoruĝaj lipoj, kiujn nenia malsano sulkigis kiel tiujn de la ŝminkitaj, moskoparfumitaj hetajroj, kiuj vendas kelkajn momentojn de kadavraĵa delico kontraŭ oro, kaj malkiel la lipoj de tiuj palaj vesp-taliaj, anemiaj virgulinoj, kies monataĵoj lasis en iliaj vejnoj nenion krom senkolora likvido anstataŭ ruĝan sangon.

Kaj tiuj lumaj okuloj, en kiuj denaska, moroza fajro ŝajnis kontraŭagi la volupton de la sensama buŝo, samkiel liaj van-goj, preskaŭ infanecaj en sia pura, persika rondeco, kontrastis kun la grandega gorĝo tiel plena de vira vigleco – kaj la

> ... *formo kaj kombino, kie ŝajne*
> *Sian sigelon metis ĉiu dio,*
> *Por garantii homon idealan.*[185]

---

185 *Hamleto, Princo de Danujo*, akto 3, sceno 4, tradukis L.N.M. Newell, Stafeto, 1964, p.147.

Lasu la malviglan irise parfumitan estetikulon, enamiĝintan al ombro, skurĝi min poste pro la brulanta, freneziga pasio, kiun lia vireca beleco ekscitis en mia brusto. Nu – jes, mi estas kiel la ardosangaj viroj naskitaj sur la vulkana grundo de Napolo, aŭ sub la arda suno de la Oriento; kaj, malgraŭ ĉio, mi pli preferus esti kiel Brunetto Latini[186] – viro kiu amis siajn virproksimulojn – ol kiel Dante, kiu sendis ilin ĉiujn al infero, dum li mem iris al tiu sensuka loko nomita ĉielo, kun la teda vizio kiun li mem kreis.

Telenio reciprokis miajn kisojn kun la pasia avideco de malespero. Liaj lipoj ardis, lia amo ŝajnis esti ŝanĝita en fortan febron. Mi ne scias kio okazis al mi, sed mi sentis, ke plezuro povus pereigi, sed ne kvietigi min. Mia kapo brulis!

Ekzistas du specoj de lascivaj sentoj, ambaŭ egale intensaj kaj superfortaj; unu estas la pasia, karna volupto de la sensoj, ekiĝinta en la generaj organoj kaj leviĝanta al la cerbo, kun la rezulto, ke homoj

> *Naĝas en gajeco, kaj imagas, ke ili sentas*
> *en si mem diecon bredantan flugilojn*
> *per kiuj ili mokas la teron.*[187]

La alia estas la frida seksurĝo de deziro, la akra kaj galeca elradiado de la cerbo, kiu sekigas la sanan sangon.

La unua, la forta ekdeziro de voluptama juneco –

> *kvazaŭ ebriiĝinta per nova vino,*

---

186 Brunetto Latini (latine: *Burnectus Latinus*), 1220-1294, estis itala filozofo, klerulo kaj ŝtatoficialulo. Li ankaŭ estis fama samseksemulo de tiu epoko. VIKI

187 Ĉi tiu kaj la sekvaj kvin citaĵoj venas el *Paradise Lost* (Paradizo perdita) de John Milton, 1608-1674, angla poeto.

natura al la karno – estas kontentigita tuj kiam viroj

senbride amoras ĝis satiĝo,

kaj la peze ŝarĝita antero estas forskuinta sian semaron kiu ŝtopis ĝin; kaj poste ili sentas sin kiel niaj unuaj geprauloj kiam dormemo

premegis ilin, lacigitaj pro amorludoj.

La korpo, tiam tiel kontente malpeza ŝajnas ripozi sur "la plej freŝa, mola sino de la tero" kaj la pigra, ankoraŭ duon-veka menso cerbumas pri sia dormetanta ŝelo. La dua, ekbruligita en la kapo,

bredita de malafabla haladzo,

estas la voluptaĉo de senileco – malsana sopirego, kiel la malsato de troa manĝavideco.

La sensoj, kiel tiuj de Messalina,

lassata sed non satiata[188]

ĉiam piketantaj, daŭre deziregas la neeblon. La spermelĵetoj tute ne kvietigas la korpon, sed kontraŭe nur iritas ĝin, ĉar la ekscitiga influo de malĉasta menso daŭras post kiam la antero estas disĵetinta ĉiujn siajn semojn. Eĉ se acida sango elfluas anstataŭ la balzama, krema likvo, ĝi kaŭzas nenion krom doloriga iritaĵo. Se, malkiel en satiriazo, erektiĝo ne okazas, kaj la faluso restas malrigida kaj kvazaŭ morta, tamen la nervosistemo ne estas malpli konvulsiigita per sen-

---

188 "Lacigita sed ne kontentigita," referenco al la satiroj de Juvenal pri la diboĉoj de Mesalina. La latina frazo estas ankaŭ la titolo de poemo XXVI en *Les Fleurs du mal*, (La floroj de l' malbono) de Charles Baudelaire, 1821-1867, kiu estis kondamnita al mon-puno de 300 frankoj pro ofendo kontraŭ la moroj, kaj ses el liaj poemoj estis malpermesitaj ĝis 1949.

potenca kaj impotenta deziro kaj voluptaĉo – miraĝo de tro-
ekscitita menso – kaj la impotenteco ne malpliigas la eksci-
tecon.

Ĉi tiuj du sentoj kunigitaj similas al mia sperto kiam, pre-
mante Telenion kontraŭ mia pulsanta, leviĝanta brusto, mi
sentis ene de mi la kontaĝon de lia avida sopiro, kaj de lia
superforta tristeco.

Mi malvestis mian amikon, prenante la ĉemizan kolumon
kaj kravaton por vidi kaj senti lian belan, malkaŝitan kolon,
kaj poste, iom post iom, liberigis lin de ĉiuj liaj vestaĵoj, ĝis
finfine li restis tute nuda en miaj brakoj.

Kia modelo de volupta allogo li estis, kun liaj fortaj kaj
dikmuskolaj ŝultroj, lia larĝa kaj ŝvelanta brusto, lia haŭto
de perla blankeco, tiel mola kaj freŝa kiel la petaloj de akvo-
lilio, liaj membroj rondaj kiel tiuj de Léotard, [189] amata de ĉiuj
virinoj. Liaj femuroj, liaj kruroj kaj piedoj superbe graciaj,
estis perfektaj modeloj.

Ju pli mi rigardis lin, des pli mi lin adoris. Sed la vidaĵo
ne sufiĉis. Mi devis pliigi la vidan plezuron per tuŝado, mi
devis palpi la fortikajn kaj tamen elastajn muskolojn de la
brako per mia manplato, karesi lian masivan kaj tendenan
bruston, bateti lian dorson. De tie miaj manoj subiĝis al la
rondaj sidvangoj, kaj mi premis lin per lia pugo kontraŭ
min. Tiam, forŝirinte miajn vestaĵojn, mi premis lian tutan
korpon sur mian, kaj mi frotis min kontraŭ li, tordiĝante kiel
vermo. Kuŝante sur li, mia lango estis en lia buŝo, serĉante
lian, kiu retiriĝis, kaj eksteriĝis kiam mia malantaŭeniĝis,
ĉar ili ŝajnis ludi fipetolan, kvereletan kaŝludon kune – ludo
kiu pro plezuro tremetigis la tutan korpon.

Tiam niaj fingroj volvis la krispajn, buklajn harojn kiuj
kreskis ĉirkaŭ la centraj partoj, aŭ manipulis la testikojn, tiel

---

189 Jules Léotard, 1842-1870, franca akrobato kaj trapezisto, kiu
popularigis striktaĵon, unupecan veston por akrobatoj kaj dan-
cistoj en kiu la kruroj restas liberaj. VIKI

milde, tiel ĝentile ke ili preskaŭ ne sentis la tuŝon, tamen ili ja tremetis tiel, ke la likvo en ili preskaŭ elfluis antaŭtempe.

La plej lerta putino ne povus provizi tian ekscitan senton, kian mi sentis kun mia amanto, ĉar putino konas nur la plezuron kiun ŝi mem iam sentis; dum la pli viglaj emocioj, ne karakterizaj de ŝia sekso, estas al ŝi nekonataj kaj neimageblaj.

Same, neniu viro kapablas frenezigi virinon per tia superforta volupto kiel alia lesbanino, ĉar nur ŝi scipovas tikli ŝin je la ĝusta loko en la ĝusta tempo. La pinton de plezuro povas ĝui nur estaĵoj de la sama sekso.

Niaj du korpoj estis nun en tiel proksima kontakto, kiel la ganto al la mano, kiun ĝi ingas. Niaj piedoj volupte tiklis sin reciproke, niaj genuoj estis kunpremitaj, la haŭto de niaj femuroj ŝajnis kungluita kaj formis unu karnon.

Mi malemis leviĝi. Tamen, sentante lian rigidan ŝvelitan faluson pulsi kontraŭ mia korpo, mi volis apartiĝi de li kun la celo preni lian flirtantan plezurilon en mian buŝon kaj elsuĉi ĝin, kiam li – sentante ke mia estis ne nur malmola sed malseketa kaj superfluonta – ĉirkaŭbrake premis min malsupren.

Malfermante siajn femurojn, li tiam prenis miajn krurojn inter siajn kaj interplektis ilin tiel, ke liaj kalkanoj premis kontraŭ la flankoj de miaj suroj. Dummomente mi estis tenita kvazaŭ en ŝraŭbtenilo, kaj mi povis apenaŭ moviĝi.

Tiam malstriktante siajn brakojn, li leviĝis, metis kusenon sub siajn sidvangojn, kiuj estis tiel sufiĉe apartigitaj – kaj tenis siajn krurojn larĝe apertaj.

Farinte tion, li prenis mian vergon kaj puŝis ĝin kontraŭ sian malferman anuson. La pinto de la petola peniso baldaŭ trovis la enirejon al tiu bonveniga truo, kiu provis alirigi ĝin. Mi premis iomete; la tuta glano estis englutita. La sfinktero baldaŭ tenis ĝin tiel ke ĝi ne povis eltiriĝi sen peno. Mi puŝis

ĝin malrapide por daŭrigi kiel eble plej longe la nedireblan
senton, kiu trakuris ĉiun membron, por kvietigi la tremetan-
tajn nervojn, kaj por malaltigi la varmon de la sango. Post
nova puŝo, la peniso estis duone en lia korpo. Mi retiris ĝin
duonan colon, kvankam ŝajnis kiel jardo pro la daŭra ple-
zuro kiun mi sentis. Mi puŝis antaŭen refoje, kaj la tuto, ĝis la
radiko mem, estis englutita. Tiel kojnita, mi vane provis peli
ĝin pli alten – neebla tasko, ĝi estis tiel strikte ĉirkaŭtenita,
ke mi sentis ĝin tordiĝi en sia ingo kiel bebo en la patrina
utero, kio provizis al mi kaj al li nedireblan ĝuan stimulon.

Tiel fervora estis la feliĉo kiu superŝutis min, ke mi
demandis min, ĉu ia etera, vivdona likvo estis verŝata sur
mian kapon kaj lante gutis sur mian tremetantan karnon.

Certe la floroj vekitaj de pluvo devas esti konsciaj pri tia
sento dum pluvetas, post kiam ili estis sekigitaj de la brulan-
taj radioj de somera suno.

Telenio refoje preme ĉirkaŭbrakis min. Mi rigardadis
min en liaj okuloj, li vidis sin en miaj. Dum tiu volupta, ard-
eta sento, ni reciproke palpis niajn korpojn milde, niaj lipoj
kunis kaj mia lango refoje estis en lia buŝo. Ni restis en tiu
amorpozicio preskaŭ senmove, ĉar mi sentis ke la plej eta
movo kaŭzus grandkvantan ejakuladon, kaj tiu sento estis
tro speciala por permesi ĝin forpasi tiel rapide. Tamen ni
ne povis malhelpi nin tordiĝeti, kaj ni preskaŭ forsvenis pro
ĝuo. Ni ambaŭ tremetis pro volupto, ekde la radikoj de niaj
haroj ĝis la pintoj de niaj piedfingroj; niaj korpoj plaŭdis
plaĉe, kiel la serenaj akvoj de la oceano je tagmeza tajdo
tuŝita per la dolĉodora, petola venteto, kiu ĵus malvirgigis
la virgan rozon.[190]

---

190 En la mezepoko, la rozo estis rigardata kiel reĝino de floroj kaj
simbolo de la virgulino Maria, dum en la frua mezepoko la rozo
estis malaprobita, ĉar ĝi reprezentis la ekscesojn de la paganoj
de Romo.

Tia intensa plezuro, tamen, ne povis tre longe daŭri; kelkaj preskaŭ nevolaj kontrahiĝoj de la sfinktero premis la penison, kaj tiam la ĉefatako finiĝis; mi enen pelis kaj puŝis, mi ruliĝis sur li; mia spiro plirapidiĝis; mi anhelis, mi suspiris, mi ĝemis. La viskoza brulanta likvo lante elŝprucis je longaj intertempoj.

Dum mi frotis min kontraŭ lin, li spertis ĉion kion mi spertis; ĉar, apenaŭ mi eligis la lastan guton, ankaŭ mi estis kovrita de lia propra ŝaŭmanta spermo. Ni ne plu kisis unu la alian; niaj malviglaj, duon-apertaj, senvivaj lipoj nur aspiris niajn spirojn. Niaj senvidaj okuloj ne plu vidis unu la alian, ĉar ni falis en tiun dian senfortiĝon kiu sekvas skuan ekstazon.

Senkonscieco tamen ne sekvis, sed ni restis en sensenta malvigleca stato, mutaj, forgesante ĉion krom nia reciproka amo, nekonsciante pri io ajn krom la plezuro palpi niajn korpojn, kiuj tamen ŝajnis perdi sian individuecon, unuiĝintaj kaj interligitaj. Laŭŝajne ni havis nur unu kapon kaj unu koron, ĉar ili batis kiel unuo, kaj la samaj svagaj pensoj flugetis tra ambaŭ niaj cerboj.

Kial Jehovo[191] ne mortbatis nin tiumomente? Ĉu ni ne sufiĉe incitis Lin? Kiel povas esti ke la ĵaluza Dio ne enviis nian feliĉon? Kial Li ne ĵetis unu el Siaj venĝaj fulmradioj al ni kaj neniigis nin?

– Kio! kaj ĵeti vin ambaŭ kapunue en inferon?

– Nu, kaj poste? Infero, certe, ne estas la plej alta pinto – nenia loko de falsaj aspiroj al neatingebla idealo de trompaj esperoj kaj amaraj seniluziiĝoj. Neniam ŝajnigante esti kio ni ne estas, ni trovos tie veran kontentiĝon mensan, kaj

---

191 Jehovo – Malnova formo de Javeo, disvastiĝinta jam en Mezepoko k vaste uzata ĝis la 19a jc. PIV – Zamenhof klarigas ke "la antikvaj hebreoj, ĉirkaŭitaj de idolistoj, pensis, ke 'Jehovah' estas la nomo propra de speciale hebrea Dio…" (*Antaŭparolo al la Genezo*). En sia traduko Zamenhof skribas "Eternulo."

niaj korpoj povos disvolvi ĉiujn niajn fakultojn naturdoti-
tajn. Estante nek hipokrituloj nek sekretemuloj, la hororo
esti vidata tiel kiel ni vere estas neniam povos turmenti nin.

Se ni estas malbonegaj, ni almenaŭ estos tiaj malkaŝe.
Regos inter ni tia honesteco kiu ĉi tie sur la tero ekzistas nur
inter rabistoj; kaj krome, ni havos la genian kompanion de
kunuloj kun nia propra karaktero.

Ĉu infero, do, estas ejo antaŭtiminda? Nu, eĉ se oni
agnoskas la eblecon de postvivo en senfunda fosaĵo, kion
mi neas, infero estus nur la paradizo por tiuj kiujn la naturo
kreis taŭgaj por ĝi. Ĉu bestoj bedaŭras ne esti kreitaj homoj?
Mi opinias ke ne. Kial ni, do, devus malfeliĉigi nin ĉar ni ne
naskiĝis anĝeloj?

Tiumomente ŝajnis kvazaŭ ni ŝvebus ie inter ĉielo kaj
tero, ne pripensante ke ĉio, kio havas komencon, ankaŭ
havas finon.

La sentoj estis obtuzaj, tiel ke la pluma sofo, sur kiu ni
ripozis, estis kiel lito de nuboj. Morta silento regis ĉirkaŭ ni.
La bruo kaj zumo de la urbego ŝajnis ĉesintaj – aŭ, almenaŭ,
ni ne aŭdis ilin. Ĉu eble la mondo ĉesigis sian rotacion, kaj la
horloĝo haltigis sian malĝojan tempomarŝadon?

Mi melankolie memoras mian deziron, ke mia vivo for-
pasu en tiu obtuza kaj sonĝeca stato, tiel simila al hipnota
tranco, kiam la sensensigita korpo troviĝas en morteca tor-
poro, kaj la menso,

> *kiel ardaĵ' inter falintaj cindroj,*[192]

estas nur sufiĉe veka por konscii bonfarton kaj pacan ripo-
zon.

Subite ni estis vekitaj el nia plaĉa dormeto de la malhar-
monia sono de elektra sonorilo.

---

192 El la poemo *Hendecasyllabics* (Dekunusilabaĵoj) de Algernon
    Charles Swinburne, 1837-1909, angla poeto.

Telenio eksaltis, hastis surmeti sian hejmveston kaj renkonti la sonoriginton. Kelkajn momentojn poste li revenis kun telegramo enmane.

"Pri kio temas?" mi demandis.

"Estas mesaĝo de —," li respondis, rigardante min kun bedaŭra sopiro kaj kun certa tremado en sia voĉo.

"Kaj vi devas iri?"

"Mi supozas ke mi devas," li diris kun dolora malĝojo en siaj okuloj.

"Ĉu vi estas tiel malema?"

"Malema ne estas la ĝusta vorto; tio estas neeltenebla. Ĉi tiu estas nia unua apartigo, kaj..."

"Jes, sed nur dum unu tago aŭ du."

"Unu tago aŭ du," li morne aldonis, "estas la spaco kiu dividas la vivon de la morto;–

> En la liuto la fendo eta
> igas la muzikon kvieta,
> kaj lante grandiĝante ĝi ĉesas."[193]

"Telenio, dum kelkaj tagoj jam io pezis sur via menso – io al mi nekomprenebla. Ĉu vi ne diros al via amiko pri kio temas?"

Li larĝe malfermis la okulojn, kvazaŭ rigardante en la profundaĵojn de senlima spaco, dum dolora esprimo vidiĝis sur liaj lipoj; kaj tiam li lante aldonis –

"Mia sorto. Ĉu vi forgesis la profetan vizion kiun vi havis tiun vesperon de la karitata koncerto?"

"Kio! Hadriano priploranta la mortintan Antinoon?"

"Jes."

"Tio estis nur fantazio de mia trohejtita cerbo pro la konfliktaj kvalitoj de via hungara muziko, tiel ekscite sensama kaj samtempe tiel alloge sombra."

---

193 El la poemo *All in All* (Entute) de Alfred Lord Tennyson, 1809-1892, angla poeto.

Li triste skuis sian kapon.

"Ne, tio estis io pli ol senfunda fantazio."

"Iu ŝanĝo okazis en vi, Telenio. Estas eble la religia aŭ spirita ero de via naturo kiu ĝuste nun superregas la sensaman, sed vi ne estas kia vi estis."

"Mi sentas ke mi estis tro feliĉa, sed ke nia feliĉo estas konstruita sur sablo – rilato kiel nia –"

"Ne benita de la eklezio, kontraŭanta la moralajn opiniojn de la plejmulto da homoj."

"Nu – jes, en tia amo ĉiam estas

> *Etmakulo en stokita frukto*
> *Putrante enen, ŝimigos ĉion.* [194]

Kial ni renkontiĝis – aŭ pli ĝuste, kial ne unu el ni naskiĝis kiel virino? Se vi nur estintus iu malriĉa knabino –"

"Nu, preterlasu vian malsanan fantazion, kaj diru al mi malkaŝe, ĉu vi estus aminta min pli ol vi amas min nun."

Li triste rigardis min, sed ne kapablis diri malveraĵon. Tamen, post momento li aldonis sopirante:

> *"Amo daŭras post estantec',*
> *post ardaj tagoj de junec'.* [195]

Diru al mi, Kamilo, ĉu nia amo estas tia?"

"Kial ne? Ĉu vi ne ĉiam povas ŝati min kiel mi ŝatas vin, aŭ ĉu mia korinklino al vi ekzistas nur pro la sensaj plezuroj kiujn vi provizas al mi? Vi konas miajn korsopirojn eĉ kiam la sensoj estas satigitaj kaj la deziro dampita."

"Tamen, se ne estus pro mi, vi eble estus aminta iun virinon kun kiu vi povus edziĝi..."

---

194 El la poemo *All in All* (Entute) de Alfred Lord Tennyson.

195 El la poemo *One Year Ago My Path was Green* (Antaŭ unu jaro mia vojo estis verda) de Walter Savage Landor, 1775-1864, angla verkisto kaj poeto.

"Kaj malkovri, sed tro malfrue, ke mi naskiĝis kun aliaj deziroj. Ne, pli aŭ malpli frue mi estus malkovrinta mian destinon."

"Nun la afero eble tute malsamas; satiĝinte de mia amo, vi povus, eble, edziĝi kaj forgesi min."

"Neniam. Sed diru, ĉu vi iris al pekokonfeso? Ĉu vi fariĝos Kalvinisto? Aŭ, kiel 'La sinjorino kun kamelioj,'[196] aŭ Antinoo, ĉu vi sentas la neceson oferi vin sur la altaro de amo, pro mi?"

"Ne ŝercu, mi petas."

"Bone, mi diros al vi kion ni faros. Ni iru al Hispanujo, al la sudo de Italujo – pli bone ni forlasu Eŭropon kaj iru al la Oriento, kie mi certe iam vivis en iu antaŭa vivo, kaj kiun mi emegis vidi, kvazaŭ la lando

Kie floroj ĉiam floras, la sunradioj ĉiam brilas,[197]

estintus la hejmo de mia junaĝo; tie, nekonata al ĉiuj, forgesita de la mondo..."

"Jes, sed ĉu mi povas forlasi ĉi tiun urbon? " li penseme diris, pli al si mem ol al mi.

Mi sciis ke lastatempe kreditoroj postulantaj repagon multe ĝenis Telenion, kaj lia vivo plurfoje fariĝis malplaĉa pro uzuristoj.

Tial, ne multe zorgante pri tio, kion aliaj homoj opinius pri mi – ĉiuokaze, kiu ne havas bonan opinion de viro kiu pagas? – mi kunvokis ĉiujn liajn kreditorojn, kaj sen lia scio, pagis ĉiujn liajn ŝuldojn. Mi planis rakonti tion al li, por tiel malpezigi lin de la ŝarĝo kiu premis lin, kiam Fato – sigelis mian buŝon.

---

196 *La Dame aux camélias* – (La sinjorino kun kamelioj) – proza dramo en 5 aktoj de Aleksandro Dumas (filo), elfrancigis Edmund Sî – Vieno, 1930. VIKI.

197 Citaĵo el *The Bride of Abydos* (La fianĉino de Abidoso) de Lord Byron.

Refoje estis laŭta sonoro ĉe la pordo. Se la sonorilo sonorintus kelkajn sekundojn poste, kiel malsama lia vivo kaj mia estintus! Sed estis Kismet, la fatalo, kiel diras la turkoj.

Estis la fiakro kiu venis por veturigi lin al la stacio. Dum li preparis sin, mi helpis lin paki lian formalan kompleton kaj kelkajn etaĝojn kiujn li eble bezonus. Pro hazardo mi prenis etan alumet-skatolon enhavantan kondomojn kaj, ridetante, diris –

"Jen, mi metos ilin en vian valizon; ili povus esti utilaj."

Li tremetis, kaj mortpaliĝis.

"Kiu scias? " mi diris; "iu bela alta protektantino –"

"Ne ŝercu, bonvolu" li reagis preskaŭ kolere.

"Ho! nun mi povas tion permesi al mi, sed iam – ĉu vi scias, ke mi eĉ ĵaluzis pri mia patrino?"

Telenio je tiu momento lasis fali la spegulon kiun li tenis, kaj falante ĝi dispeciĝis.

Dum momento ni rigardis konsternite. Ĉu tio ne estis timiga antaŭsigno?

Ĝuste tiam la horloĝo sur la kameno sonis la horon. Telenio levis la ŝultrojn.

"Venu," li diris, "ni ne povas perdi tempon."

Li ekprenis sian faldvalizon, kaj ni hastis surŝtupare malsupren.

Mi akompanis lin al la finstacio, kaj antaŭ ol lasi lin, kiam li eliris el la fiakro, miaj brakoj estis premitaj ĉirkaŭ li, kaj niaj lipoj renkontiĝis en lasta kaj longa kiso.

La lipoj karesis korinkline, ne kun la febro de volupto, sed kun tenera amo, kaj kun tiu malĝojo kiu kaptis la muskolojn de la koro.

Lia kiso estis kiel la lasta emanaĵo de velkanta floro, aŭ kiel la dolĉa odoro eligita vespere el unu el tiuj delikataj kaktofloraĵoj, kiuj malfermas siajn petalojn je la matena krepusko, sekvas la sunon dum sia tagvojaĝo, tiam pendas kaj velkas kiam la planedo ricevas la lastajn sunradiojn.

Je la disiĝo de li mi sentis min kvazaŭ mi estus perdinta mian animon mem. Mia amo estis kiel la ĉemizo de Neso,[198] kies forigo estis tiel dolora kiel popeca forŝiro de mia karno. Estis kvazaŭ la ĝojo de mia vivo estus senigita de mi.

Mi rigardis lin dum li forhastis kun sia malpeza paŝo kaj felisa gracieco. Atinginte la enirejon li turnis sin. Li estis morte pala, kaj kun sia malespero li aspektis kiel viro mem-mortigonta. Li mansvingis lastan adiaŭon kaj rapide mal-aperis.

La suno estis malleviĝinta por mi. Nokto kovris la mon-don. Mi sentis min

> kiel animo malfrue veninta;
> En infero kaj ĉielo neniun parulon trovinta,[199]

kaj, tremetante, mi demandis min, kia mateno sekvos ĉi tiun mallumon.

La agonio videbla sur lia vizaĝo profunde terorigis min kaj mi ekpensis, kiel malsaĝaj ni ambaŭ estis kaŭzi al ni reciproke tian nenecesan doloron – kaj mi hastis el la fiakro postkurante lin.

Subite peza kamparanaĉo kuris kontraŭ min kaj ĉirkaŭ-brakis min.

"Ho, —!" Mi ne komprenis la nomon kiun li diris – "kia neatendita plezuro! Ekde kiam vi estas ĉi tie?"

"Lasu min – lasu min! Vi eraras!" mi ekkriis, sed li preme tenis min.

Dum mi luktis kun tiu viro, mi aŭdis la signalsonorilon. Per forta ekmovo mi puŝis lin for, kaj kuris en la stacido-

---

198 Neso – (laŭ PIV ankaŭ Nesso, greke: Νέσσος) estis fama cen-
   taŭro kiu estis mortigita de Heraklo kaj kies venena sango poste
   mortigis Heraklon.

199 El la poemo The Garden of Proserpine (La ĝardeno de Proserpino)
   de Algernon Charles Swinburne, 1837–1909.

mon. Mi atingis la peronon kelkajn sekundojn tro malfrue, la trajno jam moviĝis, Telenio estis malaperinta.

Tiam mi ne havis alternativon krom sendi leteron al mia amiko kaj pardonpeti, ke mi faris kion li malpermesis ke mi faru; tio estas sendi ordonon al mia advokato kolekti ĉiujn liajn nepagitajn fakturojn kaj pagi ĉiujn tiujn ŝuldojn kiuj jam delonge pezis sur li. Tiun leteron, tamen, li neniam ricevis.

Mi resaltis en la fiakron, kaj rapide kiel vento veturis al mia oficejo tra la trafikplenaj avenuoj de la urbo.

Kia nervdetrua homagado estis ĉie! Kiel maldigna kaj sensignifa tiu mondo ŝajnis!

Tro bunte vestita, malice ridetanta ulino ĵetis voluptaĉajn rigardojn al junulo kaj tentis lin sekvi ŝin. Unuokula satiruso okulumis tre junan knabinon – nuran infanon. Mi pensis ke mi konas lin. Jes, estis tiu mia abomeninda samlernejano, Walter, sed li aspektis pli kiel prostituisto ol lia patro aspektis siatempe. Dika, brilkapa viro portis kantalupon, kaj lia buŝo ŝajnis akvumi je la onta plezuro kiun li havos manĝante ĝin post la supo, kun la edzino kaj infanoj. Mi demandis min ĉu iam viro aŭ virino povus kisi tiun bavantan buŝon sen senti naŭzon.

Ĉapitro Naŭ

– Dum tiuj lastaj tri tagoj mi vere neglektis mian oficejon, kaj mia administranto malsanis. Mi tial sentis la devon eklabori kaj plenumi la farendaĵojn. Malgraŭ la tristeco kiu ronĝis mian koron, mi komencis respondi al leteroj kaj telegramoj, aŭ doni la necesajn instrukciojn pri kiel respondi al ili. Mi laboris febre, pli kiel maŝino ol kiel homo. Dum kelkaj horoj mi estis tre okupita per komplikaj komercaj transakcioj, kaj kvankam mi laboris kaj kalkulis klare, tamen la vizaĝo de mia amiko, kun siaj mornaj okuloj, sia volupta buŝo kun ĝia amara rideto, ĉiam estis antaŭ mi, dum postguto de lia kiso restadis sur miaj lipoj.

Venis la oficeja fermohoro, kaj duono de mia tasko restis ankoraŭ nefarita. Mi vidis, kvazaŭ en sonĝo, la bedaŭroplenajn vizaĝojn de miaj skribistoj retenitaj de siaj vespermanĝoj aŭ siaj plezuroj. Ili ĉiuj havis lokon kien iri. Mi estis sola, eĉ mia patrino estis for. Mi tial petis ilin iri, dirante ke mi postrestos kun la ĉeflibrotenisto. Ili ne atendis duan peton; la oficejoj ekmalpleniĝis.

Koncerne la kontrevizoron, li estis komerca fosilio, ia vivanta kalkulmaŝino; tiel maljuniĝinta en la posteno, ke ĉiuj liaj membroj grincis kiel rustaj ĉarniroj ĉiufoje kiam li moviĝis, kun la rezulto, ke li moviĝis tre malofte. Neniu iam vidis lin ie ajn krom sur lia alta tabureto; li ĉiam estis sur sia loko, antaŭ ol la debutantaj skribistoj alvenis, kaj li ankoraŭ estis tie kiam ili foriris. La vivo por li havis nur unu celon – fari senĉesajn kalkulojn.

Sentante min sufiĉe malsana, mi sendis la kurierknabon por botelo da seka ŝereo kaj skatolo da vanilaj biskvitoj. Kiam la knabo revenis mi diris al li, ke li povas foriri.

Mi verŝis glason da vino por la librotenisto kaj donis al li la skatolon de biskvitoj. La maljunulo prenis la glason kun sia pergamen-kolora mano kaj tenis ĝin al la lumo kvazaŭ kalkulante ĝiajn kemiajn econjn aŭ ĝian specifan pezon. Tiam li sorbis ĝin malrapide kun videbla entuziasmo.

La biskviton li zorge rigardis, kvazaŭ estus monmandato kiun li volis enskribi.

Tiam ni ambaŭ rekomencis labori, kaj ĉirkaŭ la deka, kiam ĉiuj leteroj kaj depeŝoj estis responditaj, mi sopiris pro senŝarĝo.

"Se mia administranto venos morgaŭ, kiel li indikis, li estos kontenta pri mi."

Mi ridetis je tiu penso. Kion mi celis per mia laboro? Monon, por plaĉi al mia skribisto, aŭ la laboron mem? Mi certas ke mi apenaŭ sciis. Mi kredas ke mi laboris por la febra eksciteco kiun la laboro provizis, same kiel viroj ludas ŝakon por okupi siajn cerbojn per aliaj pensoj ol tiuj kiuj pezas sur ilin; aŭ eble, ĉar mi naskiĝis laborema kiel abeloj aŭ formikoj.

Ne volante reteni la kompatindan libroteniston pli longe sur lia tabureto, mi sciigis lin, ke jam estas tempo fermi la oficejon. Li leviĝis malrapide, kun kraketa sono, forprenis siajn okulvitrojn kiel aŭtomato, malhaste viŝis ilin, metis ilin en ilian ujon, kviete elprenis alian paron – ĉar li posedis okulvitrojn por ĉiu okazo – metis ilin sur la nazon, kaj tiam rigardis min.

"Vi plenumis amason da laboro. Se via avo kaj via patro povintus vidi vin, ili certe estus kontentaj pri vi."

Mi refoje verŝis du glasojn da vino kaj transdonis unu al li. Li glutegis la vinon, kontenta, ne pri la vino mem, sed pri mia bonkoreco prezenti ĝin al li. Tiam mi adiaŭe donis al li la manon, kaj ni disiĝis.

Kien mi nun iru – hejmen?

Mi deziris ke mia patrino revenu. Mi ricevis leteron de ŝi tiun saman posttagmezon; ŝi diris en ĝi, ke anstataŭ reveni post tago aŭ du, kiel ŝi intencis, ŝi eble irus for al Italujo dum iom da tempo. Ŝi suferis de negrava atako de bronkito kaj timis la nebulon kaj malsekecon de nia urbo.

Kompatinda patrino! Mi nun pensis, ke ekde mia korinklino al Telenio, okazis eta apartiĝo inter ni; ne ke mi amis ŝin malpli, sed ĉar Telenio okupis ĉiujn miajn mensajn kaj korpajn kapablojn. Tamen, ĝuste nun kiam li estis for, mi preskaŭ sentis patrinsopiron, kaj mi decidis skribi longan kaj amindan leteron al ŝi tuj post mia reveno hejmen.

Dume mi sencele plupromenis. Post vagado dum horo, mi troviĝis neatendite antaŭ la domo de Telenio. Miaj paŝoj portis min tien – mi ne konsciis kien mi iris. Sopirante mi rigardis supren al la fenestro de Telenio. Kiel mi amis tiun domon. Mi povintus kisi la pavŝtonojn kie li paŝis.

La nokto malhelis sed klaris, la strato – tre trankvila – ne estis la plej bone lumigita, kaj ial la plej proksima gaslanterno estingiĝis.

Dum mi daŭre fiksrigardis la fenestrojn, ŝajnis al mi, ke mi vidis malfortan lumon glimi trans la fendetoj de la fermitaj latkurtenoj. "Certe," mi pensis, "estas nur mia imago."

Mi fortostreĉis miajn okulojn. "Ne, certe, mi ne eraras," mi diris aŭdeble al mi mem, "jen lumo, certe."

Ĉu Telenio revenis?

Eble kaptis lin la sama deprima senkuraĝeco, kiun mi spertis kiam ni disiĝis. La angoro videbla sur mia pala vizaĝo supozeble paralizis lin, kaj en tiu stato li ne povis ludi, do li revenis. Kaj eble, la koncerto estis prokrastita.

Eble estis rabistoj?

Sed se Telenio...?

Ne, la nura ideo estis absurda. Kiel mi povis suspekti la viron, kiun mi amis, pri nefideleco! Mi estis fortimigita de tia supozo kiel de io abomena – de ia morala poluado. Ne, devas esti io ajn krom tio. La ŝlosilo de la stratpordo estis en mia mano, mi jam estis en la domo.

Mi suprenŝteliĝis en la mallumo, pensante pri la unua nokto kiam mi akompanis mian amikon tien, pensante kiel ni haltis por kisi kaj ĉirkaŭbraki unu la alian je ĉiu ŝtupo.

Sed nun, sen mia amiko, la mallumo pezis sur mi, superfortante, frakasante min. Finfine mi atingis la ŝtuparan platformon de la interetaĝo kie mia amiko loĝis; la tuta domo estis tute trankvila.

Antaŭ ol enmeti la ŝlosilon, mi rigardis tra la serurtruo. Ĉu Telenio, aŭ lia servisto, lasis la gason brulanta en la vestiblo aŭ en unu el la ĉambroj?

Tiam mi ekmemoris la rompitan spegulon; ĉiaj teruraj pensoj flugetis tra mia cerbo. Tiam, refoje, mi ne povis preteratenti la teruran ektimon kiu trudis sin al mi, nome ke iu alia anstataŭis min en la koro de Telenio.

Ne, tio estis tro absurda. Kiu povus esti tiu rivalo?

Kiel ŝtelisto mi metis la ŝlosilon en la seruron; la ĉarniroj estis bone lubrikitaj, la pordo senbrue cedis kaj malfermiĝis. Mi zorge fermis ĝin, sen fari la plej etan sonon. Mi enŝteliĝis piedpinte.

Ĉie kuŝis dikaj tapiŝoj, kiuj dampis miajn paŝojn. Mi iris al la ĉambro kie, kelkajn horojn pli frue, mi ĝuis ekstazan feliĉon.

Ĝi estis lumigita.

Mi aŭdis sufokitajn sonojn ene.

Mi jam tro bone konis la signifon de tiuj sonoj. La unuan fojon mi sentis subitan angoron de ĵaluzo. Ŝajnis kvazaŭ venenigita ponardo estus subite puŝita en mian koron; kvazaŭ enorma hidro[200] estus kaptinta mian korpon en sia faŭko kaj najlus siajn dentegojn tra la karno de mia brusto.

---

200 Hidro – monstra akvoserpento kun sep aŭ ok kapoj, el kiuj ĉiu, se detranĉite, tuj renaskiĝis duobla; forklabita de Heraklo. PIV

Kial mi venis ĉi tien? Kion fari nun? Kien iri? Mi sentis min kvazaŭ kolapsanta.

Mia mano estis jam ĉe la pordo, sed antaŭ ol malfermi ĝin mi faris kion supozeble la plejmulto da homoj farus. Tremante de kapo al piedoj, angorplene, mi kurbiĝis malsupren kaj rigardis tra la serurtruo.

Ĉu mi sonĝis – ĉu ĉi tiu estis terura koŝmaro?

Mi enŝovis miajn ungojn profunden en la karnon por konvinki min pri mia memkonscio.

Tamen mi ne povis esti certa, ke mi vivas kaj vekas.

Foje la vivo perdas sian realecon; ĝi aperas al ni kiel stranga optika iluzio – fantasmagoria veziko, kiu malaperos je la plej eta spiro.

Mi retenis mian spiron kaj rigardis.

Ĉi tio, do, ne estis iluzio – ne estis vizio de mia tro hejtita fantazio.

Jen, sur tiu seĝo – ankoraŭ varmeta pro niaj ĉirkaŭbrakoj – du estaĵoj sidis.

Sed kiuj estis ili?

Eble Telenio cedis sian apartamenton al iu amiko por tiu nokto. Eble li forgesis mencii la fakton al mi, aŭ eble pensis ke tio estas nemenciinda.

Jes, certe, devas esti tiel. Telenio ne povus perfidi min.

Mi rerigardis. Ĉar la lumo en la ĉambro estis pli hela ol tiu de la koridoro, mi povis vidi ĉion klare.

Viro, kies formon mi ne povis vidi, sidis sur la seĝo kreita de la genia menso de Telenio por plialtigi la sensan plezuron. Virino kun malhela malkombita hararo, vestita de blanka satenrobo, sidis rajde sur li. Ŝia dorso, do, estis turnita al la pordo.

Mi fortostreĉis miajn okulojn por kapti ĉiun detalon, kaj mi vidis ke ŝi ne vere sidis sed staris piedpinte, tiel ke, kvankam diketa, ŝi facile saltis sur la genuoj de la viro.

Kvankam mi ne povis vidi, mi komprenis ke ĉiufoje kiam ŝi falis ŝi ricevis en sian truon la respektinde grandan pivoton, sur kiu ŝi ŝajnis esti tiel streĉe kojnita. Plue, ke la plezuro, kiun ŝi tiel ricevis, estis tiel ekscita, ke ĝi igis ŝin resalti kiel elasta balo, sed nur por tuj refali, kaj tiel engluti en siajn pulpajn, spongecajn, bone humidigitajn lipojn la tuton de tiu pulsanta piŝto de plezuro ĝis ĝia hara radiko. Kiu ajn ŝi estis – moŝta sinjorino aŭ putino – ŝi estis nenia komencanto, sed virino de granda sperto, por rajdi en la Kitera[201] konkurso kun tiu lerta kapablo.

Dum mi fikse rigardadis, mi vidis ke ŝia ĝuo iĝis pli kaj pli forta; ĝi komencis atingi paroksismon. De amblo ŝi progresis trankvile al troto, poste al galopeto; tiam, rajdante, ŝi stringis, kun ĉiam pliiĝanta pasio, la kapon de la viro sur kies genuoj ŝi rajdis. Estis evidente ke la kontakto kun la lipoj de ŝia amanto kaj la ŝvelado kaj tordiĝetado de lia ilo ene de ŝi ekscitis ŝin al erotika furiozo, kaj do ekgalopete –

> *Ŝi saltis alten pli kaj pli,*
> *Volupton sperti devis ŝi,*[202]

por atingi la plaĉan celon de sia rajdado.

Dume, la masklo, kiu ajn li estis, glitinte sian manon sur ŝiajn masivajn sidvangojn, komencis frapeti, premi kaj knedi ŝiajn mamojn, tiel aldonante al ŝia plezuro mil karesojn, kiuj preskaŭ frenezigis ŝin.

Mi memoras nun iun tre strangan fakton, kiu indikas kiel nia cerbo funkcias, kaj kiel etaj neĉefaj objektoj altiras la atenton de nia menso, eĉ kiam ĝi estas okupita per la plej tristaj pensoj. Mi memoras senti certan artan plezuron pri la

---

201 Kitero (greke: Κύθηρα) estas unu el la Ioniaj insuloj. Ĝia nomo estas ofte ligata al la diino Afrodito aŭ Venuso. VIKI

202 Citaĵo el la poemo *The Bells* (La sonoriloj) de Edgar Allan Poe, 1809-1849, usona verkisto.

daŭre ŝanĝiĝanta efekto de lumo kaj ombro ĵetitaj al diversaj partoj de la luksa, satena robo de la sinjorino, dum ĝi glimis sub la radioj de la lampo pendanta supre. Mi admiris ĝian perlan, silkecan, metalecan nuancon, foje brilantan, tiam glimantan, aŭ paliĝantan al malhela rebrilo.

Ĝuste tiam, tamen, la trenaĵo de ŝia robo implikiĝis ie ĉirkaŭ la kruro de la seĝo; do, ĉar tiu okazintaĵo malhelpis ŝiajn ritmajn kaj plirapidiĝantajn movojn, ŝi stringis la kolon de sia amanto kaj sukcesis lerte liberiĝi de sia robo, kaj tiel restis tute nuda en la ĉirkaŭpremo de la viro.

Kian belegan korpon ŝi havis! La korpo de Junono kun sia tuta majesteco ne povus esti pli perfekta. Tamen mi apenaŭ havis tempon admiri ŝian luksan belecon, ŝian graciecon, ŝian forton, la imponan simetrion de ŝia silueto, ŝian viglon aŭ ŝian lertecon, ĉar la konkurso proksimiĝis al sia fino.

Ili ambaŭ tremis sub la sorĉo de tiu feliĉega seks-eksciteco, kiu tuj antaŭas la elverŝon de la spermoduktoj. Evidente la pinton de la vira ilo suĉis la buŝo de la vagino, sekvis kontrakto de ĉiuj nervoj; la ingo en kiu la tuta kolumo estis kaptita stringiĝis, kaj ambaŭ korpoj konvulsie tordiĝis.

Certe post tiaj superfortaj spasmoj devas sekvi uteroptozo kaj inflamo, sed aliflanke, kian plezuron ŝi devis provizi!

Tiam mi aŭdis miksiĝantajn sopirojn kaj anhelojn, malaltan kveradon, lirlantajn sonojn de volupto, sufokitajn per lipoj, kiuj ankoraŭ langvore kuniĝis; kaj tiam, dum ili tremetis pro la lasta ataketo de plezuro, mi tremetis en agonio, ĉar mi estis preskaŭ certa ke la viro devas esti mia amanto.

"Sed kiu povas esti tiu malaminda virino?" mi demandis min.

Tamen la vido de tiuj du nudaj korpoj kunpremitaj en tia ekscita ĉirkaŭbrako, tiuj du masoj da sidvanga karno, blanka kiel freŝfalinta neĝo, la dampita sono de ilia ekstaza feliĉo, superfortis dum momento mian dolorigan ĵaluzon, kaj mia ekscitiĝo atingis tiun nekontroleblan nivelon, ke mi apenaŭ povis malhelpi min enkuri en la ĉambron. Mia flirtanta birdo – mia najtingalo, kiel oni diras en Italujo – kiel la sturno de Sterne – provis eskapi el sia kaĝo; kaj ne nur tio, sed ankaŭ levis sian kapon tiel, kvazaŭ ĝi volus atingi la serurtruon.

Miaj fingroj estis jam sur la pordoklinko. Kial mi ne ekenkuru por partopreni en tiu festo, eĉ en pli humila maniero, kiel almozulo eniri per la malantaŭa enirejo?

Jes, kial ne do!

Ĝuste tiam, la sinjorino, kies brakoj ankoraŭ firme ĉirkaŭpremis la kolon de la viro, diris –

"*Bon Dieu!*[203] kiom bone estas! Mi ne sentis tian intense-con de feliĉo dum longa tempo."

Dum momento mi estis stupora. Miaj fingroj forglitis de la anso de la pordo, mia brako falis, eĉ mia birdo fariĝis senviva.

Kia voĉo!

"Sed mi konas tiun voĉon," mi diris al mi mem. "Ĝi sonas ege konata al mi. Nur la sango, kiu atingas mian kapon kaj piketadas miajn orelojn, malhelpas min kompreni kies voĉo tiu estas."

Dum mi mirfrapite levis mian kapon, ŝi ekstaris kaj sin turnis. Tiel staranta kiel ŝi estis, kaj pli proksime al la pordo, miaj okuloj ne atingis ŝian vizaĝon, tamen mi povis vidi ŝian nudan korpon – ekde la ŝultroj malsupren. Ŝi havis mirindan figuron, la plej belan, kiun mi iam vidis. Estis virina torso je la pinto de beleco.

Ŝia haŭto brile blanka povus konkuri laŭ glateco kaj perleco kun la satena robo, kiun ŝi estis demetinta. Ŝiaj mamoj

---

203 France: Dio mia

– eble iomete tro grandaj por esti estetike belaj – ŝajnis apar-
teni al unu el tiuj voluptaj, Veneciaj hetajroj pentritaj de
Ticiano;[204] ili elstaris dikete kaj malmole kvazaŭ ŝvelintaj
pro lakto; la elstarantaj cicoj, kiel du etaj rozaj burĝonoj,
estis ĉirkaŭitaj de bruneca aŭreolo, kiu aspektis kiel la silka
franĝo de pasifloro.

La forta formo de la koksoj favore montris la belecon de
la kruroj. Ŝia ventro – tiel ronda kaj glata – estis duonkovrita
per fajna felo, nigra kaj brila kiel tiu de kastoro, kaj tamen mi
povis vidi ke ŝi iam naskis, ĉar ĝi ondeme rebrilis kiel muara
silko. De la apertaj, humidaj lipoj, perlaj gutoj lante fluetis.

Kvankam ne precize en sia frua junaĝo, ŝi ne estis malpli
dezirinda. Ŝia beleco havis la elegantecon de matura rozo,
kaj la plezuro, kiun ŝi evidente povis provizi, estis tiu de
karnkolora floro, kiu bonodore burĝonas kaj kaŭzas al la
abelo, kiu suĉas ĝian nektaron en ĝia sino, sveni pro ple-
zuro. Tiu voluptveka korpo, laŭ mia takso, estis kreita por
plezuro kaj certe jam provizis ĝin al pli ol unu viro, ĉar ŝi
evidente estis kreita de la naturo por esti unu el la adoran-
toj de Venuso.

Montrinte tiun mirindan belecon al miaj konfuzitaj oku-
loj, ŝi paŝis flanken kaj mi povis vidi ŝian sekspartneron.
Kvankam lia vizaĝo estis kovrita de liaj manoj, estis Telenio.
Senerare.

Unue lia dieca figuro, poste lia faluso, kiun mi konis tiel
intime, kaj tiam – mi preskaŭ svenis kiam miaj okuloj per-
ceptis ĝin – sur liaj fingroj glimis la ringo kiun mi donis al li.

Ŝi refoje parolis.

Liaj manoj glitis for de lia vizaĝo.

Estis li! Estis Telenio – mia amiko – mia amanto – mia
vivo!

---

204 Ticiano (itale: *Tiziano Vecellio*), 1485-1576, estis fama Venecia
    pentristo de la Renesanco.

Kiel mi povas priskribi kion mi sentis? Ŝajnis al mi kvazaŭ mi spirus fajron; kvazaŭ pluvo de ardaj cindroj estus verŝita sur min.

La pordo estis ŝlosita. Mi kaptis la anson, kaj skuis ĝin kiel forta kirlovento skuas la velojn de iu granda militŝipo, kaj tiam ŝire dispecigas ilin. Mi subite malfermis ĝin.

Mi ŝanceliĝis sur la sojlo. La planko sub miaj piedoj ŝajnis cedi; ĉio turnegiĝis ĉirkaŭ mi; mi estis en la centro de potenca akvokirlo. Mi evitis fali kaptante min ĉe la pordofosto, ĉar tie, je mia neesprimebla hororo, mi trovis min vizaĝ-al-vizaĝe kun – mia propra patrino!

Aŭdiĝis triobla krio de honto, de teruro, de malespero – ŝira, akra krio, kiu sonis tra la kvieta noktaero, vekante ĉiujn loĝantojn de tiu trankvila domo el la paca dormo.

– Kaj vi – kion vi faris?

– Kion faris mi? Mi vere ne scias. Mi supozas ke mi diris ion – ke mi faris ion, sed mi tute ne memoras kion. Tiam mi stumblis malsupren en la tenebro. Estis kiel grimpi malsupren en profundan puton. Mi nur memoras, ke mi kuris tra malhelaj stratoj – kiel frenezulo; kien – mi ne sciis.

Mi sentis min malbenita kiel Kain, aŭ kiel la Eterna Migranto,[205] tial mi sencele plukuris.

Mi fuĝis de ili, dezirante ke mi povus fuĝi same de mi mem.

Subite, ĉe la stratangulo, mi kunpuŝiĝis kun iu. Ni ambaŭ retrosaltis. Mi pro ŝoko kaj hororo; li, simple konsternite.

– Kaj kiun vi renkontis?

– Mian propran respegulon. Viron ekzakte kiel mi – mia sozio, fakte. Li fiksrigardis min dum momento kaj tiam pluiris. Mi, aliflanke, kuris kun tiom da forto kiom restis en mi.

Mi kapturniĝis, mia forto febliĝis, mi stumblis plurfoje, tamen mi plukuris.

---

205 Ankaŭ nomita la "Eterna Judo". Temas pri mezepoka legendo en kiu persono estas malbenita de Jesuo kaj poste devas vagi sur la tero ĝis lia reveno. En VIKI vidu sub "Ahasvero."

Ĉu mi frenezis?

Anhelante, senspire, vundite korpe kaj mense, mi ektrovis min staranta sur la ponto – pli precize sur la sama loko kie mi staris kelkajn monatojn antaŭe.

Mi elbuŝigis brutan, perturban ridon, kiu timigis min. Do, tio estis finfine la rezulto, malgraŭ ĉio.

Mi rapide ĉirkaŭrigardis. Malhela ombro minace videblis en la foro. Ĉu tiu estis mia alia memo?

Tremetante pro timo kaj hororo, kaj frenezigite, mi grimpis, sen ajna pripenso, sur la balustradon, kaj plonĝis kapunue suben en la ŝaŭmantan riveron.

Mi refoje troviĝis tuj en la centro de kirlakvo, miaj oreloj perceptis la bruon de rapidanta akvo; mallumo premis proksime ĉirkaŭ mi; tuta mondo da pensoj flugis tra mia cerbo kun mirinda rapideco, kaj tiam, dum kelka tempo, nenio plu.

Mi nur svage memoras malfermi la okulojn, kaj vidi, kvazaŭ en spegulo, mian propran timinspiran vizaĝon fiksrigardi min.

Mi spertis mensan vakuon. Kiam finfine mi reakiris miajn sensojn, mi troviĝis en la kadavrejo – en tiu terura ostejo! Oni kredis min morta, kaj estis portinta min tien.

Mi ĉirkaŭrigardis kaj vidis nenion krom nekonataj vizaĝoj. Mia alia memo nenie vidiĝis.

– Sed ĉu li vere ekzistis?

– Certe.

– Kaj kiu li estis?

– Viro de mia aĝo, kaj tiel simila al mi, ke oni povus pensi ke ni estas ĝemeloj.

– Kaj li savis vian vivon, ĉu?

– Jes; ŝajnas ke renkontinte min, imponis lin ne nur la forta simileco inter ni, sed ankaŭ la sovaĝeco de mia aspekto, kio instigis lin sekvi min. Vidinte ke mi ĵetis min en la akvon, li kure sekvis min kaj sukcesis eltiri min.

– Kaj ĉu vi iam revidis lin?

– Jes, la kompatindulo! Sed tio estas alia stranga incidento en mia vivo jam tro plena de okazintaĵoj. Eble mi rakontos al vi pri tio alian fojon.

– Kaj poste, ekde la kadavrejo?

– Mi petis ke oni transportu min al ia najbareja hospitalo, kie mi povus esti sola en privata ĉambro, kie mi povus vidi neniun, kie neniu povus vidi min; ĉar mi sentis min – malsana – tre malsana.

Ĝuste kiam mi volis eniri la kaleŝon por forlasi la ostejon, kovrita kadavro estis portata tien. Oni diris, ke temis pri junulo kiu ĵus memmortigis sin.

Mi tremis pro timo; terura suspekto venis en mian menson. Mi petis la kuraciston, kiu estis kun mi, peti la kaleŝiston halti. Mi devas vidi la kadavron. Devas esti Telenio. La kuracisto ne atentis mian peton, kaj la kaleŝo pluveturis.

Kiam ni alvenis al la hospitalo, mia zorganto, vidante mian mensostaton, sendis mesaĝon por demandi kiu estas la mortinto. La nomo menciita estis nekonata al mi.

Pasis tri tagoj. Kiam mi diras tri tagojn, mi celas lacigan, senfinan tempospacon. La opiaĵoj, kiujn la kuracisto donis al mi, ja dormigis min, kaj eĉ haltigis la teruran tremetadon de miaj nervoj. Sed kia opiaĵo povas kuraci frakasitan koron?

Post la fino de tiuj tri tagoj mia administranto eksciis kie mi troviĝas kaj venis viziti min. Mia aspekto ŝajnis terurigi lin.

La kompatindulo! Li ne sciis kion diri. Li evitis ajnan temon kiu povus iriti miajn nervojn, do li parolis pri negocoj. Mi aŭskultis dum kelka tempo, kvankam liaj vortoj havis nenian signifon por mi; tiam mi sukcesis eksci de li ke mia patrino forlasis la urbon kaj ke ŝi jam skribis al li el Ĝenevo, kie ŝi tiam restis. Li ne menciis la nomon de Telenio, kaj mi ja ne aŭdacis elparoli ĝin.

Li proponis al mi ĉambron en sia domo, sed mi rifuzis, kaj li veturigis min hejmen. Nun ke mia patrino estis for, mi estis devigita iri tien – almenaŭ dum kelkaj tagoj.

Neniu preterpasis dum mia foresto; neniu lasis leteron aŭ mesaĝon por mi, tiel ke mi ankaŭ povus diri –

> *Miaj parencoj fortiriĝis,*
> *Kaj miaj konantoj forgesis min.*[206]
> *La loĝantoj de mia domo kaj miaj servistinoj*
> *rigardas min kiel fremdulon;*
> *En iliaj okuloj mi fariĝis aligentulo.*[207]

Kiel Ijob mi sentis nun ke –

> *Abomenas min ĉiuj miaj intimuloj;*
> *Kaj tiuj, kiujn mi amis, turnis sin kontraŭ mi.*[208]
> *Eĉ la malgrandaj infanoj malestimas min.*[209]

Tamen mi sopiris ekscii ion pri Telenio, ĉar antaŭtimoj sen-ĉese maltrankviligis min. Ĉu li forvojaĝis kun mia patrino, kaj ne lasis la plej etan mesaĝon por mi?

Ĉiuokaze, kion li skribintus?

Se li estus restinta en la urbo, ĉu mi ne dirus al li, ke, kio ajn estas lia kulpo, mi ĉiam pardonus lin, se li nur resendus la ringon?

– Kaj se li estus resendinta ĝin, ĉu vi povus pardoni lin?

– Mi amis lin.

Mi ne plu povis suferi tiun staton. La vero, eĉ se doloriga, estis preferinda al ĉi tiu terura necerteco.

---

206 La Sankta Biblio: Ijob 19:14.
207 La Sankta Biblio: Ijob 19:15.
208 La Sankta Biblio: Ijob 19:19.
209 La Sankta Biblio: Ijob 19, unua parto de versiklo 18.

Mi iris al Briancourt. Mi trovis lian studion fermita. Mi iris al lia domo. Li ne estis hejme dum du tagoj. La servistoj ne sciis kie li estis. Ili opiniis, ke eble li vojaĝis al Italujo, al sia patro.

Malesperante mi vagis tra la stratoj kaj baldaŭ troviĝis refoje antaŭ la domo de Telenio. La strata ĉefpordo estis ankoraŭ malferma. Mi ŝteliĝis preter la portista loĝejo, timante ke oni povus haltigi min kaj diri al mi ke mia amiko ne estas hejme. Neniu, tamen, rimarkis min. Mi tremetante ŝtelgrimpis supren, sennervigita, malsana. Mi metis la ŝlosilon en la seruron, la pordo senbrue cedis kiel antaŭ kelkaj vesperoj. Mi eniris.

Tiam mi demandis min kion fari nun, kaj mi preskaŭ turnis min sur la kalkanumoj por forkuri.

Dum mi sendecide staris tie, mi kredis aŭdi feblan ĝemon.

Mi aŭskultis. Ĉio silentis.

Ne, certe estis ĝemo – mallaŭta, mortanta plendo.

Ĝi ŝajnis veni el la blanka ĉambro.

Mi horortremis.

Mi hastis enen.

La memoro de tio, kion mi vidis, frostigas eĉ la medolon de miaj ostoj.

Kiam mi ekpensas pri tio, min atakas teruro, kaj tremo kaptas mian korpon.[210]

Mi vidis flakon de koaguliĝinta sango sur la brile blanka, fela tapiŝo, kaj Telenion, duon-etenditan, duon-falintan, sur la ursfela sofo. Malgranda ponardo estis puŝita en lian bruston, kaj la sango daŭre gutetis el la vundo.

Mi ĵetis min sur lin; li ne estis tute morta; li ĝemis; li malfermis la okulojn.

---

210 La Sankta Biblio: Ijob 21: 6.

Superfortita pro ĉagreno, malatenta pro la teruro, mi perdis ĉian mensan ekvilibron. Mi maltenis lian kapon, kaj premis miajn pulsantajn tempiojn inter miajn manplatojn, provante ordigi miajn pensojn kaj regi min, tiel ke mi povus helpi mian amikon.

Ĉu mi fortiru la tranĉilon el la vundo? Ne, tio povus estis mortiga.

Ho, se mi scipovus ion pri kirurgio! Sed sen tiu scio, mi nur kapablis voki por helpo.

Mi kuris sur la ŝtuparan platformon; mi kriis per mia tuta forto –

"Helpu, helpu! Fajro, fajro! Helpu!"

Sur la ŝtuparo mia voĉo sonis kiel tondro.

La pordisto tuj eliris el sia loĝejo.

Mi aŭdis pordojn kaj fenestrojn malfermiĝi. Mi refoje kriis, "Helpu!" kaj tiam, ekpreninte botelon da konjako el la manĝoĉambra ŝranko, mi hastis reen al mia amiko. Mi malsekigis liajn lipojn; mi verŝis kelkajn kulerplenojn da konjako, pogute, en lian buŝon.

Telenio refoje malfermis la okulojn. Ili estis vualitaj kaj preskaŭ mortaj; nur tiu morna aspekto, kiun li ĉiam havis, intensiĝis je tiu grado ke liaj pupiloj estis tiel mallumaj kiel freŝfosita tombo; ili instigis en mi neelparoleblan angoron. Mi apenaŭ povis elteni tiun korŝiran, ŝtonan aspekton; mi sentis miajn nervojn rigidiĝi; mia spiro haltis; subite plorsingulto konvulsiigis min.

"Ho, Telenio! kial vi mortigis vin?" mi ĝemis. "Ĉu vi povus dubi pri mia pardono, mia karulo?"

Evidente li aŭdis min, kaj provis paroli, sed mi ne povis kapti la plej etan sonon.

"Ne, vi devas ne morti, mi ne povas apartigi min de vi, vi estas por mi la vivo mem."

Mi sentis, ke li premis miajn fingrojn iomete, preskaŭ nesenteble.

La pordisto nun aperis, sed li haltis sur la sojlo, timigita, terurita.

"Kuraciston – pro mizerikordo, kuraciston! Prenu kaleŝon – kuru!" mi diris petegante.

Aliaj homoj komencis enveni. Mi mansvingis, ke ili retroiru.

"Fermu la pordon. Lasu neniun eniri, sed pro la amo de Dio, venigu kuraciston antaŭ ol estos tro malfrue."

La homoj, ŝokitaj, staris fore, fiksrigardante la teruran vidaĵon.

Telenio refoje movis la lipojn.

"Silentu!" mi flustris severe, "li parolas!"

Mi sentis min torturita pro tio ke mi ne komprenis unu solan vorton de tio, kion li volis diri. Post kelkaj senfruktaj provoj mi sukcesis deĉifri –

"Pardonu!"

"Ĉu mi pardonos vin, mia anĝelo? Sed mi ne nur pardonas vin, mi donus mian vivon por vi!"

Liaj okuloj nun havis pli profunde malserenan esprimon; sed, kvankam ĉagrenitaj, ili nun aspektis iomete pli feliĉaj. Iom post iom la sinceran tristecon akompanis nepriskribebla dolĉeco. Mi apenaŭ povis plu suferi sub liaj rigardoj; ili torturis min. Ilia brulanta fajro sinkis profunde en mian animon.

Tiam li refoje parolis – tutan frazon, la solajn du vortojn, kiujn mi divenis pli ol aŭdis, estis –

"Briancourt – letero."

Post tio, lia febliĝanta forto tute forlasis lin.

Kiam mi rigardis lin, mi vidis ke liaj okuloj nubiĝis, minca tavoleto kovris ilin, li ŝajnis ne plu vidi min. Jes, ili fariĝis pli kaj pli glazuritaj kaj vitrecaj.

Li ne provis paroli, liaj lipoj estis strikte fermitaj. Tamen, post kelkaj minutoj li spasme malfermis la buŝon; li avidis spiron. Li elbuŝigis malaltan, sufokan, raŭkan sonon. Estis lia lasta spiro, la terura, mortanonca plaŭdeto.

La ĉambro estis silentigita.

Mi vidis homojn krucosigni sin. Iuj virinoj genuiĝis kaj komencis murmuri preĝojn.

Terura ekkompreno kaptis min.

Kio! Li do estas morta?

Lia kapo falis senviva sur mian bruston.

Kuracisto finfine venis.

"Oni ne povas helpi lin," diris la kuracisto, "li estas morta."

Kio! Mia Telenio morta?

Mi rigardis la homojn ĉirkaŭ mi. Ŝokitaj, ili ŝajnis fortiriĝi de mi. La ĉambro komencis turniĝi. Mi ne plu konsciis pri io ajn. Mi svenis.

Mi regajnis miajn sensojn nur post kelkaj semajnoj. Certa obtuzeco superŝutis min, kaj

> La tero ŝajnis kiel dezerto.
> Transiri ĝin estis mia destino.[211]

Tamen la ideo de memmortigo neniam revenis al mia menso. La Morto ŝajne ne volis min.

Dume, mia historio, en vualitaj vortoj, aperis en ĉiu gazeto. Tiu klaĉero estis tro delektinda por ne tuj fulmrapide disvastiĝi.

Eĉ la letero kiun Telenio skribis al mi antaŭ sia memmortigo – dirante ke liaj ŝuldoj, pagitaj de mia patrino, estis la kaŭzo de lia malfideleco – fariĝis publika posedaĵo.

Post kiam la ĉielo rivelis miajn pekojn, la tero leviĝis kontraŭ mi; ĉar se la socio ne postulas esencan bonecon, ĝi ja postulas ke oni prezentu moralecon antaŭ la publiko, kaj

---

211 El la poemo *The Old Familiar Faces* (La malnovaj familiaraj vizaĝoj) de Charles Lamb, 1775-1834, angla verkisto.

antaŭ ĉio, ke oni evitu skandalojn. Tial, fama pastro – sankt-
ulo – predikis en tiu tempo edifan predikon, kiu komencis
kun jena teksto: –

*La memoro pri li malaperos de sur la tero, kaj sur la stratoj
li ne havos nomon.*[212]

Kaj li finis ĝin, dirante –

*Li estos elpelita el lumo en mallumon, kaj el la mondo li
estos elpuŝita.*[213]

Tiam ĉiuj amikoj de Telenio, la Cofaroj, la Elifazoj, kaj la Bil-
dadoj[214] elbuŝigis laŭte "amen"!
   – Kaj Briancourt kaj via patrino?
   – Ho, mi promesas rakonti al vi ŝiajn aventurojn! eble
alian fojon. Ili estas vere aŭdindaj.

---

212 La Sankta Biblio: Ijob 18:17.
213 La Sankta Biblio: Ijob 18:18.
214 Amikoj de Ijob: Cofar sugestis ke la suferoj de Ijob povus esti
    dia puno; Elifaz konsilis al Ijob konfesi kaŝitajn pekojn por mal-
    pezigi lian punon; Bildad celis konsoli sed iĝis akuzanto, de-
    mandante al Ijob, kion li faris por meriti la koleron de Dio. VIKI

Fino